U0090890

古典文學研究輯刊

十九編

曾永義 主編

第5冊

湯顯祖及其文藝觀之研究（中）

洪慧敏 著

國家圖書館出版品預行編目資料

湯顯祖及其文藝觀之研究(中)／洪慧敏 著 — 初版 — 新北市：
花木蘭文化事業有限公司，2019〔民108〕
目 6+188 面；19×26 公分
(古典文學研究輯刊 十九編；第 5 冊)
ISBN 978-986-485-640-4（精裝）
1.（明）湯顯祖 2. 學術思想 3. 文藝評論
820.8　　108000765

古典文學研究輯刊
十九編 第五冊　　ISBN：978-986-485-640-4

湯顯祖及其文藝觀之研究（中）

作　　者 洪慧敏
主　　編 曾永義
總 編 輯 杜潔祥
副總編輯 楊嘉樂
編　　輯 許郁翎、王筑　美術編輯 陳逸婷
出　　版 花木蘭文化事業有限公司
發 行 人 高小娟
聯絡地址 235 新北市中和區中安街七二號十三樓
電話：02-2923-1455／傳眞：02-2923-1452
網　　址 http://www.huamulan.tw 信箱 hml 810518@gmail.com
印　　刷 普羅文化出版廣告事業
初　　版 2019 年 3 月
全書字數 454800 字
定　　價 十九編 33 冊（精裝）新台幣 64,000 元

湯顯祖及其文藝觀之研究（中）

洪慧敏 著

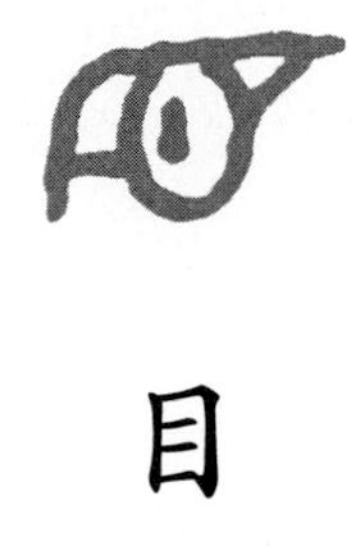

目次

中　冊

下　冊

第三章　過渡期——賢達多曲折，適法以盡變

世上唯一永恆不變的事，就是事物不斷在改變。在改變之中，必定經歷一段「過渡期」。而那段過渡期係最爲艱鉅的時期，將面臨驚嚇、否認、彷徨、茫然、焦躁、不安等等錯縱複雜的情緒。如果拒絕面對過渡期的人，繼續以一成不變的方式生活下去，將會錯過成長的機會。如果無法接受改變，便無法經歷轉變，於是就會困在「一成不變」的殼中，進退無門，陷在永恆的黑暗中，讓茫然與痛苦繼續啃食。

湯顯祖所經歷的過渡期，首先必得面臨的即是「出仕」與「出世」的問題。而這樣的問題反映在他詩作中呈現出思歸之念的拉扯。這樣現實的矛盾是一種永恆的命題，困擾著有道之士，因而導致「兩境遞進，終歸擾擾」的內心衝突。游移在「出世」與「入世」之間釐清本心，辯證出處。對於懷有天下之志的有道之士而言，在每一次的游移所歷經的轉折，便是一次的過渡。在「思歸而未歸」與「棄歸又興歸」之間不斷輪迴，然而在經歷反覆的過渡的意義在於洞澈本心，在一次又一次的搖擺之間即是要確認當下眞正的「心之所嚮」。由此，湯顯祖亦形構出自身養眞之道的復歸歷程。

萬曆十九年（1591），上疏〈論輔臣科臣疏〉失利，被貶廣東徐聞，降爲典史。儘管有雄心爲盾，壯志爲牌，懷有「區區之略，可以變化天下」之豪情，但這是未經世道火煉的年輕湯顯祖所言，他並不知道，單憑孤耿，早已沉痾的萬曆王朝是無法產生世局變化，而廣惠天下的，他能變化的只不過是自己的仕途，從此，他面對「天下」又是另番局面。從「獨致以盡變」的角

度解讀湯顯祖上疏的深意，即可詮釋為：湯顯祖想要變化自己可以掌握的天下。上疏是象徵性的殺掉父權，寧為一隻在山林間的大蟲，也不願成為被拔掉爪牙受人操控的朝廷小畜。若無法在朝廷發揮變化天下之能，那麼這個「地位官職」便喪失了價值和意義；與其任由本眞慢慢腐蝕，陷入困惑空虛盈生的膠著中而心灰意冷，抵抗則成為必然。是故，本章即此疏為作為支點，上得以明白促成此疏之直接內因與間接外因，藉此窺探在過渡期間湯顯祖是如何建構其大人之學的內涵，對於這個階段所具備的轉化意義，將會有意外之獲益。

離開南京，將赴徐聞已成事實，必須適應外在變化而做心理調整，便能產生內在的轉變。在面對貶謫這一生活的外在變化，湯顯祖進行轉化的過程是透過創作。他以詩抒鬱的方式，達成這一階段生命所必須接受的轉變。湯顯祖從徐聞至遂昌，看似是生命的過渡經驗，卻是在「立德」完成後邁向「立功」的階段。在這個過渡的階段，他不得不在失勢的現實中承認自己「志業受挫」，也必須體認到他在黑暗的外在環境中創造自己內在經驗的華麗，在這個過渡的階段，亦為他關鍵性的轉化時刻，使他體思「世」、「才」、「德」三者之間的關係。如此才得奮進以對，故所至徐聞、遂昌皆有建樹，達其「禮樂文章之根」〔註1〕，以「主人之才」、「大人之心」使其生命在危機之時能夠轉機，為自己生命的僵局獲得紓解最好的時刻。是故，在一段又一段的過渡期中，湯顯祖也才足以闊清自身必然面對的茫然與痛苦，進而建構出「天地孰為貴，乾坤只此生」〔註2〕的「貴生」思想。

第一節　歸與不歸，兩境遞進

作為一種生存實踐，隱逸本身即是倫理抉擇的重大事件。出仕是以君臣關係為核心，建立起複雜的人際網絡，在極權專制的政治體制中，君臣上下的權力結構是無法逾越改變的。換言之，君臣之間無法平等，作為人臣的個體自由便會消失，不但會面臨憂生之嗟，也會面臨失眞的危機。因此，隱逸是對現實社會的否定乃至離棄，同時也是個體與群體關係的抉擇，不受仕宦

〔註1〕〔明〕湯顯祖：〈答祝無功〉，徐朔方箋校：《湯顯祖全集》（北京：北京古籍出版社，1999年），頁1348。

〔註2〕〔明〕湯顯祖：〈徐聞留別貴生書院〉，徐朔方箋校：《湯顯祖全集》（北京：北京古籍出版社，1999年），頁463。

的羈絆，以隱逸持守自然本性，便是「養眞」之道。然而養眞之道的復歸歷程，經歷了四種不同的階段。以下分從：一、畏日之嘆，歸以守眞；二、茂林之樂，得時自適；三、潛龍待時，復歸初心等三方面論述之。

一、畏日之嘆，歸以守眞

屢次落第，出仕不遂的經歷讓湯顯祖彷如困獸之鬥，面對自己才不爲世用的憤慨與無奈，讓湯顯祖在俯仰之間有了羈棲的孤獨，「歸去南山」並非本心：

> 招搖承巽隅，畏日紆衢軫。織女向昏中，箕風自難引。乘艫逗堆崎，振履尋虛牝。逶迤玩時物，聊用慰羈偖。木鴷響空林，竹鷂竄深筍。田池沸卜蛙，蕪塍出丘蚓。蘺叔間雕胡，陵苕半蒸菌。共言江水肥，稻麥連區畛。歸去南山下，相將治鋤蜃。但令生事存，未恨聲華隕。〔註 3〕

湯顯祖的忠誠，落得「招搖」之舉，原本懷逐日之雄心，如今卻落得畏日之驚心，「織女向昏中」自言「不習嬰兒之道」，因而自設險阻，正如他不似箕子懂得懷柔克逆的用世之道，故言「箕風自難引」，凸顯的正是他耿直廉潔、深固難徙的根性。然而這卻爲他帶來「羝羊觸藩」的命運。如今唯有「無爲」可以「度難」，故以「乘艫」、「振履」表其急切之情。此外，援引「箕子之明夷」〔註 4〕之典自惕並非要自己效法箕子處世之道，而是用以反諷當時爲了榮進之路，以陰柔委蛇披荊斬棘，惡直醜正的政風。殷商之際佯狂保身的箕子處於亡國易代的處境，箕子雖處困逆，仍「自守其正志」，終於化險爲夷，歷劫歸來。驗證了落拓只是一時，光明終將到來。是故，援引此典代表著湯顯祖的歸去南山的潛行係爲「治幻」，表現出他以覺醒仕宦之事如海市蜃樓，即早轉思而歸，才不會在失眞狼狽後嘆恨聲華不在。然而，湯顯祖肯定的是「守其正志」，這乃是積極用世的，他將「乘艫」、「振履」用在抗志上，這才是他以爲的「有道」，豈知，他持守的「有道」並不合於世，故云：

〔註 3〕〔明〕湯顯祖：〈馬當驟暑晚步田家〉，徐朔方箋校：《湯顯祖全集》（北京：北京古籍出版社，1999 年），頁 53。

〔註 4〕黃忠天《周易程傳》：「明夷之時，利於處艱戹，而不失其貞正，謂能晦藏其明也。不晦其明，則被禍患；不守其正，則非賢明。箕子當紂之時，身處其國內，切進其難，故云內難。然箕子能（一无能字），藏晦其明，而自守其正志，箕子所用之道也，故曰箕子以之。」（高雄：復文書局，2007 年 9 月），頁 310。

倚徙望蘭池，深牽蒙密思。紅泉地日草，桂柱天尊芝。遊子宦常倦，
王孫歸未遲。揆余非有道，至世喜無爲。〔註5〕

明哲保身，無爲而爲，順應自然，不需有所作爲，才是亂世中的「有道」。只是湯顯祖根性難徙，慧心不察，導致不習嬰兒之道的他才會落入世網，難道湯顯祖眞的是不諳此道，其實不然。只是年輕氣盛的他有著自己信仰的價值，儘管有前人之鑑，〔註6〕但他仍是無法更易其志，落難之後所哀鳴發的「飛花比人命，片片隨風隕」〔註7〕是矛盾的天問。所謂的「無爲」，講的就是領悟到若經挫折後領悟到的作爲。既然直耿之性會礙阻官途，如此便收斂光芒，日趨圓滑，日趨老練，而後便走上阿諛奉承，虛與委蛇喪失本眞的道路上，若是這樣的「無爲應世」，顯然不是青年的湯顯祖可以認同接受，因此，「至世喜無爲」隱藏的正是他的反諷，原來在當世的「有道」，便是必須喪失自我本眞，才能眞的爲自己的「宦途」開出一條「道路」。如此，湯顯祖才會說：「揆余非有道」。看來，湯顯祖乃是從否定「至世喜無爲」的用世情懷，繼而產生矛盾懷疑，進而有了歸還未遲的領悟。因爲此「有道」乃非他所欲走的「道」，由此推之，「遊子宦常倦，王孫歸未遲」這是他世道之下，面對著「非有道」不敵「有道」所產生的宦遊之倦。

讀《莊子》、迷莊子，不見得就是要避世、出世，讚嘆「物我兩望」的境界，也不代表願意進入「物我相忘」的無等差世界，這樣的境況正是造成湯顯祖「歸與不歸，兩境遞進」的來源。

人一方面想脫離自然，想憑著人的智慧由人自己造出另一個世界；
但人回頭再看自然世界時，又發現自然世界確是那樣的完美，於是

〔註5〕〔明〕湯顯祖：〈憶紅泉〉，徐朔方箋校：《湯顯祖全集》（北京：北京古籍出版社，1999年），頁96。

〔註6〕同時代的徐階年輕時也鋒芒畢露，直言無忌，曾用激烈的言辭反對內閣首輔張璁迎合嘉靖皇帝尊崇道教貶抑孔子的主張，既是在批評首輔，也是在批評皇帝。結果是可想而知的，他由翰林院編修被貶謫到偏遠地方。徐階並不因此而消沉，依然在追求自己的抱負。不久，他奉調回京，出任京官。經過此番挫折，他有所領悟，收斂起鋒芒，日趨圓滑，日趨老練，深知要在朝廷立足，步步高昇，必須獲得皇帝的寵幸，捨此別無他途。於是他和那些阿諛奉承的官僚一樣，將自己的文學才華用在幫助皇帝撰寫「青詞」（道教文書），得受青睞。

〔註7〕〔明〕湯顯祖：〈送新建丁右武理閩中〉，徐朔方箋校：《湯顯祖全集》（北京：北京古籍出版社，1999年），頁73。

又極想返歸自然。這是人的矛盾。〔註 8〕

若懷大丈夫之志，塵緣無法了，寧願潦倒平生，也必須實現江海之志：

動有悠哉興，深知靜者便。汾陽四子聖，晉代五君賢。似識關門氣，來吟〈秋水〉篇。全牛都委刃，後馬不辭鞭。伏臘仲公理，昏朝延叔堅。誰知交讓木，去作分流泉？鯢首江湖直，馬蹄霜雪穿。情乖海鹽譎，才并洛中傳。借問金門客，何時竟草《玄》？〔註 9〕

「似識關門氣，來吟〈秋水〉篇」，以其「關門」喻其「歸隱之念」，暫歇俗事，遠離紛擾，關吏道之挫阻之門，開生命無窮之氣，以吟〈秋水〉，自我開解，從此行徑，亦可推敲出當時湯顯祖在「進」之吏道則將「退」之道心，吏道之「退」則「道心」將進兩者之間徘徊游移。

「虛夷故有適，靜寂無寧想？」〔註 10〕誰不想離塵雜，得其寧靜？只是「青雲恒不銷」、「難辭嬰世網」。故在心隤意愜之際，轉而問天以紓困頓：

設罝守毚兔，伐木翫庭狟。貞女亦懷春，志士豈忘援？誠精不貫日，浮沉皆問天。彌深損益歎，始信成虧言。沖微庶有適，眇挈並宜捐。隨時義大方，逐日理無全。歸休守鄞郭，委曲抱營魂。終知玄景騖，但惜紫靈存。〔註 11〕

不但逐日無望，甚有浮沉之險，興起「歸休守鄞郭，委曲抱營魂」之念，而集中在這個時期的詩作常有「適」之一字，凸顯了他在塵雜的紛繁中已生倦意，「適」之一字，僅是自我寬慰，自作瀟灑而已，並非眞正的灑然：

松關出浮霧，荷池通白雲。休生寡塵雜，偃息坐林端。清晨庇松柏，餘風吹我寒。有人荔爲裳，明霞爲之冠。空山響長嘯，手中眞誥文。世故迺相物，大象於冥觀。斯人既已沒，滔滔乘逝川。金珠不留惜，誰言八尺身。〔註 12〕

自想若歸去之後，即能與塵雜絕，可以閒適林間，以風爲友，仰天長嘯；以

〔註 8〕陳冠學：《田園之秋》（臺北：前衛出版社，2011 年 5 月），頁 352～353。

〔註 9〕〔明〕湯顯祖：〈送帥機〉，徐朔方箋校：《湯顯祖全集》（北京：北京古籍出版社，1999 年），頁 64。

〔註 10〕〔明〕湯顯祖：〈青雲亭上作〉，徐朔方箋校：《湯顯祖全集》（北京：北京古籍出版社，1999 年），頁 103。

〔註 11〕〔明〕湯顯祖：〈示饒崙二首〉之一，徐朔方箋校：《湯顯祖全集》（北京：北京古籍出版社，1999 年），頁 101。

〔註 12〕〔明〕湯顯祖：〈寄饒崙〉，徐朔方箋校：《湯顯祖全集》（北京：北京古籍出版社，1999 年），頁 102～103。

日爲冠，潛究眞經，只是這種「飛潛各有適，化感自相熒」的自我砥礪，對於一個有變化天下之志的人而言是一種最悲哀的諷刺。若歸去，但無已歸回，又當如何是好？這是湯顯祖的愁之端：

> 歸來幾時許？徂春及秋蘭。木葉下前除，紛紛感愁端。蟋蟀吟秋燈，心驚形影寒。頗似謝阿連，秋晏嬰憂患。〔註 13〕

眞正的要放棄科舉正途歸隱者，並非易事。況且尚須面對家人的厚望與生計問題。因此，在追求超越世俗的精神生活與放棄世間的物質名利產生了相當程度的矛盾。黃汝亨在論及人生的兩種境地時寫道：

> 泉聲咽石，月色當戶；修竹千竿，芭蕉一片。或談名理，時對佳客。清曠則弟蓄嵇阮，飛揚則奴隸原嘗。蕭然四壁，傲睨千古，此一境也。
>
> 采薇頗艱，辟角不易。內窘中饋之奉，外虛北海之尊。更複好義先人，守雌去道。食指如林，多口苦棘，風雅志趣既減，往來之禮務苛，此又一境也。兩境遞進，終歸擾擾，半是阿堵小賊坐困英雄耳。吾與足下俱不免，故敢及之。〔註 14〕

眞正的文人或山林處士，因爲不食朝廷俸祿，卻反而有更多的自由，在人格上也更具獨立性。正如明人呂坤所言：「山林處士，常養一個傲慢輕人之象，常積一腹痛憤不平之氣。」〔註 15〕很顯然的，這股不平之氣仍存在於湯顯祖的腹中。在這個期間，常發無常之感：「人生有命如花落，不問朱裀與籬落」〔註 16〕、「人生有朝暮，物故無形勢」〔註 17〕亦常有進退兩難、欲歸不歸的進退之苦：「眞人自冥托，牛霄難可梯，心隤愁道盡，意愜委形跡」〔註 18〕、「鉢

〔註 13〕〔明〕湯顯祖：〈紅泉臥病懷羅浮祈衍曾〉，徐朔方箋校：《湯顯祖全集》（北京：北京古籍出版社，1999 年），頁 62。

〔註 14〕〔明〕黃汝亨：〈復吳用修〉，《寓林集》（上海：上海古籍出版社，2002 年），頁 1369。

〔註 15〕〔明〕呂坤：〈品藻〉，《呻吟語》（臺北：漢京文化事業有限公司，1981 年，影印明萬曆刻本），頁 551。

〔註 16〕〔明〕湯顯祖：〈別荊州張孝廉〉，徐朔方箋校：《湯顯祖全集》（北京：北京古籍出版社，1999 年），頁 44。

〔註 17〕〔明〕湯顯祖：〈哭宛溪梅太參〉，徐朔方箋校：《湯顯祖全集》（北京：北京古籍出版社，1999 年），頁 76。

〔註 18〕〔明〕湯顯祖：〈寄伍貴池並序〉，徐朔方箋校：《湯顯祖全集》（北京：北京古籍出版社，1999 年），頁 75。

淨僧花落，經聲佛鳥啼。山茶猶可摘，智藥苦難攜」〔註19〕，凸顯了他在「道業」與「宦情」的兩難抉擇上：

> 衣冠待明發，反復東南馳。道逢采薪客，勞歌相語誰。日出望京縣，煌煌金殿危。何時不閔墨？淚下自難揮。未言思軫結，惟嘆路縈迴。迂阡險余軸，高岡疲我騅。若云道修岨，何爲欻我來？亮乏青雲志，安辭服與騑？托分遠天損，庶令紛念齊。〔註20〕

欲歸，又當歸何往？在正覺院時，曾思索人生各有適，物各有性，其實可以退而隱之。思歸之念，在佛門中，更亦濃烈。只是離開佛門，歸回塵世，矛盾之情有反覆盤旋。從「道逢採薪客」到「嘆路途縈迴」，盡寫因外在的環境險阻使其疲累之態。事實上，此乃以外在崎嶇之環境，寫內在曲折疲乏之心境。慨歎連連之際，有心有不甘。自覺青雲之志尚未騰達，豈能捨下奉獻朝廷的機會，「亮乏青雲志，安辭服與騑？」道盡此情。若解此情，便能明白湯顯祖何以吟哦〈秋水〉之深心。

〈秋水〉主旨乃藉由「河伯」與「海若」相互的論辯，破解人間小大、是非、貴賤的對立，以其超越對萬事萬物的執著分別，沿著河→海→天地最後一直到達道的境界的思路，而在千載之下，悟此妙道，回歸萬物一體，自證萬物皆備於我的本性之理。萬物皆受限於時、空，亦可超越於時、空，然而，被拘縛於時空者且不自知者多，除非能經歷時、空的顛轉之後，易時而觀，越教而思，才得以體驗「出涯」的體會，進到另一層不同以往的層次時空中。經歷落第與友歧的事件之後，寥落空山的湯顯祖終能觀己之「執虛爲眞」，如今已能明白「老天無黑白」，理解「造物終無度」，因而，亦有「人生有朝暮，物故無形勢」之感。從「世俗」的角度觀之，「貴賤不在事物自身」，從「物差」的觀念論之，形逐物遷，心無常準，萬物之間皆無定準，亦無定論。該要如鶂挺首江湖險，似馬不畏風霜雪穿之苦，以直道而行，不以人爲之造作毀滅自然天性，不用刻意的作爲折損自然稟性，不要爲了獲取虛名而不遺餘力。如此，返歸本眞其眞義正是守護眞實合道的自然本性，而非爲追求外相之華，外在之貴而扭曲自我，自我一旦扭曲，行爲舉止則將放失，離道甚遠，本眞也將喪失。正是「勿迷其本，棄其生也。」據此之理，便可理

〔註19〕〔明〕湯顯祖：〈寄伍貴池並序〉，徐朔方箋校：《湯顯祖全集》（北京：北京古籍出版社，1999年），頁75。

〔註20〕〔明〕湯顯祖：〈黃姑〉，徐朔方箋校：《湯顯祖全集》（北京：北京古籍出版社，1999年），頁100。

解，湯顯祖何以道：「眞人常閉關」，不過爲反回赤子如嬰，歸於自然本眞：

> 善哉莊生，人欲爲嬰兒，吾亦與之爲嬰兒。明公直廉，謂不可於人，則掛冠而去。昆明池蓮花無恙耳。不習嬰兒之道，百姓憐思至今。當時二三君子，蜀劉公爲人仁，鄣汪公清，余公甚義。僕時無病而受教，各不瑕鄙僕。後離病斷足府寺矣。余公閒去，汪公冗散，劉公遂成故物。由斯而談，聚散豈不悲哉！
>
> 臨川太守自多賢，解綬惟君不待年。杜密可曾私引託？姜岐長得病遷延。誰言去後陂當復？正憶當年榻每懸。最是江城無大小，說君名字總潸然。〔註 21〕

人事推遷與自然運化乃爲同軌之跡，都在聚散變化之間，也在經歷盛衰消長。五賢「不以禮立，不以義方」〔註 22〕之率性任達，以風姿韻度代表著追求自由、打破禮教、標榜自我的精神。《晉書》四十九卷末史臣論曰：

> 莊生放達其旨，而馳辯無窮，棄彼榮華，則俯輕爵位，懷其道術，則顧蔑王公。……嵇阮竹林之會，劉畢芳樽之友，馳騁莊門，排登李室。

史臣是將五賢定位爲追蹤「老、莊」，崇尚「隱逸」，遺落世事，蔑視禮法，傲視公卿，以眞實的人格呈現，而開一代風流之宗風，他們以迥異的人生取徑引領時代風氣，故特予立傳，至於褒貶，則由後人斷之。他自以有才不遇，心懷憤忿，乃借七賢中的五賢之任放不群，傲然獨得，脫略禮法，鄙夷權貴，追求自我人格之完整的精神來示威、嘲諷與抒憤。在時空背景如此切合下，其詠五君，要不說是「自敘」，實找不出更恰當的形容詞。是其〈五君詠〉之作，正述其懷抱也。

> 前越巂太守李文德素善於篤，時在京師，謂公卿曰：「延叔堅王佐之才，奈何屈千里之足乎？」欲令引進之。篤聞，乃爲書止文德曰：「凡民夐猶有爲兮，惟士愁於寒暑。或踶奇而失服兮，或廉吏而難爲。物有所不至兮，時有所不可待。道固難期兮，人有所不可宜。〔註 23〕

湯顯祖感知自身的生命軌跡，體認到「物有所不至兮，時有所不可待。道固

〔註 21〕〔明〕湯顯祖：〈寄前太守胡公並序〉，徐朔方箋校：《湯顯祖全集》（北京：北京古籍出版社，1999 年），頁 68。

〔註 22〕牟宗三：《才性與玄理》（臺北：學生書局，1975 年），頁 67～84。

〔註 23〕〔明〕湯顯祖：〈感士不遇賦並序〉，徐朔方箋校：《湯顯祖全集》（北京：北京古籍出版社，1999 年），頁 153。

難期兮，人有所不可宜」，自我與「時運」互動的結果。儘管明白，但仍是有「難爲」之嘆，然而這諸多的難爲皆已「萬化」爲湯顯祖烙印在他的智骨道心上。

二、茂林之樂，得時自適

狂奔非我情，然命運的考驗卻在俯仰之間。「初言宦有善，再歎士無媒。」〔註24〕起伏的宦途，不得不讓湯顯祖有了「微涼生我襟」〔註25〕、「零落見秋蓬」〔註26〕之感，也讓他明白「神虯需薦梅」〔註27〕，有了「休生寡塵雜，偃息坐林端」〔註28〕的打算。然而卻又發出「未獲了明窗，難辭嬰世網」〔註29〕之覺，「自乏乘桴材」〔註30〕之悟。不斷在循環反覆的自我矛盾，反映出深受儒家道德薰陶的知識分子在歸隱與仕宦之間都是非常困難的選擇。歸隱意味著放棄兼善天下的鴻志，放棄步步上雲階的立功之能，也代表著放棄光耀門楣，以此爲孝的意念。而仕宦，在某個程度也代表會面臨摧志屈道的可能，則無能全其道，無能鎮其躁，有危其安，無論歸隱與仕宦此中皆有諸多的不得已而然。〔註31〕

湯顯祖自云：「不見南鳶墜，安知茂林樂？〔註32〕」在歸途之中層層變幻

〔註24〕〔明〕湯顯祖：〈門有車馬客〉，徐朔方箋校：《湯顯祖全集》（北京：北京古籍出版社，1999年），頁92。

〔註25〕〔明〕湯顯祖：〈龍頭阻風，晚霽待月有酌〉，徐朔方箋校：《湯顯祖全集》（北京：北京古籍出版社，1999年），頁55。

〔註26〕〔明〕湯顯祖：〈煌煌京洛篇〉，徐朔方箋校：《湯顯祖全集》（北京：北京古籍出版社，1999年），頁91。

〔註27〕〔明〕湯顯祖：〈門有車馬客〉，徐朔方箋校：《湯顯祖全集》（北京：北京古籍出版社，1999年），頁92。

〔註28〕〔明〕湯顯祖：〈寄饒崙〉，徐朔方箋校：《湯顯祖全集》（北京：北京古籍出版社，1999年），頁102。

〔註29〕〔明〕湯顯祖：〈青雲亭上作〉，徐朔方箋校：《湯顯祖全集》（北京：北京古籍出版社，1999年），頁103。

〔註30〕〔明〕湯顯祖：〈賦海寄饒海鹽並序〉，徐朔方箋校：《湯顯祖全集》（北京：北京古籍出版社，1999年），頁110。

〔註31〕關於隱逸在中國中古的進一步討論，可參考王瑤〈論希企隱逸之風〉，《中古文學史論》，頁188～210；及王文進《仕隱與中國文學——六朝篇》（臺北：台灣書局，1999年2月），張仲謀：《兼濟與獨善：古代士大夫處世心理剖析》（臺北：東方出版社，1998年1月）。

〔註32〕〔明〕湯顯祖：〈遲江泊飲楊店草閣〉，徐朔方箋校：《湯顯祖全集》（北京：北京古籍出版社，1999年），頁56。

的山水，也讓他心開意解，在轉念後有了重新觀看自己處境的視解。或有慨嘆今是昨非：「春年桃李眞須惜，歲月榮華空自賒」〔註33〕，或有蓄勢待發之志：「衣冠待明發，反復東南馳」〔註34〕，或有喜好之趣：「平生喜標遇，風懷慕淹雅」〔註35〕或有慚愧懊悔：「良時不蚤建，憂來逼我身」〔註36〕或見迷後的自悟的寬解之語：「比迹類有歸，造事無窮已」〔註37〕、「自愛王侯種，無言末路侵」〔註38〕。總之，心情總有起伏，思想總會調整，然而，這一切都要歸功於「停頓」下來才有茂林之美的發現，也才有委運任化的理念實踐。

萬曆六年第三次春試落第在南歸途中所見一派樸實天眞的農家之樂，沿途之景：

> 柚莊，景州城父老也。余秣驢其門，迎余而醴。一孫爲秀才，治《尚書》，留余甚樂。同行者催去，行一舍而宿。感之，題付酒人爲謝。
>
> 南入廣川門，車旁停碧驢。風沙淪照彩，棗栗散烟墟。塡塡今日路，墨墨古人居。相理條侯貴，傳經董仲舒。從來夸細柳，豈復問園蔬？遊子方遵路，老翁來倚閭。曾蒙三老爵，問是七旬餘。爲語求芻秣，相延入草廬。
>
> 烹雛連作饔，酌醴并焚魚。既染青春色，兼陳白露茹。圓方雖不滿，大小各勤渠。父老傳鄉飲，賢孫起尚書。長眉眞壽考，短髮自蕭疎。羡此賢仁里，慙非卿相輿。兼尊仍滌口，一飯已充虛。上客歡難似，中山醉不如。〔註39〕

〔註33〕〔明〕湯顯祖：〈秋憶黃州舊遊〉，徐朔方箋校：《湯顯祖全集》（北京：北京古籍出版社，1999年），頁90。

〔註34〕〔明〕湯顯祖：〈黃姑〉，徐朔方箋校：《湯顯祖全集》（北京：北京古籍出版社，1999年），頁100。

〔註35〕〔明〕湯顯祖：〈寄南京都察院阮君並憶陳侍御〉，徐朔方箋校：《湯顯祖全集》（北京：北京古籍出版社，1999年），頁107。

〔註36〕〔明〕湯顯祖：〈除夕寄姜孟穎户部〉，徐朔方箋校：《湯顯祖全集》（北京：北京古籍出版社，1999年），頁111。

〔註37〕〔明〕湯顯祖：〈玉牀〉，徐朔方箋校：《湯顯祖全集》（北京：北京古籍出版社，1999年），頁100。

〔註38〕〔明〕湯顯祖：〈送江別駕公之任雲南，公性樸清，取家底錢作廨，甚占奇勝，落成而去〉，徐朔方箋校：《湯顯祖全集》（北京：北京古籍出版社，1999年），頁100。

〔註39〕〔明〕湯顯祖：〈景州高氏柏莊飲並序〉，徐朔方箋校：《湯顯祖全集》（北京：北京古籍出版社，1999年），頁48。

「草廬」一詞，在中國詩歌史和文化史都有相當重要的意義。中國很早就進入農業社會，「廬」早已有之。《說文》云：「廬，寄也，秋冬去，春夏居」〔註40〕，作爲動詞意爲「寄止」，作爲名詞則是「田間陋屋」，是一種依順時序爲了方便在園田中工作，暫時居住的草屋。〔註41〕在草廬之內因爲保持了距離，更能敏感地體察草廬內外的人文景致，有待客熱情的招待：「烹雛連作饗，酌醴并焚魚」，有地狹人歡的天倫之樂：「父老傳鄉飲，賢孫起尙書」，這種氣氛，對於一個失意者而言，是人世錯遷中最溫暖安在的居所。

此外，在「圓方雖不滿，大小各勤渠」的各自忙碌中的適性自得，這樣的安居樂業讓湯顯祖起了羨慕之情也起了慚愧之心：「羨此賢仁里，慙非卿相輿。」因爲，與園田共處，與農家中的父老賢孫相往來的歡樂並非卿相之輩所能給予，其歡樂之情不需要靠山珍海味，「一飯已充虛」，如此充盈的喜樂非座上賓客所能解，讓湯顯祖有了不如醉在美酒的想望。「上客歡難似，中山醉不如」道盡在閭里之歡的沉浸下，得到身體的釋放，體會心靈的自由。

萬曆八年（1580）第二次春試落第，在南歸途中有觀稼之因緣，稟受野氣之鮮時懷憶友人龍君揚，觀耆稚自適之歡，見草木蟲鳥順應自然之態，一派自給自足，好一幅樂園圖像，再一次領受「人生各有適」的「委運任化」：

> 牧拙在窮僻，先疇有歲年。春開九扈正，人耔一馬田。既分榆莢雨，
> 還媚杏花天。雲生松上白，烟開野鮮。遲日到高樹，維犉行自牽。
> 疏風出苗隴，通波縈綺阡。耆稚各有適，鶯花咸自然。區種從所務，
> 耕獲庶無愆。已希問賀好，誰言車馬錢？〔註42〕

遠遊爲了忘憂，登山爲了消苦，在感於境遇波折之際，更敏銳地覺知節氣交替，在田園之間見識躬耕生活的日常：「人耔一馬田」、「維犉行自牽」，體會了農耕的力量：「耆稚各有適，鶯花咸自然。區種從所務，耕獲庶無愆。」農耕依附著天地的節律深植於土地，而土地原本即有創生與厚藏的象徵意義，

〔註40〕〔東漢〕許慎著，〔清〕段玉裁注：《說文解字注》（臺北：洪葉文化，1999年），頁447。

〔註41〕〔宋〕釋慧林：《一切經音義》：「廬館，……，別舍也。《釋名》云：寄止曰廬。」，《頻伽大藏經》（北京：九洲圖書，1998年），頁39。

〔註42〕〔明〕湯顯祖：〈南㵎觀稼有懷龍郡丞〉，徐朔方箋校：《湯顯祖全集》（北京：北京古籍出版社，1999年），頁89。

它吐生萬物，也爲萬物所歸。〔註 43〕因此在窮僻之園田，無論老幼，無論動植物皆得其所性，各守其分，得到存在的穩定性與安全感，而湯顯祖從他們各自的價値選擇中，亦在此中看到了生命的安頓之所從何而來。

> 對人的存在來說，產生一個習慣的身體是一種內在的必然性。習慣的獲得是身體圖式的修正與重建，是一種意義的把握，擁有一個新的習慣即是改變生存能力，擴大在世存有，身體被新的意義所滲透。〔註 44〕

勞動便是農耕生活的本質，在具體的勞務經驗中，身體被新的意義所滲透，其觀看的角度亦會有所調整與改變，而這也正是這次南歸途中意外的獲得，最眞實的體悟。在這樣的空間各自安存，阻絕了車馬，也阻絕了人事，故道：「已希問賀好，誰言車馬錢？」或許一開始還不適應人際往來絡繹的熱鬧而有了落寞之情，不過，從他們「區種從所務，耕獲庶無愆」，自給自足，無所愧愆的自適來看，這樣的生活才是合乎本性的自然。

孟子曾說：「士之仕也，猶農夫之耕也。」〔註 45〕仕宦與農耕之同在其「得時」，在「農園樂事」的圖像中，湯顯祖在當下體會了「得時」而「自適」的安頓之法，思考「個體」與「群體」的關係平衡之性，「有適」正是他在身體被新的意義所滲透，所作的修正與重建。

三、潛龍待時，復歸初心

知時而動，順命而行，委運而化，這是落第南歸的第三層精神的體會與轉化。讓精神脫離現實羈絆，自由遨遊天南地北，爲生命尋找另一個出口。湯顯祖亦遵循了「出發—歷程—回歸」的生命周律。孤浪在天地的遊子終於在反覆的迴圈中覓得「春歸」之適。

湯顯祖萬曆廿六年（1598）四十九歲棄官返鄉，那是他眞正的絕望，亦爲他歸隱之念結果之時。歸隱的種子早在萬曆二年（1578）～萬曆八年（1580）間便以埋下，而第二次落第對於湯顯祖的打擊其實沒這麼深，眞正讓他心志

〔註 43〕〔清〕劉熙載著、王先謙補：《釋名疏證補・釋地第二》云：「地，底也，其體底下載萬物也。」「土，吐也，吐生萬物也。已耕者曰田。」《續修四庫全書》（上海：上海古籍出版社，1995 年），第 190 冊，卷一，頁 53～54。

〔註 44〕〔法〕莫里斯・梅洛－龐蒂（Maurice Merleau-Ponty）著，姜志輝譯：《知覺現象學》（北京：商務印書館，2001 年），頁 142～146。

〔註 45〕〔唐〕孔穎達等：《孟子注疏・滕文公下》，《十三經注疏本》（臺北：藝文印書館，1997 年 8 月），頁 110。

崩解離析的其實是第三次的落第，而這次的落第並非只是簡單的落榜而已，遭遇的是信念價值的被背叛。當時面對壯志受挫的困境，早已興起不如歸去的念頭，只是歸去之思僅爲念頭，還稱不上爲行動。而且，此刻生起的隱逸之念不過是逃避現實，並非眞正透徹人世變化，了然地遁世歸隱。是故，湯顯祖的隱逸之思與歸隱的選擇正是湯顯祖「轉化」之跡不容忽視的線索。

> 在這種我稱爲心理過渡狀態中，一個人的認同感是懸在半空中的。你不再固著於一個自己或者他人的特定心智意象與內容。這個「我」在一個它無法掌控的地方被卡住，這樣的模式無法看出就是「我」。當處在過渡裡，「自我感」（I-ness）以及一些相關的東西都還在，但普遍的感覺是異化、邊緣化，以及漂浮。

> 秋中去齡閏，雲雷季冬震。今日青亭上，但覺青陽迅。越香初掩掩，生波還粼粼。凍雀乳纔飛，新禽囀方順。蕊粉競薰融，花光向韶潤。遊子覓春歸，佳人出林訊。縟景待初顏，鮮風拂玄鬢。川皋寄怡衍，林閭解偏吝。機賞澹忘懷，神鋒忌猶峻。今日反東菑，生涯從耜刃。
>
> 〔註46〕

觀物所以體化，感物所已知時，在自然的轉瞬化遷之中，在農家田園的洗滌之下，終能以澹然的胸懷置之生之起伏頓挫。今日的歸返，是道心的回歸，定心於從此「生涯從耜刃」。「縟景待初顏，鮮風拂玄鬢」說的正是他復返嬰兒的「重生」的萬物更新。「川皋寄怡衍，林閭解偏吝」正是他復返的關鍵。「機賞澹忘懷，神鋒忌猶峻」終是他的「自得自悟」。

第二節　賢冠思宦道，詳宣宦拙情

萬曆十二年（1584）七月，湯顯祖啓程往南京就任太常博士。正七品小官。這個職務主管祭把禮樂，很少有公務可辦。中秋前五日，他在南京太常寺報到，三日後又往國子監謁孔。這才算正式到差。而他來到的「南京」正也是魏允貞、李三才和鄒元標等少壯派的活動中心。〔註47〕

〔註46〕〔明〕湯顯祖：〈正月晦青雲亭晚望〉，徐朔方箋校：《湯顯祖全集》（北京：北京古籍出版社，1999年），頁77。

〔註47〕據徐朔方《湯顯祖評傳》中載：「自從成祖遷都北京以後，明朝在陪都南京仍舊設有中央六部的官僚機構。很少處理實際政務，往往形同虛設。有一部分閑官由此感到失意，由失意而不滿，可能以比較清醒的態度對朝政提出指責

所謂「靜觀其變」所探尋的意旨核心即在：以「靜獨」的心態來面對「變化」，並在舊的格局中，開創新的格局。既然「變」已然成爲生命中的常態，就表示每隔一段時間，我們就得面對同樣的循環，同樣的生命之法則，於是通其變，破其格便成爲靜獨時的一種觀念與態度了。如果，我們能了解過渡期爲我們生命所帶來的意義與價値，對它有更深的認知跟解讀，那我們就不會只是一味的抗拒、厭惡與逃避，也將會獲得在那意外的變化中所帶來的意想不到的「變化」。因爲唯有壓力，才可以在深處創造出寶貴的生命變化。而這正也是湯顯祖所強調的「通變破格」，至於如何通變破格，湯顯祖提出「適法」與「盡變」：

> 眞有才者，原理以定常，適法以盡變。常不定不可以定品，變不盡不可以盡才。

對於湯顯祖而言，所謂的「適法以盡變」，正是眞才者的「立命之學」。從這個角度看湯顯祖上疏一事，即可推論：〈輔臣科臣疏〉即是他爲自己在仕途上的「盡變」之舉，而從其性命之學的需要上，確實也有著「盡變」的需要。若將觀看的視角回歸於大自然的生成原則，從植物生長的歷成來看，經歷春風夏陽，秋雨冬雪，在這種自然生成的過程中會受到扭曲，擠壓，忽略，然後會在某一個時間點迸裂出土而勃然生長。在湯顯祖的詩中，文中，賦中，在在表達著這些扭曲的政壇，擠壓的處境，忽略的對待，在慢慢匍匐前進的致君之途中，上疏一事，則成爲他爲自己爭取自由的行動，也像這決然迸裂出土的植物一般。

> 義仍應舉時，拒江陵之招，甘於沈滯。登第後，又抗疏，劾申時行。不肯講學，又不附和王、李。在明之文人中，可謂特立獨行之士。〔註48〕

某些事件，表面看起來雖似末端小節，無關緊要，但實際上卻是往後發生重要轉折的癥結點，或是未來會掀起波瀾的機緣。作爲特立獨行之士，湯顯祖不計仕途光景，勇於上疏，他的上疏之舉，不是帶著「恐懼」而行動的，而是帶著「忠誠」而行動的。這是一種忠於自己秉受詩書之教的決定，是一種

和批評。他們當中有一部分人原來就因爲被歧視，甚或受輕微處分而調到南京，或者在處分之後受到寬大而又不立即召用才安插到此地。這些人當中有魏允貞、李三才和鄒元標。這時統治集團內部一種不滿現實的輿論力量正在形成。主要由一些正直的言官和少壯派組成。南京是他們的活動中心。」。

〔註48〕〔清〕王國維：《王國維遺書》（上海：上海書店出版社，1983年），頁265。

出於忠於本眞的自由選擇，這種自由意味著爲自己選擇後所該承擔的後果負責，換言之，爲自己決定的存在的價值，承擔在自由意志下選擇的一切負責。是故，南京抗疏一事，成爲完成大人之道之前必然的實踐。以下分從：一、詳宣道趣，傲吏本朝；二、狂斐有章，正酬其心等兩方面論述之。

一、詳宣道趣，傲吏本朝

萬曆十五年（1587），湯顯祖赴京上計，卻以「不謹」受到警告處分。這對湯顯祖而言，的確是不白之冤。當他到北京京察考核時，官場議論紛紛，謠傳他批評時政，藉由戲曲借古諷今。回到南京後，感嘆人心叵測，惡意誹謗，蒙受不白之冤，無能自清，無奈之餘，僅能寫詩自吐其冤。故以〈京察後小述〉紓鬱，並自表其志：

> 邑子久崖柴，長者亦搖簸。含沙吹幾度，鬼彈落一箇。大有拊心嘆，不淺知音和。參差反舌流，倏忽箕星過。幸免青蠅弔，厭聽遷鶯賀。賤子亦如人，壯心委豪情。文章好驚俗，曲度自教作。貪看繡裌舞，慣踏花枝臥。對人時欠伸，說事偶涕唾。眠睡忽起笑，宴集常背坐。敢有輕薄情？祇緣迂僻過。一命淹陵署，六歲逢都課。「浮躁」今已免，「不謹」當前坐。有口視三緘，無心嗔八座。骨相會偏奇，生辰或孤破。吾心少曲折，古人多頓挫。脫落慕仙才，點掇希王佐。咄咄竟何成，冉冉誰能那！〔註 49〕

同鄉之人含沙射影，張口咬人，如同犬吠，吠聲四起，年長者亦扮演三人成虎之角，散播流言，交叉耳語，必積非成是，此暗箭傷人之法，讓湯顯祖不得不拊心感嘆知音稀薄。在湯顯祖的觀念底，對時局的持平之論，甚至「說事偶涕唾」，其眞情率性反成倒插針，狠狠往自己的痛處扎了。到底不善迂迴的湯顯祖，面對官場的人情世故，終歸還是稚嫩了些，「對人時欠伸」算是經世長智之語，有反省，亦有委曲。從「眠睡忽起笑」一語便知此事如石壓胸，令人不得好眠。「敢有輕薄情？祇緣迂僻過。」爲了避禍，「有口視三緘」，並「無心嗔八座」，如今卻因「參差反舌」，壯心豪情惹來的禍端，令人不禁唏噓。自道：「浮躁」今已免，「不謹」當前坐，面對此況，無法伸冤，只好怪罪己身：「骨相會偏奇，生辰或孤破」。經歷此事，終也明白古人頓挫之因，

〔註 49〕〔明〕湯顯祖：〈京察後小述〉，徐朔方箋校：《湯顯祖全集》（北京：北京古籍出版社，1999 年），頁 261～262。

正與他一樣：「吾心少曲折」。心不曲折，便招來曲折之路，這點，湯顯祖經歷這事情，也算是明白了。

明代的考察分爲「京察」和「外察」，京察是針對全體京官的考察，一般六年舉行一次，而外察是對京城以外的官員進行考察，又稱爲「大計」，一般三年舉行一次。考察的方法是：本人述職，同僚評議，執政裁決問題官員，裁決範圍有：貪、酷、浮躁、不及、老、病、罷、不謹等八項。而上計這種考察制度，發展到明代中期，卻也成爲黨同伐異的利器，失去制度本身的公平性，成了私人權柄的操控制度。對於此種官場生態，感憤之際，亦以「君之作善，必有所勸，而後其機自神」〔註 50〕，因此，湯顯祖所作只是實踐作爲臣子之責，承擔起勸君爲善之責，在歲煉月磨之下，深知得入吏道雖難，但涉入吏道更是難上加難，在吏道之途，滯礙難行，難展抱負，因此僅能以「邊緣人」的身分在邊陲開疆闢土，堅定自己的信念，爲百姓謀福祉。

> 今年大計殊佳，是陸公晚節得意處，但如此亦眞奇士矣。承手命，弟一生大病，坐於多讀多言，多讀多蕪，多言多漏。今稍愧悔，兄其許我乎？海上尉當一二年，安心供職，郭考功未即開府，何也？逐臣無所忻，喜清人得政耳。〔註 51〕

在〈答張起潛先生〉信中說：「睹時事，上疏一通，或曰亡震怒甚。今待罪三月不下，弟子不精不神蓋可知矣。」〔註 52〕上疏不通，反被彈劾者查辦處理，從「不精不神」一句，可知湯氏承受著莫大的打擊和折磨。

萬曆二十年（1592）資輔申時行繼續被言官所劾，大學士王錫爵藉故還鄉。值陸光祖任吏部尚書，當時因彈劾申時行，王錫爵而被降級削籍的大臣得以被重起用，如被降爲劍州判官的萬國欽被量移爲建寧推官，被削籍的饒伸複升爲刑部主事，故有：「今年大計殊佳，是陸公晚節得意處。」之語；而面對朝廷一系列的人事變動，「逐臣無所忻，喜清人得政耳」即能道盡湯氏之懷。

> 長安貴人，輒問吾郡薦逸誰最所知，僕詳宣道趣，以爲渾金潤玉，不宜久委泉石間。第門下一輩人遠矣，無知言者。……右軍云，晚須絲

〔註 50〕〔明〕湯顯祖：〈次九日嚮用五福〉，徐朔方箋校：《湯顯祖全集》（北京：北京古籍出版社，1999 年），頁 1664。

〔註 51〕〔明〕湯顯祖：〈與劉士和司業〉，徐朔方箋校：《湯顯祖全集》（北京：北京古籍出版社，1999 年），頁 1311。

〔註 52〕〔明〕湯顯祖：〈答張起潛先生〉，徐朔方箋校：《湯顯祖全集》（北京：北京古籍出版社，1999 年），頁 1321。

竹陶寫。覺少年人磊磈更須也。還布衣於南國，作傲吏於本朝。〔註53〕

「覺少年人磊磈更須也」，則是湯顯祖對於初入仕途的士子的期許，以傲吏當朝爲志，不以布衣爲途。這也揭示湯顯祖對於明代多布衣的看法。

有明一代，隱士較少，這一方面與朝廷設律法禁止自命清高的士人「不爲君用」而導致的社會不宣導有關，更是明代士人世俗化加強的社會現實反應。據《明史‧隱逸傳》記：

> 明太祖興禮儒士，聘文學，搜求岩穴，側席幽人，後置不爲君用之罰，然韜跡自遠者，亦不乏人。迨中葉承平，聲教淪浹，巍科顯爵，頓天網以羅英俊，民之秀者，無不覯國光而賓王廷矣。其抱瑰材，蘊積學，槁形泉石，絕意當世者，靡得而稱焉。由是觀之，世道升降之端，係所遭逢，豈非其時爲之哉。〔註54〕

是至明末之時，心學大盛，世上推崇高潔脫俗不入仕爲官之人，而且世道昏暗，有些士人感此而尋求自保之路，因此隱士開始興盛起來。特別是到了明季鼎革之時，隱者如林，這也是自古亂世之中一個尋常現象。這與明代中後期的隱士歸隱還是有所不同的。但是，在明代還是歌舞昇平的太平盛世之時，已有人感到其背後的危機而歸隱。〔註55〕

在中國古代社會中，山人隱士一直是古典社會中一道不同於主流的風景。一般是指具有高尚人格不與世俗趨同的隱逸之人。據考證，作爲具有隱居士人意義的山人一詞出現于唐代，之後指那些超凡脫俗的隱居的讀書人，與隱士的文化內涵相同。然而，山人這一基本存在於歷史主流之外的群體發展到明代中後期，其與隱士從詞異意同已經演化爲完全不同的兩個群體和兩種文化人格，可以說是山人從隱士中分化出去，形成明代中後期一種極爲特殊的文化現象。一至晚明，由於龐大的山人或布衣文人層的存在，文人已從士人階層中脫穎而出，並成爲不同於文臣、道學家、武士，即自具個性特徵、人格追求、生活方式的群體。〔註56〕

〔註53〕〔明〕湯顯祖：〈寄高太僕〉，徐朔方箋校：《湯顯祖全集》（北京：北京古籍出版社，1999年），頁1310。

〔註54〕〔清〕張廷玉等傳：《明史》，〈隱逸傳〉（臺北：中華書局，2010年1月），頁520。

〔註55〕徐林：〈明代中後期隱士與山人之文化透析〉，（《西南師範大學學報（人文社會科學版）》，第30卷，第4期，2004年7月），頁1。

〔註56〕陳寶良：〈明代文人辨析〉，（《漢學研究》，第十九卷，第1期，2006年2月），頁187。

因此，上疏乃為自己求之失利以後，雖有心傷，卻是明白此心之為何。從湯顯祖不計仕途，便明白他的上疏之舉，不是帶著「恐懼」而行動的，而是帶著「忠國之愛」而行動的。這是出於一種自由的選擇，這種自由意味著為自己選擇的存在方式負責。因此，看待湯顯祖上疏〈論輔臣科臣疏〉這個行動，筆者以為：湯顯祖該是秉持著達觀一旦落髮，當已落頭的入世自覺與政治情懷，無論結果如何，他都做好為自己選擇的存在方式，或升或貶，心中自有準備。而這份出於自由意志的選擇也可顯現出湯顯祖性命之學之核心精神。

二、狂斐有章，正酬其心

遠離朝廷，並不意味著遠離政治。〈答舒司寇〉一文可作為湯顯祖涉入宦途實習政事後的「觀政」紀錄。從此文中亦可條分屢析出他的觀政之道。此外，萬曆十四年（1586）所作〈三十七〉一詩，可視為湯顯祖宦遊倦疲，有意歸去的線索，亦是他自我回顧一生轉變的重要詩作。以下分從：（一）深厚其器，自壯自補；（二）循性而動，各附所安等兩方面論述之。

（一）深厚其器，自壯自補

針對舒司寇的來信，其旨要湯顯祖多近老成派，勿以少壯派為伍，希望湯顯祖以此為戒：

> 吾鄉在昔明德未乏，邇向闒軟。明公晶晶雄雄，殆欲為後生所仰。接手書，諷以方壯宜近老成人，今滿朝鬭氣者多惡少。今幸以為戒，無與親。受教無量。〔註 57〕

然而，對於舒司寇所謂少壯中鬬氣者多一事，湯顯祖以「觀」作為「軸心」，從「各有其難」與「交相為用」兩個面向提出他的見解。首先他以退為進，以先師之訓表明「壯者好鬬」確為事實：

> 竊觀先師有戒，壯在鬬而衰在得。蓋血氣有餘，宜受之不足；不足，又宜受之以有餘，自消息自補引，亦「觀其生，進退」之義也。如此然後可以觀民。〔註 58〕

〔註 57〕〔明〕湯顯祖：〈答舒司寇〉，徐朔方箋校：《湯顯祖全集》（北京：北京古籍出版社，1999 年），頁 1289～1290。

〔註 58〕〔明〕湯顯祖：〈答舒司寇〉，徐朔方箋校：《湯顯祖全集》（北京：北京古籍出版社，1999 年），頁 1289～1290。

少壯者血氣方剛，好鬬逞勇，故敢怒敢言，勇於奮進，處於攻擊狀態，然而，除了因「血氣有餘」的「生理」的原因之外，另外一個原因便是「受之不足」的現實條件，即是觀政經驗缺乏。在觀政經驗不豐富的情況下，思疏慮淺，自是必然。一看不順眼，就進行針砭，臧否人物因而忽略了其他面向，造成失衡也是事實。在尚未體會自消自補的「進退之道」，便是還不懂得「觀己」？又何以觀民？其「竊觀先師有戒，壯在鬬而衰在得。」旨意在此。然而，「壯在鬬而衰在得」乃爲「先師之戒」，爲「先師之觀」。今日觀政，對於「戒之在鬬」的師訓，湯顯祖又是作何解？針對「滿朝鬬氣者多惡少」之現象作一剖析：

> 諸言者誠好事，中多少壯。蓋少壯多下位，與物論近，與老成更歷之論遠。相與黨遊，而執政之遊絕，故其氣英。既不習於事，又不通於執政之情。名位輕而日月長，去就不至深護，或以此自憙，議隨意生，風以羽成。鬬誠有之，未足爲定也。而諸老大臣又多不喜與少年郎吏有風性者遊。物論既寡所得，又進而與執政親，熟其恩禮宴笑，因知其所難。物盈而慮周，中多眷礙。如井汲且收，不復念瓶羸也。故傾朝中尊卑老壯交口相惡，莫甚此一二年餘。人各有心，明公以諸言事者多惡少，正恐諸言事者聞之，又未肯以諸大臣爲善老耳。〔註 59〕

首先，他從「各有所難」的角度觀之：對於「少壯者」而言，因爲他們都是一群失去政治勢力的臣子，故多居下位。因歷政不深，自是老成不足，老成不足的少壯派當是思淺慮疏，所言「不習於事，不通執政之情」便是針對此而發。正因少壯，故名位輕，尚未有雄厚的政治人脈，也沒有強大的影響力，於是「去就不至深護」自是必然，這些不得勢的少壯派，卻懷有雄志，在抱負遭遇一致的情況下，相與黨遊時常有之，故對朝政提出指責和批評，久而久之，「議隨意生，風以羽成」，壯在鬬確實爲眞。此外，是否眞如舒化所言「滿朝鬬氣者多惡少」？似乎湯顯祖不這樣認爲。「相與黨遊，而執政之遊絕，故其氣英。」說明了湯顯祖對於這群少壯派的看法，以爲他們正因與執政之遊相遠，故能保持個人節志，爲英氣之士。是故，不當以「惡少」名之。

而老成派又看不慣少壯派不可一世，大放厥詞的態貌，對於那些風流成

〔註 59〕〔明〕湯顯祖：〈答舒司寇〉，徐朔方箋校：《湯顯祖全集》（北京：北京古籍出版社，1999 年），頁 1289～1290。

性的少年郎吏更是嗤鄙，不願與之同遊，而且一想到這些少壯派咄咄逼人的問難，便「如井汲且收」，無以施恩，在這種緊綳的關係中，更別妄談以恩重禮隆的方式待之，亦別妄想能共宴笑相歡。正如「物盈而慮周」，老成派思慮過深，反而「中多眷礙」。是故，當氣盛慮疏的少壯派面對物盈慮周的老成派，最終將演變成「交口相惡」的態勢。

正所謂「人各有心」，立場角度各有不同，與其開而兩傷，不如交而兩成，接著再從「相交爲用」的角度提出權衡方法：

> 以不佞當之，與其開而兩傷，不如交而兩成。諸少年宜上遊於諸老，領所官學，時觀而勿語，以深厚其器，而須厥成。諸老亦宜稍進諸年少好事者，挹其盛氣，以自壯自補，無爲執政者所柔，因以益知外事。蓋不佞竊唯以血氣損益相補之誼，年少之資於老成人，猶老成人之資年少。鬪在不得，得在不鬪，二也交而用之，以二爲一。〔註60〕

而「鬪在不得，得在不鬪」的觀政經驗，亦發抒於〈答管東溟〉一文中：「成進事，觀政長安，見時俗所號賢人長者，其屈伸進退，大略可知。」〔註61〕因此，靜以深厚其器，學以自壯自補，從容觀世，晦以待明。可知在北京觀政時期的湯顯祖收斂其氣，正懷思於《易》之所云：「君子藏器於身，待時而動，何不利之有？動而不括，是以出而有獲，語成器而動者也。」思忖著相益與相損之理：

> 竊觀其時所號氣節諸君者，弟亦未敢深附。《易》不云乎：「定其交而後求，平其心而後語，安其身而後動。」不然，「莫益之，或擊之」矣。迨其擊之也，而悔其交，容有及乎！〔註62〕

尺蠖之屈曲，乃是爲了下一步的前進，龍蛇之蟄居，亦爲了要保身。這都說明了厚生係爲保全形軀，委順而化的生長原則即是自然生存變化之理。靜時在先，爲以所蓄，蓄之滿時，則能有所動。以此說明深厚養器，在於研究義理之目的在於內養外用，在體悟深奧神秘的形上境界之前，內養的道德功夫

〔註60〕〔明〕湯顯祖：〈答舒司寇〉，徐朔方箋校：《湯顯祖全集》（北京：北京古籍出版社，1999年），頁1289～1290。

〔註61〕〔明〕湯顯祖：〈答管東溟〉，徐朔方箋校：《湯顯祖全集》（北京：北京古籍出版社，1999年），頁1295。

〔註62〕〔明〕湯顯祖：〈答王澹生〉，徐朔方箋校：《湯顯祖全集》（北京：北京古籍出版社，1999年），頁1303。

必須成熟，才得出時能大用於世。是故，《易》之所云，首重身安，安身心才得靜，心靜才知動止之態，靜心以後才得心平，平心靜氣之後，出語才得有衡準，語如思，從其語思知其人格，人格敬誠，才得人信，信之已立，求人則易。故君子修此三者，故能全性保眞。因此，對於何者損生？何者益生？正是湯顯祖在北京觀政時思考的「貴生之機」。此外，雖談「相交爲用」，更談「莫悔其交」，能夠避免後悔其交的辦法便是「主人之才」的涵育與完熟，而讓主人之才能夠涵育完熟的靠的正是《易》所云「安身」與「平心」的內養，主人之才的涵育，讓全性保眞成其可能。

（二）循性而動，各附所安

萬曆十四年（1586），湯顯祖三十七歲，回顧出仕初衷，起了興歸之念，寫下〈三十七〉一詩：

> 我辰建辛酉，肅皇歲庚戌。初生手有文，清羸故多疾。自脫尊慈腹，展轉大母膝。剪角書上口，過目了可帙。家君有明教，大父能陰騭。童子諸生中，俊氣萬一人。弱冠精華開，上路風雲出。留名佳麗城，希心遊俠窟。歷落在世事，慷慨趨王術。神州雖大局，數著亦可畢。了此足高謝，別有煙霞質。何悟星歲遲，去此春華疾。陪畿非要津，奉常稍中秩。幾時六百石？吾生三十七，壯心若流水，幽意似秋日。興至期上書，媒勞中閣筆。常恐古人先，乃與今人同。〔註 63〕

〈三十七〉一詩焦點集中於自身，是湯顯祖在遭遇人世幾番起伏之後，思考自身何去何從的問題。此詩記載著他童稚之時與弱冠之際的概略發展，以及歷經而立之年面對即將到來的強仕之年的性命抉擇。筆者以爲：此詩可視爲自傳詩，並從此詩探析出幾個重點：

首先，在人生經歷的回顧中，湯顯祖聚焦的重點即放在自身從「意氣風發」到「意志蕭條」的變遷，故將此詩劃分成「童稚時期」、「弱冠時期」、「壯年時期」此三階段自身的變化。從這三階段亦可從「在家」與「離家」這兩個角度論析：

從「家世與出身的影響」的角度：「初生手有文，清羸故多疾」即道出他自小便承擔命運的印記，以及他一生必得肩負的身之苦。暗藏著家人的期望正爲童稚的湯顯祖構築未來的形象，「自脫尊慈腹，展轉大母膝」說明自小的

〔註 63〕〔明〕湯顯祖：〈三十七〉，徐朔方箋校：《湯顯祖全集》（北京：北京古籍出版社，1999 年），頁 245。

母愛係來自太母，其〈齡春賦有序〉可爲證：

> 余太母爲魏夫人，年九十一二矣。動爲小子治賓客，暴書器。小子或違去信宿，則卜卦。至遊太學，應詔辟，爲嚴裝送發，不啼也。小子受恩念深至。兒時病，不好牀席，常以太母腹爲藉。至十餘歲，尚臥其肘。以是外出夜夢，常惟夢太母耳。私心不急於宦達，以是。〔註 64〕

受恩甚深，感念亦深。從小到大，關於湯顯祖生活的一切大小事，皆爲太母打理。若有外宿未歸，便卜卦安之，而與太母親暱之程度，更是不在話下。換言之，能夠如此親密不分，正是得之於太母無微不至的照顧。而如此濃厚的祖孫情，正也是湯顯祖不急於宦達的原因。此外，由「剪角書上口，過目了可帙」可明白他自小的學習狀況，天才橫溢而「家君有明教，大父能陰騭」正是他受學於「儒」、「道」兩者之間，由此亦可發掘出湯顯祖自小多元思想接受痕跡的重要根據，不見得要從矛盾衝突的角度解釋這個部分。〔註 65〕

此外，離家以後，他的形象便是卓越出眾，故以「童子諸生中，俊氣萬一人」作爲他童稚時期的總括。而稍長一點後，「弱冠精華開，上路風雲出」，說明一個風華正茂、對自己未來人生充滿信心的風雲少年即將施展抱負，實現他夢想的雄志之路。「弱冠精華開，上路風雲出。留名佳麗城，希心遊俠窟」，這也說明因爲名盛而氣狂，結交多數遊俠。兩事說明狂傲的性情在一個特定時空下顯現人物的個性和成長。是故「歷落在世事，慷慨趨王術。神州雖大局，數著亦可畢」一段，重構個人成長與命運起落，曾經他是意氣滿膛，少年即以文才得以風雲，在「文武全材一豁披」〔註 66〕的自信下，秉懷忠孝深心爲君忙，無奈不遇之情更甚賈誼，故有「壯心若流水，幽意似秋日」之慨。話至極淒涼處，未免衰颯，然而卻也正是烈士暮年壯心不已之證，可謂有血

〔註 64〕〔明〕湯顯祖：〈齡春賦有序〉，徐朔方箋校：《湯顯祖全集》（北京：北京古籍出版社，1999 年），頁 149。

〔註 65〕鄒元江：《湯顯祖新論》：「『大父早綜籍於精黌，晚言筌於道術』，這是祖父生命歷程的必然選擇。但這對於年少的湯顯祖來說是難以言喻的。他深深以爲『家君恒督我以儒檢，大父輒我以仙遊』的兩難選擇而苦悶、矛盾，有時乾脆婉拒與他勃勃的生命氣象相頡頏的仙遊世界的召喚：『第少仙童色，空承大父言。』」（臺北：國家出版社，2005 年 6 月），頁 105。

〔註 66〕〔明〕湯顯祖：〈送太常西署翁君歸潮〉，徐朔方箋校：《湯顯祖全集》（北京：北京古籍出版社，1999 年），頁 295。

淚十斗。「我行夕火中，誰知今雨霜」〔註67〕之險阻曲宦，無人可道，惟以嘯歌自遣：

> 四五年師弟子依依之情，時恍然在目。第風塵路斷，出山常難。心銘舊德枉用相存。每一興言，頹焉短氣。使來千里，轉見高情。詢知履康，同人所慰。至如不佞，既不能留雞肋於山城，又不敢累豬肝於安邑。乏絕坎坷，都無足道。時有嘯歌自遣耳。〔註68〕

對於「鼎鼎持一生，落落行四方」的湯顯祖，明白「巧步不終朝」，故願以「拙心當白首」的他，「既不能留雞肋於山城，又不敢累豬肝於安邑」的堅持更是顯出他的橘性根器。他明白命運之機，不在世俗的成就上，而在忠誠自持以立大人之道，也因宦途的險阻，益發讓他思考相為延息的性命之光係為何物。

三、天災人禍，抗疏之端

從一三六八年明太祖朱元璋登基，到一六四五年崇禎皇帝上吊自殺，明朝二百七十餘年間歷十七位君王。其間天災、人禍、內憂、外患不斷。萬曆年間，天災更是頻繁，在國勢衰頹之際，官逼民反，外族侵擾，其境況如呂坤所記載：

> 民心如實炮，撚一點而烈焰震天；國勢如潰瓜，手一動而流液滿地。〔註69〕

萬曆十四年（1586）夏，江南浙江、江西、湖廣、廣東、福建、雲南等地發生大水災。湯顯祖以〈丙戌五月大水〉一詩記之：

> 芳臯有熱芸，空疇猶浩溔。時欣日華漏，未覺風心皎。北上湧朝際隮，南垠滯昏曉。妨粢愁奉常，祈田肅京兆。府署氣無鮮，壇場意俱悄。梧竹靄滄涼，井邑浮虛杳。地脈交龍斷，硯席涎蝸遶。扇節尚春衣，籬門喧水鳥。從陵上原隰，登臺望江表。天貌此沉沉，客心方渺渺。何日風雲掀，俯辨山河了？〔註70〕

〔註67〕〔明〕湯顯祖：〈南都懷舊寄高太僕〉，徐朔方箋校：《湯顯祖全集》（北京：北京古籍出版社，1999年），頁347。

〔註68〕〔明〕湯顯祖：〈與門人賀知忍〉，徐朔方箋校：《湯顯祖全集》（北京：北京古籍出版社，1999年），頁1309。

〔註69〕〔明〕呂坤：〈答孫月峰〉，《去僞齋集》卷五，（北京：北京古籍出版社，1999年），頁152。

〔註70〕〔明〕湯顯祖：〈丙戌五月大水〉，徐朔方箋校：《湯顯祖全集》（北京：北京古籍出版社，1999年），頁247。

萬曆十五年（1587）四月，北京大旱、大疫。七月，江北蝗災，江南大水，杭、嘉、湖、應天、太平五府江河泛溢，平地水深丈餘。又緊連颶風大作，環數百里，一望成湖。山東也大旱，而開封、陝州、靈寶一帶卻因黃河決口，汪洋一片。正是「天貌此沉沉，客心方渺渺。何日風雲掀，俯辨山河了」之沉痛的心聲。

此外，萬曆十六年（1588）這一年，湯顯祖在南京詹事府主簿任，親歷了如此眞實的天災人禍：

> 西河尸若魚，東嶽鬼全瘦。南北異肌理，生死一氣候。山陵餘王氣，户口入鬼宿。猶聞吳、越間，積骨與城厚。宿麥失先雨，香秔未黃茂。長星昔中天，氣燄十年後。乘除在饑疫，發泄免兵寇。君王坐終北，遍土分神溜。何惜飲餘人，得沾香氣壽！〔註71〕

「南北異肌理，生死一氣候」，因天候異常而產生人禍，一句「戶口入鬼宿」寫出死亡無數，一句「積骨與城厚」道盡慘絕之境。儘管政府已有應急措施：「雖然發臺穀，幸自息流嘯」，但是只是「萬端給一口」，根本無法解救饑荒之苦。在「地產覺今疲，天意敢前料。海珠不受採，河魚將息釣」的情況下，百姓僅能以草木充饑，面對百姓斷糧，普天愁叫的景況，湯顯祖寫下〈內弟吳繼文訴家口絕穀有嘆〉：

> 巴丘有再獲，琅邪豈豐糶？萬端給一口，常為饑鬼笑。幸堪童子師，筆舌苦難掉。汝祖長沙王，漢冊遠有耀。千秋子孫大，舊日衣冠妙。先疇近零落，莓田苦暵燒。變化乏工本，打勞復沙剽。今年普天餓，非汝獨愁叫。河海半相食，木礫飼老少。雖然發臺穀，幸自息流嘯。地產覺今疲，天意敢前料。海珠不受採，河魚將息釣。積著漏奄戚，屑越流邊徼。池竭每目中，沙隳直緣峭。未賜江南租，久讀山東詔。秋毫自帝力，害氣吾人召。汝等牛一毛，生死負犁銚。芝麻同婦種，豆蟲須裸照。冬稌如可睎，休車有餘覺嚼。〔註72〕

在「江淮西米絕」的情況下，最後僅能以草木充饑，更有甚者，人與人相食：

〔註71〕〔明〕湯顯祖：〈丁亥戊子大饑疫〉，徐朔方箋校：《湯顯祖全集》（北京：北京古籍出版社，1999年），頁265。

〔註72〕〔明〕湯顯祖：〈內弟吳繼文訴家口絕穀有嘆〉，徐朔方箋校：《湯顯祖全集》（北京：北京古籍出版社，1999年），頁268。

西北久食人，千里絕煙影。如何江海氣，遍濕東南境。越人苦蛟龍，
吳都復蛙黽。梟茨涸濱澥，木皮盡蹊嶺。由來三輔民，仰粟二西省。
所在亦中熟，津梁各有警。江船絕盱贛，楚粟慳衡郢。陵麥青未熟，
香秔種猶冷。底春歌已斷，涉夏饑殊永。淋滲傷雨氣，滄茫視風景。
京尹裁施粥，市人稀說餅。心蘇流殣積，色沮俘庸騁。江漢漕方下，
水衡粟已請。且賜今年租，徐看水田穎。〔註 73〕

生與不生，活與不活，都是兩難，在天災人禍的催逼下，這是百姓最眞實的處境。徒留屍骨遍野，天地日日熏臭。在屍疊屍，疫傳疫，饑疫肆虐的情況下，只能任由「白骨蔽江下，赤疫駢門進」〔註 74〕。在江蘇、浙江、山西、陝西、山東、河南、河北等地，「已絕行人徑」〔註 75〕。在這場饑劫浩難中，根本無須兵寇侵擊，便已似風淒緊。針對這場大饑疫，湯顯祖最後以「精華豪家取，害氣疲民受」〔註 76〕作爲最沉痛的控訴。

眞是屋漏偏逢連夜雨。湯顯祖才經歷完饑饉相食，餓殍遍野的慘絕人寰，接著萬曆十七年（1589）六月又遇南畿、浙江大旱，太湖亦水涸：

斗水十餘錢，誰云江海闊。孤生已四十，正爾今年渴。池井各封閉，
關梁遞遮遏。注喉如沃焦，敢復費澆抹。延生喘脇際，常恐命蔕脫。
朝竊雪漢呼，夜厭飛蟲聒。明河雖按户，斗杓肯低斡。井參雖在闕，
玉繩不可掇。稍移江上寺，江水遠明活。熱乏此甘露，點滴在缽瓶。
沉冥洞壑氣，迴風撓虛豁。嵌空倚絕壁，日光傾隱割。雖非清涼山，
冰雪見毫末。水觀蕩陰靄，晚浴宜巾葛。江海足相忘，都人困吹沫。
安得取水龍，傾城此囊括。〔註 77〕

水價日百錢，淮清江水闊。他生常苦饑，今生直愁渴。渴屋無轉勢，
枯魚自噓沫。斷想入梅雨，已覺露華歇。山川不出雲，星雩盡茲月。

〔註 73〕〔明〕湯顯祖：〈饑〉，徐朔方箋校：《湯顯祖全集》（北京：北京古籍出版社，1999 年），頁 275。
〔註 74〕〔明〕湯顯祖：〈寄問三吳長吏〉，徐朔方箋校：《湯顯祖全集》（北京：北京古籍出版社，1999 年），頁 269。
〔註 75〕〔明〕湯顯祖：〈聞北上饑麥無收者〉，徐朔方箋校：《湯顯祖全集》（北京：北京古籍出版社，1999 年），頁 266。
〔註 76〕〔明〕湯顯祖：〈疫〉，徐朔方箋校：《湯顯祖全集》（北京：北京古籍出版社，1999 年），頁 266。
〔註 77〕〔明〕湯顯祖：〈六月苦旱渴，偶就弘濟寺得江水飲〉，徐朔方箋校：《湯顯祖全集》（北京：北京古籍出版社，1999 年），頁 279。

> 始疑天意遠，敢云地津竭。迎秋稍沾浥，木葉早枯脫。夏雨瀝金珠，秋水灌毫末。〔註78〕

在滴水難取的情況下，從「斗水十餘錢」到「水價日百錢」，面臨著「注喉如沃焦」、「延生喘脇際」的生理危機，「渴屋無轉勢，枯魚自噓沫」的愁渴困境。不得不被迫到弘濟寺飲水，也不得不念想梅雨季來，在接二連三的天災之禍的催逼下，湯顯祖不禁開始懷疑究竟天災不斷是否是天貌沉沉的老天「以疫示之」，讓離「天道」、「人道」皆遠的大明王朝的一種警示？民貧對應著官貪，人禍反映出腐敗的國政，「但願雨入律，經營土冒橛」〔註79〕，可見當時民不聊生的現況。

萬曆十四（1587）年到萬曆十七年（1560），當接連著發生旱、澇、饑、疫等災難時，萬曆皇帝卻置若罔聞，還與宦官玩掉城之戲：

> 又數年，神廟宮中偶興掉城之戲，於御前十餘步外，畫界一方城，於城內斜正十字，分作八城，挨寫十兩至三兩止。令司禮監掌印，東廠秉筆及管事牌子，遞以銀豆葉八寶投之，落於某城，即照數賞之。若落迸城外及壓線者，即收其所擲焉。至戊之年，遂有建○○○○○之變，失撫順、開原等處，此戲始不作也。〔註80〕

一個國家的強弱，從國君的行徑便可約略體現這個國家的精神面貌。此等行徑，亦是無能者的一種逃避，一種以玩樂痲痺感受的手段。面對如此的君主，君臣之義又該如何自處？

萬曆十七年（1589），飽受旱災病疫和官府盤剝之苦的太湖縣農民劉汝國，自稱順天安民王，同虞夢星一起揭竿起義。而在此前後的山東唐賽兒、浙江趙一平等人領導農民扯旗造反事件，之後，官兵亦發生激變。

萬曆十八年（1590），俺答的孫子扯力克，已經失去了約束部落的能力，在甘肅、青海間活動的卜失兔和火落赤兩部落，尤其不受其節制，經常縱火渡河侵擾甘、涼、洮、岷、西寧間，向已歸化「天朝」的番民輪番進行搶劫：

〔註78〕〔明〕湯顯祖：〈己丑立秋作〉，徐朔方箋校：《湯顯祖全集》（北京：北京古籍出版社，1999年），頁281。

〔註79〕〔明〕湯顯祖：〈喜麥〉，徐朔方箋校：《湯顯祖全集》（北京：北京古籍出版社，1999年），頁277。

〔註80〕〔明〕劉若愚：《酌中志》，卷十六，（北京：北京古籍出版社，1994年），頁115。

> 十五年春，子撦力克嗣。其妻三娘子，故俺答所奪之外孫女而爲婦者也，曆配三王，主兵柄，爲中國守邊保塞，眾畏服之，乃敕封爲忠順夫人，自宣大至甘肅不用兵者二十年。及撦力克西行遠邊，而套部莊禿賴等據水塘，蔔失兔、火落赤等據莽剌、捏工兩川，數犯甘、涼、洮、岷、西寧間。他部落亡慮數十種，出沒塞下，順逆不常。帝惡之，十九年詔並停撦力克市賞。已而撦力克叩邊輸服，率眾東歸，獨莊禿賴、蔔失兔等寇抄如故。其年冬，別部明安、土昧分犯榆林邊，總兵杜桐禦之，斬獲五百人，殺明安。〔註81〕

這一年，湯顯祖四十一歲，正在南京禮部祠祭主事任上。當他得知首輔申時行對北方部落一意和款怯懦，苟且偷安時，內心憤憤不已：

> 榆關將軍紫花額，自言能拂雙枝戟。登臺望虜識風塵，度磧尋營知水脈。娶妻胡語能胡言，盗馬與官多得錢。石州雖殘虜多死，榆林獨出兵氣全。頃緣互市邊籌假，市馬與軍非善馬。牽過倒死即須償，就中更有難言者。餘閒老將學耕耘，後來兒子不能軍。但願英雄不生虜，兜零無火更何云！〔註82〕

天災人禍，哀音滿紙，湯顯祖的「傷世之語」盡在此中。面對天下悠悠，世路坎坎的當際，抗疏以盡其變，亦爲湯顯祖回應本心，守其本眞的大人之行。

第三節　萬曆亂象生，上疏以盡變

南京抗疏失利，湯顯祖最後被貶廣東徐聞，降爲典史。儘管有雄心爲盾，壯志爲牌，懷有「區區之略，可以變化天下」之豪情，但這是未經世道火煉的年輕湯顯祖所言，他並不知道，單憑孤耿，早已沉痾的萬曆王朝已無法廣惠天下，更是無法產生世局變化，他能變化的只不過是自己的仕途。只是，他的一念孤忠，從此，他面對「天下」又是另番局面。雖然「輸」了政治舞台，輸了欲變化的天下。然而惠澤於民的父母官之心，卻永流青史。然而，湯氏上奏此疏前是否已有成爲逐臣之準備？抑或以爲此疏一奏將得重視，成爲逐臣實屬意外？此疏所造成的影響，對於研究湯氏者，不得忽略。另外，

〔註81〕〔明〕張廷玉等撰：《明史》第二十八冊，卷三百二十七，（北京：中華書局1974年4月），頁8489。

〔註82〕〔明〕湯顯祖：〈榆林老將歌〉，徐朔方箋校：《湯顯祖全集》（北京：北京古籍出版社，1999年），頁315。

湯氏又是如何透過此疏條析縷分國之亂源，進而提出因應之道，皆是本文論述重點。

〈論輔臣科臣疏〉，係湯顯祖向萬曆皇帝分條陳述輔臣科臣問題的奏疏。他藉此疏剖析國政弊端，卻也剖斷自身仕途。面對星變之象，萬曆戒愼恐懼；面對政壇亂象，萬曆無所作爲。星變之象，預警的是萬曆用人偏私之實；星變之象，警示的是上下相引，互蒙其利的政壇亂象。對於湯氏而言，星變之象，無有恐怖，恐怖的是萬曆皇帝任毒瘤繁衍妄爲，使政壇成腥，釀成國亂。是故，爲了解萬曆政壇亂象之原始，擬從：一、〈論輔臣科臣疏〉之上疏背景；二、〈論輔臣科臣疏〉之上疏之意義；三、萬曆用人偏私之失；四、萬曆不明亂源之失；五、情理兼備的應亂之道等五方面探討。

一、〈論輔臣科臣疏〉之上疏背景

面對星變之象，湯顯祖以爲萬曆不明禍源，怪罪言官，實是失當。是故，爲釐清星變陳言的背後眞相，爲指陳無情無理的政壇之象，湯氏上疏，勢在必然。故試從：（一）星變之說；（二）政壇現象等兩方面予以剖析。

（一）星變之說

萬曆十九年（1591年）閏三月，彗星出現於西北天際，依古人「天人感應」之見，此天象乃不祥之兆。以爲彗星出現定有凶象，不得不懼。爲此，萬曆敕令要求群臣修德反省。其實彗星之現，原本僅是一種自然現象，卻被看成凶兆，實是荒謬，甚至禍及忠臣。面對萬曆能有「正君臣之義，誅邪佞之心」之意，湯顯祖以爲此乃直言之機，遂以「輔臣欺蔽如故，科臣賄媚方新」爲由，於同年五月間進奏〈論輔臣科臣疏〉，可謂響應之舉。然而，筆者以爲湯氏的響應之舉並非諂媚要權，亦非贊同萬曆之政，而是透過此疏點破何以「輔臣欺蔽如故，科臣賄媚方新」之風尙不滅，反而「日新又新」的怪狀。

星變之象一現，人心惶惶，萬曆不思執政失責，反以星變爲凶兆，憤而下旨，怪罪言官未盡一喙之忠，有失職責之罪：

> 奏爲星變陳言，輔臣欺蔽如故，科臣賄媚方新，伏乞聖明，特加戒諭罷斥，以新時政，以承天戒事。臣於閏三月二十五日接得邸報〔註83〕，

〔註83〕「邸」，本來是指古代朝覲京師的官員在京的住所，早在戰國時就出現了，也有人說始於西漢。顏師古說：「郡國朝宿之舍，在京師者率名邸。邸，至也，言所歸至也。」「邸」，後來作爲地方高官駐京的辦事機構，爲傳遞溝通消息

見吏部接出聖諭：「六科十三道，邇來風尚賄囑，事向趨附。內之效外，外之借內，甚無公直，好生欺蔽。且前者天垂星示，羣奸不道，汝等職司言責，何無一喙之忠，以免辱曠之罪？汝等於常時每每歸過於上，市恩取譽。輒屢借風聞之語，訕上要直，鬻貨欺君，嗜利不軌，汝等何獨無言，好生可惡。且汝等豈不聞「宮府中事皆一體」之語乎？何每每以搜揚君惡，沽名速遷爲？汝等之職，受何人之爵，食何人之祿？至於長奸釀亂，而旁觀避禍，無斥奸去逆之忠，職任何在？本都該拿問重治，姑且從輕各罰俸一年。吏部知道，欽此。」大哉王言，正君臣之義，誅邪佞之心，嚴矣粲矣。〔註84〕

首先，湯顯祖引述「聖諭」，對萬曆「正人臣之義，誅邪佞之心」大加讚許，以爲聖諭之意，乃爲曙光，藉此上達「輔臣欺蔽如故，科臣賄媚方新」之醜態，期能一清「風尚賄囑，事向趨附」之敗行，達其「承天戒事，以新時政」之美意。由此聖諭可發現：科道官近來賄囑風氣嚴重，內外相互包庇，欺蔽頻繁，縱容群奸敗行，公直盡失。此種市恩取譽，嗜利不軌的私行，豈不係鬻貨欺君？對於風聞之語，言官何以故作沉默？沉默即是默許，如此，豈不陷君於不義？是故，聖諭之言，無非反映明朝中後期士大夫好名之風頗盛，言官私心私利之狀：

邇來建言成風，可要名，可躐秩，又可掩過，故人競趨之爲捷徑，此風既成，莫可救止。〔註85〕

儘管所言爲實，但並不表示眾言官皆如此，故有「南都諸臣，捧讀之餘，不知所以」，言官以星變爲由，責難皇上推測的情況發生。

明代設立言官之目的，係爲駁正皇帝的違誤，補救皇帝的疏忽，與歷代言官相比，明代言官的職權廣泛而重要，其中規諫君主和糾劾百司是言官最重要的兩項任務。所謂：「六科十三道」，即是「給事中」和「御史」的合稱，

而設。由此而有「邸報」之稱。「邸報」又稱「邸抄」，另有「朝報」、「條報」、「雜報」之稱，是用於通報的一種公告性新聞，專門用於朝廷傳知朝政的文書和政治情報，屬於新聞文抄。

〔註84〕〔明〕湯顯祖：〈論輔臣科臣疏〉，徐朔方箋校：《湯顯祖全集》（北京：北京古籍出版社，1999年），頁1275。

〔註85〕〔清〕張廷玉等撰：《明史》第廿冊，卷二百三十一，〈列傳〉一百十九，（北京：中華書局1974年4月），頁6047。

號稱「言路」〔註 86〕，此乃構成明代糾彈官員敷衍行政、違法亂紀的兩道交叉防線。據《明史・職官志》所載，御史權高，職掌複雜，有糾舉官邪、整肅吏治之權，鞏固皇權、維護朝綱之責：

> 都御史職專糾彈百司，辯明冤枉，提督各道，爲天子耳目風紀之司。凡大臣姦邪、小人構黨，作威福亂政者劾。凡百官猥茸貪冒壞官紀者劾。凡學術不正，上書陳言變亂成憲，希進用者劾。遇朝覲、考察，同吏部司賢否陟黜；大獄重囚會鞫於外朝，偕刑部、大理讞平之。其奉敕內地，拊循外地，各專其敕行事。十三道監察御史，主察糾內外百司之官邪，或露章面劾，或封章奏劾。〔註 87〕

既然言官職權之大，當能肅貪絕弊，何以有著「風尚賄囑，事向趨附」之貪賄風氣，「甚無公直，好生欺蔽」之不良官品？對此，萬曆示怒，以爲職司言責之科道官未能斥奸去逆，殆忽職責。然湯氏不以爲意，以爲咎之歸屬，不在言官。星變不足爲懼，當懼者乃係君王用人不明之失，虎狼之臣噬君王之權，是故，星變之兆僅爲警示，遠賄觸邪才是關鍵。

此外，從「奏爲星變陳言」之「陳言」可知，以「星變」之說嚇止人臣之舉是否爲萬曆的「障眼法」？否則何以「輔臣欺蔽如故，科臣賄媚方新」，此種欺蔽賄媚之習未能斷絕，反而有增無減？是故，從「奏爲星變陳言，輔臣欺蔽如故，科臣賄媚方新」一段，可探知湯顯祖首發肯定之語，並非此疏之目的，而是藉「星變」之說，一一舉證「星變之嚇」無法糾舉鬻貨欺君、嗜利不軌之徒，無能斥奸去惡，遏止貪賄之亂源。若是萬曆不明欺蔽賄媚之源，繼續縱容輔臣，如此，「星變」之言，終成「陳言」。是故，唯有革除「以群私靡然壞之」的政治敗象，明白科臣不忠，咎在輔臣之事實。星變之兆，才得永消；否則，星變之說終將淪爲口號，終爲「陳言」。

（二）政壇現象

張鼐《寶日堂雜抄》以士氣振衰論張居正、申時行兩位首輔爲政時之政壇風氣，並以言路暢塞觀世變，可謂一語道破：

〔註 86〕「言路」包括：都給事中、左右給事中、給事中、左右都御史、左右副都御史、左右僉都御史、十三道監察御史。六科給事中在明代被稱爲「科官」，十三道監察御史則被稱爲「道官」，合稱爲「科道官」，也稱爲「臺垣」，御史爲「臺」，六科爲「垣」。

〔註 87〕〔清〕張廷玉等撰：《明史》第六冊，卷七十三，志四十九，〈職官二・都察院附總督巡撫〉（北京：中華書局 1974 年 4 月），頁 6047。

或問：「子言江陵以前爲一局，茂苑以後爲一局，是矣。孰善乎？」曰：「江陵以前，相猜相賊，純乎爲己。然而改臣改正而忠讜者超擢。故士氣振而言路猶過。茂苑以後，相推相引，近乎爲國，然而傳法護法而忠讜者永棄。故士氣索而言路遂塞。噫，此可以觀世變。」〔註 88〕

所謂「言路遂塞」，直指當時政壇不是言官失責，而是言路蔽塞。是故，萬曆將星變之事推給言官，湯氏以爲萬曆失察：

南都諸臣，捧讀之餘，不知所以。有云：「此必言官以星變責難皇上，致有此諭。臣竊意皇上前大理評事雒於仁等狂愚直言，猶賜矜恕，又前伏讀兩次聖諭，一則引咎在躬，一則因星警逐去左右蠱惑擅作威福之人，則言官即有過言，必見溫納。何至合科道盡行切責罰俸？是惟聖明居高洞遠，灼見六科十三道中，必有賄囑趨附，長奸釀亂，倍負上恩之處。夫臣之責難皇上，既不難於聽宥；而聖諭嚴切，臣子亦宜各以常憲，官師相規，臣今日敢竊附斯義也。夫臣子本心，自有衷赤。權利蒙之，其心始黑。非必六科十三道盡然，特一二都給事等，有勢利小人，相與顛倒煽弄其間耳。記曰：「人父生而君食之，其恩一也。」故子之兄弟相引而欺其父，皆爲不孝；臣之大小相引而欺其君，皆爲不忠。然豈今之科道諸臣都不知此義哉。皇上威福之柄，潛爲輔臣中時行所移，故言官向背之情，爲時行所得耳。〔註 89〕

首先，當澄清的係倍負上恩者，並非「六科十三道」，而是「一、二都給事等」；再者，對於萬曆前後處理的態度不同而有微詞。萬曆十四年（1586 年）十一月，萬曆開始沉湎酒色；十七年（1589 年）冬，雒於仁冒死上疏〈酒色財氣四箴疏〉，勸諫萬曆當戒奢除淫，以天下爲本。面對雒氏之直言，萬曆僅以革職爲民了結此事。此外，在前兩次的聖論中，萬曆的處理總見君德：一次引咎在躬，一次因嚴辦蠱惑威福之人而有言官責難，萬曆亦能溫納，而今何以對科道盡行切責罰俸？

此外，湯氏以「聖諭嚴切，臣子亦宜各以常憲，官師相規」作爲引子，接著，直指爲何無能達到官師相規之因：乃係權力蒙蔽，其心始黑，大小相

〔註 88〕〔明〕張鼐著、王士騏輯：《寶日堂雜抄》，《北京圖書館古籍珍本叢刊・史部・雜史類》（北京市：書目文獻出版社，1988 年），頁 818。

〔註 89〕〔明〕湯顯祖：〈論輔臣科臣疏〉，徐朔方箋校：《湯顯祖全集》（北京：北京古籍出版社，1999 年），頁 1275～1276。

引，欺君之行，相繼而出，科道諸臣如此不忠，輔臣申氏難脫其責。疏文中以「豈」之一字，作爲反問之語，寓有激憤之情。以爲申氏藉職之威，行己之利；竊皇帝之福，造己之權，拉攏各種關係以建立威信，鞏固權力，壯大圈子的組織和力量，故有「臣之大小相引而欺君」之語。爲何朝中之臣相引而欺君？端緣受權利之引誘、媚惑，其目必盲，其心必蒙，臣子本心，由赤轉黑，貪權嗜利爲其禍根。

接著，明示要取富貴，係爲人臣之性，無論明主或權奸皆明以「富貴爲誘」的道理。然湯氏以爲要富取貴，當取之有道，故有：「使公直者不失富貴，誰當私邪；私邪者不得富貴，誰非公直」之論，若爲私作惡，富貴不得；秉持公直，不失富貴，如此，私邪者無以存。由此導出今日政風敗壞，顛黑爲白，驅忠納奸的政風，故說：

> 夫人臣自非天性公直，要取富貴而已。富貴者，明主所以誘天下公直，權奸所以誘天下私邪，皆此具也。使公直者不失富貴，誰當私邪；私邪者不得富貴，誰非公直！今日不然也。〔註90〕

此論一出，禍源爲何，一目了然。對於申氏之罪，湯氏並未劈頭定罪，而是透過層層正反之論，將申氏專權敗壞國風，導致科道諸臣爲官不正，影響皇帝權威的事實指陳而出。星變之象，乃警示政壇變黑的臣心，家國亂源在於上下相引之惡風，致令湯氏不得不挺身建言。

二、〈論輔臣科臣疏〉之上疏意義

湯顯祖最高官品不過是南禮部主事，然他在《明史》卻佔有一席之地，可見此疏影響之深切。而此疏之於湯氏又有何重要性？茲從：（一）從廟堂至江湖之轉折；（二）貴生理論之奠基等兩方面論述之。

（一）從廟堂至江湖之轉折

愧悔，總在事件發生後，總在事情明朗後，經過一段時間的沉澱，而有了澄澈的清明。進奏〈論輔臣科臣疏〉並未替湯氏帶來更寬廣的仕途，反使他遭致貶謫。成爲逐臣後，所有的政治理想皆非灰飛煙滅，所有的政治抱負皆無法展現。在這樣的情況下，愧悔的心情確實是複雜的。湯顯祖任命徐聞典史時，曾手書致劉士和表達愧悔之情及逐臣之悶：「弟一生大病，坐於多讀

〔註90〕〔明〕湯顯祖：〈論輔臣科臣疏〉，徐朔方箋校：《湯顯祖全集》（北京：北京古籍出版社，1999年），頁1276。

多言；多讀多蕪，多言多漏。今稍愧悔。兄其許我乎？海上尉當一二年，安心供職。郭考功未即開府，何也？逐臣無所忻，喜清人得政耳。〔註 91〕」昔日銳氣漸減，愧悔中有不甘，不甘中有體悟，「大病」一語蘊含無限。

首先，從現實際遇觀之：乃係反諷自己因「多讀多言」而招禍，因剛正直言而惹禍，那是徹底的體悟，而愧悔生發的起點，正是〈論輔臣科臣疏〉奏呈失利。其次，從心理層面探之：那是不甘語、是椎心語。爲了朝廷，難道可以不言不語？難道可以當個無所想法的人？正人臣之義，誅邪佞之心，不該是職責？

湯氏此疏條析縷數，舉證翔實，切中時政積弊，對朝廷而言，可謂是場海嘯警報。那些魚肉百姓、尸位素餐的官員，無不戒慎恐懼。只是終歸是以卵擊石。站在權力大餅上的權臣沒人想捨下，而萬曆皇帝又豈能「對症下藥」？所謂：牽一髮，動全身，萬曆皇帝豈能認眞？一髮若牽，臣心兩異，昭然若揭，國將動搖，帝王何處？是故對於湯氏之「深心」，面對湯氏之「直言」，萬曆皇帝又豈能「虛心以對」？湯氏大刀闊斧的壯舉，畢竟無法對抗強大迂腐的圈子；他剛勁直言的決定，也未能將首腦一網打盡，徒留的，僅能鼓舞當時仍想悍衛理想政治的群臣。「從輕處了」，降爲廣州徐聞縣典史，也算是萬曆皇帝對湯顯祖的「回報」〔註 92〕了。上呈〈論輔臣科臣疏〉最後也僅是一場及時雨。

屈居下僚，不似往時不平輒發的湯顯祖以「不精不神」〔註 93〕自況，可想而知。遠離權力核心的湯氏，終難再有侍君行道之機會。

〔註 91〕〔明〕湯顯祖：〈與劉士和司業〉徐朔方箋校：《湯顯祖全集》（北京：北京古籍出版社，1999 年），頁 1311。

〔註 92〕「四月庚寅二十五日，湯顯祖被詔切責。五月丁卯初三日，慰諭首相申時行即出辦事。諭有云：『湯顯祖以南部爲散局，不遂己志，敢假借國事攻擊元輔。本當重究，姑從輕處了。』庚午初六日，『大學士許國請發六科公本。爲吏、禮二科都給事中楊文舉、胡汝寧被南京主事湯顯祖訐奏，乞併批發，以安諸臣之心。』癸酉初九日，吏科楊文舉、禮科胡汝寧各辨南京主事湯顯祖疏。乞歸，不允。庚辰十六日，湯顯祖降徐聞縣典史。」徐朔方箋校：《湯顯祖全集》（北京：北京古籍出版社，1999 年），頁 1279。

〔註 93〕〔明〕湯顯祖：〈答張起潛先生〉：「某受知弱冠之前，契闊壯室之後。宛爾紅蠶，悲渝玄素之緒；困彼白魚，謬老丹青之篆。竟徼吾師寵靈，獲塵榮伍，敢忘所自。顧弟子意氣，時尚有之，不似往時輒發。覩時事，上疏一通，或曰上震怒甚，今待罪三月不下。弟子不精不神，蓋可知矣。」徐朔方箋校：《湯顯祖全集》（北京：北京古籍出版社，1999 年），頁 1321。

（二）貴生理論之奠基

湯顯祖嚮往李白身處的「有情天下」，不似他身處於尊吏法、滅才情的「有法天下」：

> 世有有情之天下，有有法之天下。唐人受陳、隋風流。君臣遊幸，率以才情自勝，則可以共浴華清，從階升，娭廣寒。令白也生今之世，滔蕩零落，尚不能得一中縣而治。彼誠遇有情之天下也。〔註94〕

有情天下，有法天下，孰好孰壞？湯氏藉〈青蓮閣記〉表志。記中語語是欣羨，亦是感歎。以為李白身逢其時，逢盛世、遇明君，不受才情之累，無受不遇之苦。國家所重者人才，君子所惜者名行，然若置身於風波之世局，小人陷阱無所不在，如此，縱有凌厲一世的才情，也成禍，成苦。縱然得其人才，亦必腐、亦必壞，如此，國事朝政必然傾頹。是故，上奏〈論輔臣科臣疏〉一疏，無待萬曆創建有情之天下，僅企盼維護有法之天下，切莫落得情不在、法亦失，成為後人眼中無情無法之天下。

失情，便失真。仁者之懷，必以人為重，從原始的親情開始，進而拓展為仁民、愛物，而此種情懷如實體現在〈貴生書院說〉。是故，〈論輔臣科臣疏〉所彰表的臣心，是仁心，體現湯氏審美情感與道德情感的交融。從此疏為起點、作支點，對於建構湯氏貴生理論之內涵，將有意外之獲益。

歷經上疏失敗，湯氏何以在患難之中自堅其心，開闔氣度創作佳構？筆者以為〈論輔臣科臣疏〉可謂轉捩的核心，而湯氏又如何從「情真」至「情深」，由「情深」到「情至」，再從「情至」到「情了」之生命體會，建構出主情說之理論體系，此疏之重要，不可忽略。是故，筆者以為：此疏不僅展現湯氏敏銳的政治之眼，亦體現他仁愛的儒者之懷，更彰顯情之核心終離不開「仁」。

三、萬曆用人偏私之失

對於申時行攻詰忠臣，誣陷良臣之徑，湯顯祖特舉「丁此呂」、「萬國欽」作為例證，反駁聖諭所謂「何無一喙之忠」的想法。以下茲從：（一）丁此呂之「忠」終成「幻」；（二）萬國欽之「勇」終成「難」；（三）湯顯祖之「情」終成「空」，論述如次：

〔註94〕〔明〕湯顯祖：〈青蓮閣記〉，徐朔方箋校：《湯顯祖全集》（北京：北京古籍出版社，1999年），頁1174。

（一）丁此呂之「忠」終成「幻」

談丁此呂，不得不談他與申時行、楊巍的因緣，據《明史》卷記載，申氏以爲丁氏以曖昧陷人大辟，不當爲清明之朝所宜有：

> 御史丁此呂言侍郎高啓愚以試題勸進居正，帝手疏示時行。時行曰：「此呂以曖昧陷人大辟，恐讒言接踵至，非清明之朝所宜有。」尚書楊巍因請出此呂於外，帝從巍言。而給事御史王士性、李植等交章劾巍阿時行意，蔽塞言路。帝尋亦悔之，命罷啓愚，留此呂。時行、巍求去。有丁、國言：「大臣國體所繫，今以群言留此呂，恐無以安時行、巍心。」國尤不勝憤，專疏求去，詆諸言路。副都御史石星、侍郎陸光祖亦以爲言。帝乃聽巍，出此呂於外，慰留時行、國，而言路群起攻國。時行請量罰言者，言者益心憾。既而李植、江東之以大峪山壽宮事撼時行不勝，貶去，閣臣與言路日相水火矣。〔註95〕

由此可知，申氏與丁氏非同路人。而在湯氏眼底，丁氏雖非首位揭發科場欺蔽者，但卻是知上恩而能效一喙之忠者：

> 臣不敢汎舉非言官而言事者，皆以失輔臣意得罪。即以臣所知言官論之，首發科場欺蔽者，非御史丁此呂乎。此知上恩效一喙之忠者也。時行知將論其子也，教吏部尚書楊巍覆而去之，惟恐其再入都矣。〔註96〕

從中國有科舉開始，舞弊就時有所聞，而防弊措施越周延，便代表當時舞弊情況越嚴重。當年丁氏被任命爲漳州推官，湯氏有〈送新建丁右武理閩中〉一詩，以「同病必同申，相憐自相引」〔註97〕表現相濡以沫的情誼，可謂同聲相氣之友〔註98〕。之後，丁氏職升山東道御史，於萬曆十二年（1584

〔註95〕〔清〕張廷玉等撰：《明史》卷二百十八，〈列傳〉一百六，（北京：中華書局，2010年1月，1版9刷），頁5748。

〔註96〕〔明〕湯顯祖：〈論輔臣科臣疏〉，徐朔方箋校：《湯顯祖全集》（北京：北京古籍出版社，1999年），頁1276。

〔註97〕〔明〕湯顯祖：〈送新建丁右武理閩中〉，徐朔方箋校：《湯顯祖全集》（北京：北京古籍出版社，1999年），頁1276。

〔註98〕從〈送右武出關〉、〈答丁右武稍遷南僕丞懷仙作〉、〈汶上懷右武淮揚〉、〈右武侍御視馬〉、〈寄右武滁陽〉、〈右武從辰沅移鎮贛州〉、〈寄右武莊浪〉、〈憶丁右武關西〉、〈戲寄右武〉、〈遙憶右武自蜀赴關西〉、〈平昌得右武家絕決詞示長卿，各哽泣不能讀，起罷去，便寄張師相，感懷成韻〉、〈平昌聞右武被逮慘然作〉、〈同于中甫兄傷右武並別六首〉、〈右武粵歸，雲憨公道勞山修煉處，意有動，欣然問之〉、〈右武座中，章門津朱以功舉吾郡雜字鄉音爲戲，

年）上疏揭發科場之弊。當年兵部員外郎嵇應科、山西提學副史陸檄、河南參政戴光啓等人任命鄉試、會試考官時，替張居正之子嗣修、懋修、敬修開後門，令擢登高科；而申時行之子用懋亦循此道而成進士。在作賊心虛的心理下，申氏先發制人，將丁氏降職爲潞安推官。湯氏此時在京中禮部觀政，故有〈送右武出關〉一詩：

> 聚散杳無期，有如驂與騑。送子遊近關，念遠意何微。端簪觸拳勇，弛繡戀閒闈。鬥水有清濁，盈庭無是非。丈夫行一意，何在久依違。〔註 99〕

筆者以爲，此詩之題意雖爲送行，但卻有對好友無限支持與肯定之意。

首先，從「鬥水有清濁，盈庭無是非」一句，以一「有」一「無」作爲對比，巧妙諷刺那些批評的言論，都是顛倒是非的妄語；甚者，以水當能分清濁，然人卻無能分是非，更凸顯那些口出妄語的權臣心中已無是非黑白，只有逆我者亡的私心私情。再者，以「丈夫行一意，何在久依違」之句，肯定丁氏爲人剛正，堅守心中的正義，不因權貴名利而所有偏倚，更不畏攻詰受難而有所易志，是故，「丈夫行一意」句，正是對丁氏揭發科場之弊，盡言臣之責，表達個人之推崇。「一日爲臣，終生爲國」，丁氏從一而終的忠義之念，自始至終，未有移易。是故，詩中「一」字，呈顯的正係湯氏讚揚丁氏身爲言臣未曾爲利移志、畏權易心的執拗堅持。

（二）萬國欽之「勇」終成「難」

萬國欽與湯顯祖同在萬曆廿一年（1583 年）考上進士，當湯氏在禮部觀政時，萬氏已被任命爲婺源知縣。萬氏赴任時，適巧丁氏升任山東巡撫，而湯氏以〈同丁右武送萬和父婺源〉一詩祝賀：

> 紫陌風暄散遠珂，美髯清骨病如何？春秋得附吾流少，吳越爭趨晚進多。興發松篁時自語，佩參蘭芷日相過。心知選勝鳴琴日，只愛新安百尺波。〔註 100〕

同丁此呂一樣，湯氏與萬氏應有交情。萬氏其性耿直，言事慷慨，不避權貴。

聽然答之〉、〈覺右武有病悲之〉、〈右武送西山茗飲〉、〈答丁右武〉等詩文，可知湯顯祖與丁右武往來密切。

〔註 99〕〔明〕湯顯祖：〈送右武出關〉，徐朔方箋校：《湯顯祖全集》（北京：北京古籍出版社，1999 年），頁 194。

〔註 100〕〔明〕湯顯祖：〈同丁右武送萬和父婺源〉，徐朔方箋校：《湯顯祖全集》（北京：北京古籍出版社，1999 年），頁 190。

萬曆十八年（1590年），萬氏彈劾首輔申時行對敵主和，接受邊將賄賂，有欺君誤國之行，當嚴加察辦，予以重處：

> 終言邊鎮欺蔽者，非御史萬國欽乎。此亦知上恩效一喙之忠也。時行不能辨其贓也，諷大學士許國擬而竄之，猶恨其不極邊矣。〔註101〕

然而，萬氏的忠諫之行，不但未被重視，還因此落難。實情爲何，簡述如下：

萬曆十八年（1590年）夏，火落赤諸部頻繁攻犯臨洮、鞏昌。是年七月，萬曆於皇極門召見輔臣申時行等人商求對應方略，期對當時邊備廢弛、督撫調度無能的情況有所振飭。然申氏以「正切憂慮」示以關心，實則係掩飾實情；並以「款貢足恃」爲言建議。然萬曆心中自有量尺，以爲款貢不足恃，否決其見，申氏等人遂奉諭而退。不久，邊事告急的警報接連而來，乃推鄭洛爲經略尚書行邊，實則借主之名行款議之實。萬國欽對於申氏「飾詞欺罔」之行，無法坐視不管，遂上疏揭發申氏欺罔行賄之事：

> 國欽抗疏劾時行，曰：「陛下以西事孔棘，特召輔臣議戰守，而輔臣於召對時乃飾詞欺罔。陛下怒賊侵軼，則以爲攻抄熟番。臨、鞏果番地乎？陛下責督撫失機，則以爲咎在武臣。封疆僨事，督撫果無與乎？陛下言款貢難恃，則云通貢二十年，活生靈百萬。西寧之敗，肅州之掠，獨非生靈乎？是陛下意在戰，時行必不欲戰；陛下意在絕和，時行必欲與和。蓋由九邊將帥，歲餽金錢，漫無成畫。寇已殘城堡，殺吏民，猶謂計得。三邊總督梅友松意專媚敵，前奏順義謝恩西去矣，何又圍我臨、鞏？後疏盛誇戰績矣，何景古城全軍皆覆？甘肅巡撫李廷儀延賊入關，不聞奏報，反代請贖罪。計馬牛布帛不及三十金，而殺掠何止萬計。欲仍通市，臣不知於國法何如也。此三人皆時行私黨，故敢朋奸誤國乃爾。」因列上時行納賄數事。帝謂其淆亂國事，誣汙大臣，謫劍州判官。初，國欽疏上，座主許國責之曰：「若此舉，爲名節乎，爲國家乎？」國欽曰：「何敢爲名節，惟爲國事耳。即言未當，死生利害聽之。」國無以難。〔註102〕

〔註101〕〔明〕湯顯祖：〈論輔臣科臣疏〉，徐朔方箋校：《湯顯祖全集》（北京：北京古籍出版社，1999年），頁1276。

〔註102〕〔清〕張廷玉等撰：《明史》卷二百三十，〈列傳〉一百十八，（北京：中華書局，2010年1月），頁6012～6013。

首先，萬國欽以「陛下怒賊侵軼，則以為攻抄熟番。臨、鞏果番地乎？」指出申時行在對召商討時飾詞容隱、朋比袒護，誤導軍況，傷及無辜。其次，以「陛下責督撫失機，則以為咎在武臣。封疆僨事，督撫果無與乎？」直指罪之首並非執行命令的武臣，而是權高位尊下達指令的督撫。再者，又以「陛下意在戰，時行必不欲戰；陛下意在絕和，時行必欲與和。」說明申氏之意與君相忤之實，甚至互相黨援，舉出三邊總督梅友松意專媚敵，誇大戰績，巡撫李廷儀對於礦賊嘯聚劫掠，隱匿不報，而這些督撫、巡撫皆為申氏私黨，聯合欺瞞國君，事態嚴重，實不能袖手旁觀，種種罪行一一舉證。然而萬氏之勇諫並未達其所願，反被誣為「淆亂國事，誣汙大臣」，終遭貶謫，出任劍州判官。

（三）湯顯祖之「情」終成「空」

忠君者，下場淒；勇諫者，官職失，此係丁此呂和萬國欽在朝中的命運。兩人不顧其害，持忠守義，因而困世，看在湯顯祖眼底，怎能置之不理？怎能不受感動？儘管兩人終成「砲灰」，但湯氏顯然不怕，此疏即是他前仆後繼的實踐。因此，特舉丁、萬兩人之例，戳破申時行威嚇朝中言官之實，故云：

> 二臣謫外，其他言官雖未敢顯詆時行，而或涉其旁事，及其私人，則有年例及不時補外二法，以牽聳眾言官，使其迴心斂氣，而時行得以滔然無臺諫之虞矣。〔註 103〕

善於「奉上」，也要善於「馭下」。申氏是懂得抓住脆弱人心的，他一把抓住人「怕事而遠禍」的共同心理，讓眾言官知其語多風波多，不得輕舉妄動、守口慎事才是安身立命之道。另外，他亦利用職權之便牽制言官，於是言官各個迴心斂氣，噤若寒蟬。如此，申氏得以行罪無畏，而無「臺諫之虞」。筆者以為：「迴心斂氣」一詞，除了表明言官改行易志外，亦有著湯氏深深的無奈。

接著，湯氏又指出南京御史李用中譴責申用懋冒籍取士以觸法，然申氏卻推卸責任，採用拖延戰術，特意將西陲凱旋的好消息安排在考績核滿之日，以西陲凱旋之功作為擋箭牌，作為護子之盾，而此計乃因襲前輔臣張居正之謀：

〔註 103〕〔明〕湯顯祖：〈論輔臣科臣疏〉，徐朔方箋校：《湯顯祖全集》（北京：北京古籍出版社，1999 年），頁 1276。

> 惟近日南京御史李用中〔註104〕奏正其子冒籍之法，而時行故以一請塞責。旋行祈請，欲得皇上一語，不礙其子進取，無乃要君甚乎！至於考滿〔註105〕與奏奇捷同日，正用前輔臣張居正故智。其奏捷疏中，有牛馬羊不計其數。南中諸臣皆笑曰，此經略公賀儀也。明日獎敕中必用此事。已而獎敕果有「元輔課功之日，正西陲奏凱之晨」數語矣。〔註106〕

湯氏直言不諱，以爲此乃申氏要脅國君之舉。後又以「臣按其日月，則元輔宴功之晨，正星象示儆之夕也。」點醒萬曆，道出申氏慶功之時星象示儆，豈係巧合？所謂：「爾爾俸爾祿，民膏民脂。下民易虐，上天難欺。」故云：

> 然臣按其日月，則元輔宴功之晨，正星象示儆之夕也。時行能欺蔽皇上，獨能欺蔽天象乎？而言官噤無言之者，正以丁此呂、萬國欽爲戒，恐失富貴也。夫知感主恩爲皇上斥奸正法者，反得貶竄，雖皇上恩力不能庇之。故今科道中無義之臣，遂謂皇上不能恩人，並不知所受是皇上爵祿矣。〔註107〕

湯顯祖抽絲剝繭，將朝中大臣放在聚光燈下探照，現出他們利慾薰心、欺世盜名的行徑。他針貶時政，針針見血，不像申氏能卑躬屈膝，懂得巧言媚主。首先，湯氏直指萬曆未能明察申氏之惡；其次，點出言官爲了私利巴結權臣，無所顧忌，甚至分不清「受何人之爵，食何人之祿」，而有「不知上恩，專感輔臣」之舉。是故，吏政敗壞之源乃在輔臣，必須嚴辦首輔，藉此承天戒事，以新時政。如此，才能遏止嗜利不軌的無義之臣訕上欺君之行，改善「皇上

〔註104〕「是年閏三月初一日，初『大學士申時行男用嘉，贅於故給事董道醇，因就試浙江中式。有言其越省弊中者，時行奏請覆試。上以無私，不必覆試。至是御史李用中復言之。時行請革其子舉人，準承廕入監，並懇乞休。』」徐朔方箋校：《湯顯祖全集》（北京：北京古籍出版社，1999年），頁1280。

〔註105〕明代「考滿」制度有三：曰稱職，曰平常，曰不稱職，爲上、中、下三等。考察，通天下內外官計之，其目有八：曰貪，曰酷，曰浮躁，曰不及，曰老，曰病，曰罷，曰不謹。考滿之法，三年給由，曰初考，六年曰再考，九年曰通考。依《職掌》事例考核升降。諸部寺所屬，初止署職，必考滿始實授。外官率遞考以待核。雜考或一二年，或三年、九年。郡縣之繁簡或不相當，則互換其官，謂之調繁、調簡。

〔註106〕〔明〕湯顯祖：〈論輔臣科臣疏〉，徐朔方箋校：《湯顯祖全集》（北京：北京古籍出版社，1999年），頁1276。

〔註107〕〔明〕湯顯祖：〈論輔臣科臣疏〉，徐朔方箋校：《湯顯祖全集》（北京：北京古籍出版社，1999年），頁1276～1277。

不能恩人」之誤解，明其「所受是皇上爵祿」之國體。

湯氏一言一語緊扣時弊，可謂忠言讜論。無奈下情難上達，萬曆之爲，無非自裁人才，人才一失，彷若星辰殞落。探究湯氏未能一清君側之因，乃係他不似申氏擅長溢美之辭，以「夫知感主恩爲皇上斥奸正法者，反得貶竄，雖皇上恩力不能庇之」之語直表心聲，此言如直射心臟的利箭，又狠又準地命中萬曆的無能。言發於心而衝於口，此言確實爲湯氏埋下日後遭貶的禍根。然賦性剛烈的他，此語不得不出，果眞重蹈「忠者，命舛」之後塵，爲朝盡職，爲友相挺，此情此義終成空無。

四、萬曆不明亂源之失

萬曆皇帝未能賞罰分明，關鍵在其識人不明。對於斥奸正法之忠臣丁此呂、萬國欽不但無所讚賞，反落貶竄；而賄囑附勢之賊楊文舉、胡汝寧不但未加嚴懲，反得重用。果眞是忠者，命舛；賊者，命順。以下試從兩角度：（一）食髓給事楊文舉；（二）蝦蟆給事胡汝寧，析論朝中亂源端緣敲骨吸髓、貪賄無用的給事有以致之。

（一）食髓給事楊文舉

楊文舉出於申時行門下，藉師生之緣攀權生力，塗炭生靈。萬曆十七年太湖沿岸各州府大旱，任命戶科右給事中楊氏督理荒政，朝廷前後發齎銀五十萬兩賑濟，前往查理錢糧、撫卹饑貧、禁治劫奪，凡司道不職者着即參處。然而，原本當督理「荒政」的楊氏，卻成了當地的「慌症」。何有此言？

首先，湯顯祖指責吏科都給事中楊文舉，並未克盡其責經理荒政，反而大舉斂財，從高階的督撫、司道及至一般的官員，敲骨吸髓，無一不取：

> 夫吏科都給事中楊文舉者，非奉詔經理荒政者乎。文舉所過輒受大小官吏公私之金無算。夫所過督撫司道郡縣，取之足矣，所未經過郡縣，亦風厲而取之。郡縣官取之足矣，所住驛遞及所用給散錢糧庶官，亦戲笑而取之。聞有吳吏檢其歸裝中金花綵幣琖盤等物，約可八千餘金，折乾等禮，約可六千餘金，古玩器直可二千餘金。而又騎從千人，賞犒無節。所過雞犬一空。〔註 108〕

「所過雞犬一空」句，鮮明地概括楊氏搜括無節、貪賄過分的事實，生動地

〔註 108〕〔明〕湯顯祖：〈論輔臣科臣疏〉，徐朔方箋校：《湯顯祖全集》（北京：北京古籍出版社，1999 年），頁 1277。

刻畫郡縣厚饋知府，知府善事權要，彼此脅肩諂笑的眞實畫面。其次指出楊氏貪贓宴樂、擾害飢民、買官自擅、荒淫無度、玩樂無度之行徑，以及朝夕酣湎於西湖，視民如糞土的「官心」：

> 迨至杭州，酣湎無度，朝夕西湖上，其樂忘歸，初不記憶經理荒政是何職名也。夫前所賄賂宴費數萬餘金者，豈諸臣取諸其家蓄而與之哉？正是刻掠飢民之膏餘，攢那賑帑之派數，以相支持過送，買其無脣舌耳已。而廣賣薦舉，多寡相稱，每薦可五十金。不知約得幾千金？至於暮夜爲人鬻獄，如滅淩玄應軍之類，又不知幾千金。〔註 109〕

此論句句掐喉，將楊氏之敗行壞德之事全盤托出。此外，亦揭露當時廉恥皆喪，以財買得薦舉之歪風，且收賄賣官，枉法斷獄之敗事；種種惡行，反映了「義之所在則推諉，利之所在則交征」的現象。面對老弱無所顧恤、貧病無所救濟的慘況，豈不是旱災之外，難上加難，湯氏豈能坐視不管？所謂：「擒賊先擒王」。撻伐楊氏後，句句反詰之語，一一揭露申、王、許三人上下相蒙，曲加庇護，糟蹋皇恩的事實：

> 夫三輔臣皆家蘇、徽二郡，文舉之貪，已蘇、徽二郡人士皆能言之。輔臣獨不知耶？未已復命，而吏部紀錄，居然首諫垣矣。乃知文舉之貪有所用之也。輔臣亦非不知之也。而從長安來者曰：「此闕政府原有別待，文舉再四從中曲處得之耳。」夫皇上德意，親發內帑金錢賑救生靈之死，而文舉乃敢貪贓宴樂，擾害飢民，買官自擅。皇上雖在深宮，獨無一人言之乎？然文舉雖玷首垣，久無嗚吠，人謂此逆取順守之計，或以前人爲創也。昨見邸報，文舉靦顏奏禁諸臣言事矣。〔註 110〕

楊氏敗行，蘇、徽二郡皆已傳遍，居於同鄉的三位輔臣卻無人知曉，豈能不教人起疑竇？再者，如此敗行，還能從戶科都給事中晉升爲吏科都給事中，豈不令人驚訝？此外，湯氏以「玷」字論之，一來貶抑楊氏劣行在當地已無人不曉，何以輔臣們充耳不聞，甚至還跳官加祿，豈不荒謬？二來譏諷楊氏

〔註 109〕〔明〕湯顯祖：〈論輔臣科臣疏〉，徐朔方箋校：《湯顯祖全集》（北京：北京古籍出版社，1999 年），頁 1277。

〔註 110〕〔明〕湯顯祖：〈論輔臣科臣疏〉，徐朔方箋校：《湯顯祖全集》（北京：北京古籍出版社，1999 年），頁 1277～1278。

居於首垣，卻無所作爲，名實不得相稱。這「玷」汙其職，不證自明。楊氏不以正道取之，而能以「正道」守之的荒誕行徑，正是朝中輔臣縱容的結果。舉證楊氏荒唐之行徑後，矛頭便指向王錫爵，戳破王氏包庇之舉：

> 夫大學士王錫爵因公一揚假建言納賄自劾正法，此錫爵自起用以來第一盛舉也。且其奏詞曰：「以壯夫義士剖肝決命之忠，而反資市井乞憐之計，其詐而辱天下士大夫，至此。」見者莫不嘆美此言得大臣體。而文舉乃尤引其意，入於箝忌，亦可謂不成人之美矣。夫言事者但酌其便宜何如，非必誅其心也。〔註 111〕

「深得大臣之體」的王氏主張：「假建言納賄自劾正法」，又有「以壯夫義士剖肝決命之忠，而反資市井乞憐之計，其詐而辱天下士大夫」之激憤語，果能暫得蒙蔽之效。然反觀楊氏貪賄之行，豈不自打嘴巴？是故，湯氏以其人之矛攻其人之盾，在疏文中戳破王氏包庇之舉。以爲「建言納賄自劾正法」若眞是王氏本心，又怎能放任楊氏肆無忌憚的貪賄行爲？一句：「若錫爵有大臣之心，必先召責文舉。」扯開這包裹糖衣的謊言。而「文舉乃尤引其意，入於箝忌，亦可謂不成人之美矣。」實是深深反諷，以爲楊氏怎能不成全「恩主」王錫爵之美意？

接著，又將矛頭轉回楊氏禁止諸臣言事之舉，勸諫萬曆當明辨朝中蠹賊，予以懲處，否則：「如他日書之史冊，某年聖旨禁人言事，謂皇上何如主，錫爵等爲何如輔臣？」豈不是有傷龍顏，有虧君權，教天下之人如何尊君？如何信服？以此導回「星變」正題。以爲萬曆眞正要警覺的並非天有異象，而是朝有邪佞。星變之象，並非凶兆；人心始黑，才爲凶源。因此，「文舉之才」係爲「賢才」或爲「貪財」，不得不辨！經過層層論述，湯顯祖終得表以心跡，以爲星象有異，無須恐畏；然臣心變異，才應生懼。故云：

> 然文舉之才正辨此耳。欲因星變爲皇上斥貪欺、明公直，不可得也。彼不知地上有歲荒，安知天下有星變乎？而峨然六科之長，明年大計天下吏，臣恐文舉家無地著金也。〔註 112〕

此論否定了萬曆欲以星變之言懲戒貪欺，實屬導惡爲善、緣木求魚之舉。一

〔註 111〕〔明〕湯顯祖：〈論輔臣科臣疏〉，徐朔方箋校：《湯顯祖全集》（北京：北京古籍出版社，1999 年），頁 1278。

〔註 112〕〔明〕湯顯祖：〈論輔臣科臣疏〉，徐朔方箋校：《湯顯祖全集》（北京：北京古籍出版社，1999 年），頁 1278。

句：「欲因星變爲皇上斥貪欺、明公直，不可得也」，盼君無望之情溢於言表。另一方面，諷刺身爲六科之長的楊氏僅關心自己的荷包，甚麼歲荒之災，甚麼民生疾苦，一概皆不知，更遑論天下星變？再者，貪賄成性的他，待隔年考察天下官員，又有一大筆進帳，一句「臣恐文舉家無地著金」，露骨道盡楊氏貪得無厭之相。

（二）蝦蟆給事胡汝寧

國亂之源，除楊文舉外，尚有禮科都給事中胡汝寧，其劣行與楊氏不相上下：

> 至於禮科都給事胡汝寧，除參主事饒伸外，一蝦蟆給事而已。不知汝寧何以還故鄉也？此二臣者，正聖諭所謂風尚賄囑者，何能爲皇上發人之私；正聖諭所謂事向趨附者，何能爲皇上折人之勢？然則輔臣欺蔽故習，無時而撤矣。〔註113〕

此言指出饒伸落難，胡汝寧亦爲幕後幫凶。胡與饒同爲江西人，但他卻爲仕宦之路，不惜參劾饒伸。因此湯顯祖說他：「權門鷹犬，以其私人，猥見任用」〔註114〕，更以「蝦蟆給事」譏之。其故爲何？ 以下茲從：1.「蝦蟆給事」實爲「避事官」；2.「蝦蟆給事」之「避事祕訣」，予以探討，藉此掌握湯氏運用此語之深意。

1.「蝦蟆給事」實為「避事官」

據《萬曆野獲篇》所錄一則「蝦蟆給事」，可知湯顯祖何以稱胡汝寧「不過一蝦蟆給事而已」，亦見湯氏論事之幽默與魄力：

> 先人門士湯義仍顯祖，論政府而及給事胡似山汝寧曰：「除參論饒申之外，不過一蝦蟆給事而已。」饒號豫章，爲比部郎，曾抗疏詆太倉，而胡以言官糾之。會抗旱禱雨禁屠宰，胡上章請禁捕魚，可以感召上蒼，故湯有此語。餘後叩湯曰：「公疏固佳，其如此言謔近於虐。」湯笑曰：「吾亦欲爲此君圖不朽，與南宋鵝鴨諫議屬對親切耳。」三君俱江西人，而胡與饒更同郡。〔註115〕

〔註113〕〔明〕湯顯祖：〈論輔臣科臣疏〉，徐朔方箋校：《湯顯祖全集》（北京：北京古籍出版社，1999年），頁1278。

〔註114〕〔明〕張廷玉等撰：《明史》卷廿三〇，〈列傳〉一百十八，（北京：中華書局，2010年1月，1版9刷），頁6016。

〔註115〕〔明〕沈德符著，黎欣點校：《萬曆野獲編（下）》（北京：文化藝術出版社，1998年6月），卷27「蝦蟆給事」條，頁539。

此段論胡氏爲抗旱禱雨而禁屠，甚至上章請禁捕魚，以爲可以感召上蒼。此種行徑，湯氏不以爲然，遂以「蝦蟆給事」譏之。對此封號，沈德符以爲「此言謔近於虐」。而湯顯祖所以用此語封胡氏，係欲胡氏能與「南宋鵝鴨諫議」留世不朽。然若明白「南宋鵝鴨諫議」之典，便能豁然了解此實有諷諭：

> 高宗朝，黃門建言：「近來禁屠，止禁豬羊，聖德好生，宜并禁鵝鴨。」適報金虜南侵，賊中有「龍虎大王」者甚勇。胡侍郎云：「不足慮！此有『鵝鴨諫議』足以當之。」我朝亦有號「蝦蟆給事」者，大類此。〔註 116〕

胡氏的職責是侍從皇帝進行規諫，稽察六部各司，該有許多國家大事當關心，該有許多百姓之事需勞憂。然今日卻著墨在禁屠之類的瑣事，以爲將此類雞毛蒜皮之事作爲「諫議」內容，天下就能太平，百姓就能安居樂業，豈不荒唐！而胡氏避重就輕，避難就易，諫議總是說下不說上，說小不說大，說穿了，只不過爲了保官保權，可謂「避事官」。再細觀胡氏「政績」，不僅無能辦正事，還會干擾政事，今日稱爲「蝦蟆給事」，來日將收入正史，寫入野史，留下千古罵名，湯氏「不朽」之語，寓意在此。

尸位素餐的胡氏彈劾饒伸，饒氏被革職爲民，而他卻升爲禮科都給事，也成了避禍得福的避事官。

2.「蝦蟆給事」之「避事祕訣」

此外，亦有一則〈禁殺怪事〉，或能間接說明「蝦蟆給事」胡汝寧避事祕訣，避禍得福之眞相：

> 近年，因天旱斷屠，給事中胡汝寧，遂請並禁捕蛙。按《周禮》蟈氏供禦食，即今所謂蛙也。漢霍光亦奏丞相擅減宗廟蛙羔，則人主存亡俱用之，何給事好生，並及此水族耶？此與則天后時，狼咬殺魚何異耶？較之成化間，禦史請禁驢騾同車；弘治間，給事請防馬鬃被偷者，尚可恕也。〔註 117〕

因天旱之故而禁屠，胡氏遂請捕蛙一事，實是借題發揮的表現。他以「好生」之由，「護生」之意，上疏請求朝廷發文禁捕蝦蟆，理由是：若像蝦蟆如此小

〔註 116〕〔明〕馮孟龍編著，欒保群校點：《古今譚概．迂腐部第一．鵝鴨諫議》（北京：中華書局，2007 年 8 月），頁 2。

〔註 117〕〔明〕沈德符著，黎欣點校：《萬曆野獲編（下）》（北京：文化藝術出版社，1998 年 6 月），卷 27「二大教主」條，頁 741。

的生靈都能護生，如此，便能感召上蒼。若將沈德符文中「狼咬殺魚」之事予以探究，便能凸顯蝦蟆給事昏昧無知之舉。而「狼咬殺魚」之典，實源自武則天為遏止官員貪樂侈食之風而嚴禁屠牲：

> 武皇則天，聞京城內外官員吃喝成風，乃嚴禁屠牲，雖三令五申而風不止。一日，某京官出巡，縣宰進肉款待，京官問：「何以殺羊？」縣宰曰：「非殺，狼咬也。」京官笑曰：「狼咬則吃無妨。」稍頃，又進鮮魚一盤，縣宰復云為狼所咬，京官乃大笑曰：「狼能咬魚乎？當云：『小魚乃大魚所咬也。』」語未畢，滿堂哄笑，杯盤筷碟即叮當作響矣。〔註118〕

武則天聽聞京城內外、朝廷大小官員吃喝成風，乃下令嚴禁屠牲，雖已三令五申，然貪樂之風仍不止。一日，某京官出巡，縣衙擺設大魚大肉款待。京官問：「何以殺羊？」縣官回答：「非也，狼咬也。」京官笑著說：「狼咬則無妨。」不久，又進鮮魚一盤，縣官又接著說：「亦是狼所咬。」縣官滿嘴胡言亂語，京官肚明心亮，佯裝糊塗。所謂上有政策，下有對策。「狼咬羊」、「狼咬魚」，這些「官場之狼」全把罪推給「自然之狼」，而他們照樣猜拳行令，照樣吃得昏天暗地，照樣貪得滿嘴油污。是故，彷彿只要懂得「變通有術」，必能躲過一劫。胡氏為了升官，懂得變通，參劾鑛伸；為了爭功，懂得變通，諂媚人主。「變通」似乎成了胡氏的生存選擇。而此「變通之術」確確實實靈活，然也確確實實可怕：若是無涉他人，只是滿足自己的私欲，或許只是顯露貪婪嘴臉，發揚人性小惡而已，然因身為給事中的「身分」，就不可能不涉他人。蝦蟆給事的變通，係悖情的表現；呈現變質的君臣關係，臣心變節的態勢，宣告的是權臣毀國毀民之現實。

是故，湯氏以「蝦蟆給事」，諷刺他無能糾劾貪汙瀆職之事，無能嚴處官場之狼，正事不為，盡行無益之事。此外，「不知汝寧何以還故鄉也。」「故鄉」一詞值得推敲，一句「何以還故鄉」，不也指涉無有作為的「蝦蟆給事」

〔註118〕洪橋：〈吃喝妙詞〉《讀書》第1期，(1993年)，頁88。關於「狼咬殺魚」之典，《太平廣記・雜錄一・婁師德》，四九三卷：「又則天禁屠殺頗切。吏人弊于蔬菜，師德為御史大夫，因使至于陝，廚人進肉，師德曰：「敕禁屠殺，何為有此？」廚人曰：「豺咬殺羊。」師德曰：「大解事豺。」乃食之，又進鱠，復問何為有此。廚人復曰：「豺咬殺魚。」師德因大叱之：「智短漢，何不道是獺。廚人即云是獺，師德亦為薦之。」(臺北：藝文印書館，1970年10月)，無頁碼。

竟做了參劾同鄉之事，又何顏見江東父老？

楊文舉、胡汝甯此等身居廟堂的大臣，未能仁民愛物，反而殘民害物，楊文舉是也；不對改革弊政提出不同願景，卻在各種瑣碎小事中思考鑽研，胡汝寧是也。是故，應當罷斥的不是在朝有所抱負、在政懷有仁勇之忠臣，而是如楊、胡這類「風尚賄囑者，事向趨附者」的貪官。

五、情理兼備的應亂之道

面對萬曆之朝政壇亂象，湯顯祖如外科醫生，一刀一刀將化膿的瘡瘤劃開，劃開之後，便是對症下藥。湯氏特將萬曆年間十年來發生的國家大事舊事重提，亦將臣心忠賊對舉。更舉「鄭國浚渠，於秦亦利」、「申公竊室，爲楚則忠」兩段歷史典故，提出四可惜說。湯氏用心何在？分從：（一）以史警君；（二）以情導君等兩方面論述之。

（一）以史警君

疏中，湯顯祖特舉「鄭國浚渠，於秦亦利」、「申公竊室，爲楚則忠」兩段歷史典故作爲引述的實證，間接「以史警君」：

> 鄭國浚渠，於秦亦利。申公竊室，爲楚則忠。私謀且然，況在公憤。若錫爵有大臣之心，必先召責文舉。如他日書之史冊，某年聖旨禁人言事，謂皇上何如主，錫爵等爲何如輔臣？〔註 119〕

首先，「鄭國浚渠，於秦亦利」，說明的正是在諸侯混戰的時代，秦爲一統天下，時時興風作浪，爲成霸業，愛好爭戰，鄰近的韓國便成嘴邊肉。秦軍如虎狼，儘管韓國都城數遷，仍未能避免被蠶食的命運。面對國困，韓惠王生計，派鄭國以修渠之由，救韓；以修渠之利，誘秦，期能脫困。只是天不從人願，原本的疲秦之計，竟成強秦之果。

其次，「申公竊室，爲楚則忠」，敘說的即是申公巫臣與令尹子重、司馬子反私怨成仇，而楚共王以言力挺之事。在楚莊王逝世不久，楚共王初立之際，申公巫臣欲帶夏姬離國出逃，這對當時的楚國政局極爲不利。司馬子反惱火，當下怒言：「請以重幣錮之」，斷絕生路。楚共王不同意，乃以「爲吾先君謀也則忠」回應〔註 120〕。所謂：「其自謀也則過」，當指爲得夏姬而不惜

〔註 119〕〔明〕湯顯祖：〈論輔臣科臣疏〉，徐朔方箋校：《湯顯祖全集》（北京：北京古籍出版社，1999 年），頁 1278。

〔註 120〕《左傳・成公二年》：「止！其自爲謀也，則過矣；其爲吾先君謀也，則忠。

逃離祖國此事，僅能視爲一般過失，未有「重幣錮之」之理。況且申公巫臣對其先君有大忠之節，此恩之大，足能抵過，對申公巫臣極爲肯定。何以楚共王有此言？楚莊王以爲：申公巫臣當時是從國家利益的角度而論，可謂忠於王室和國家，具「爲先君謀」的用心。對比於申公巫臣奔晉之事，可謂大醇小疵，便可不作深究。此外，令尹子重、司馬子反這兩人原對申公巫臣懷有私怨：令尹子重怨其阻撓取申、呂之地，司馬子反怨其反對迎娶夏姬之事。兩人爲此殺其族人，分其家產。申公巫臣聽聞此言，極其怒恨，捎信予子重、子反，此仇必報。果然，申公巫臣向晉景公提出聯吳制楚之計，景公應許之後，便教吳人車陣、車戰，並唆使他們叛楚。此後，吳國開始侵襲楚國，子重、子反也由此陷入「疲於奔命以死」的困境。

湯氏援引史實，旨在提醒萬曆引以爲鑒。鄭國心計秦國爲修建鄭國渠必當耗費龐大人力與財力，在舉國皆兵的情況下秦國必定耗弱。但人算不如天算，萬萬沒想到，作爲救命的鄭渠，卻意外成了壓垮駱駝的最後一根稻草，「疲秦之計」竟成「強秦之策」。以此連結政壇之況，王錫爵雖有「建言納賄自劾正法」之舉，雖有「剖肝決命之忠」之心，也僅是「障眼之計」，正如鄭國以渠爲利，交換國安，暗中卻是爲了耗弱秦兵。而王氏盛舉，美其名在止貪遏賄，暗地卻讓貪賄之事如藤蔓延，楊文舉正是盛舉之下的「產物」，對於這種掩人耳目的計謀，不得不察，不得不辨。而令尹子重、司馬子反由於私怨，殺其族人，以分家產之殘行報復申公巫臣，反招回擊，而疲於奔命至死。湯氏以此種挾怨生事，快意報復之例，暗諫萬曆皇帝不得輕忽朝中如令尹子重、司馬子反等重私利之臣，亦提醒萬曆若未能明辨臣子忠奸，終會重蹈忠臣生怨，以國爲敵之境。是故，筆者以爲，以史諫君，莫蹈覆轍，乃湯氏用心之所在。

（二）以情導君

湯顯祖從「臣子本心，自有忠赤。權利蒙之，其心始黑。」直指「權利」如毒，一舐成癮，而臣之大小爲此相引，互蒙其利，而當朝輔臣申時行正是暗竊皇帝威福之柄者，若不遠賄黜邪，「可惜」之說，將一語成讖：

忠，社稷之固也，所蓋多矣。且彼若能利國家，雖重幣，晉將可乎？若無益於晉，晉將棄之，何勞錮焉？」〔周〕左丘明撰、〔晉〕杜預注、〔唐〕孔穎達疏，《十三經注疏本》第 6 冊，（臺北：藝文印書館，1989 年 1 月），頁 429。

> 失此不治，臣謂皇上可惜者有四：爵祿者，皇上之雨露也。今乃爲私門蔓桃李耳，其實公家之荊棘也，皇上之爵祿可惜，一也。若羣臣風靡，皆知受輔臣恩，不知受皇上恩，豈復有人品在其中乎？皇上之人才可惜，二也。輔臣不破法與人富貴，不見爲恩，皇上之法度可惜，三也。陛下經營天下二十年於茲矣。前十年之政，張居正剛而有欲，以羣私人囂然壞之。後十年之政，時行柔而有欲，又以羣私人靡然壞之。皇上大有爲之時可惜，四也。臣爲四可惜，欽承聖諭，少效愚憂。〔註 121〕

湯氏從爵祿、人才、法度、時機等四個角度分析，期盼萬曆能審愼面對輔臣專權之實。首先，以「爵祿」爲「雨露」，比喻精妙。「雨露」有滋養之意，亦可引申爲恩澤。輔臣利用陛下之爵祿培植自己的勢力，以額外爵祿受恩於科臣，扮演所謂的「應時雨、即時露」的角色，可謂是雨露均霑，互蒙其利。若是繼續助長此風，輔臣施受「雨露」培養人脈，壯大勢力，而不肖科臣爲升遷得官，頻霑雨露；無論施受雨露之輔臣，抑或收受恩澤之科臣，皆成「公家之荊棘也。」此外，還會有「皆知受輔臣恩，不知受皇上恩」此種本末倒置的認定歸屬。如此一來，爲官無品行，盛作不忠之事，終欺蔽陛下；而輔臣亦依個人好惡任免官員，提拔肯受「雨露」惠澤的科臣，壯大其勢力；如此，無義之臣將如蟑螂繁衍一般，能效一喙之忠者終將淹沒。

再者，湯顯祖認爲「羣臣風靡，皆知受輔臣恩，不知受皇上恩」，皇上又何能得才？此中又有何才可得？因輔臣所爲，豈不間接驅走有才有德之良臣？此外，皇上執政二十年，前輔臣張居正「剛而有欲，以羣私人囂然壞之」；今輔臣申時行「柔而有欲，以羣私人靡然壞之」，所以湯氏以「剛」概括張居正；以「柔」形容申時行，說明兩位首輔性格不同，處政風格迥異。然相同的是，兩人皆以個人意志結黨營私，破壞朝中綱紀：前十年張居正以整飭紀律自居，大風厲行，雖無皇帝之名，卻掌皇帝之實，把持朝政，獨攬大權；後十年申時行以柔和謙讓之行，不近懸崖，不樹異幟，平衡各種矛盾，雖無專權者的權位，卻有專權者的神通。無論如何，在湯顯祖的識見裡，張居正和申時行之罪在於「以羣私人」，有負皇恩，有壞法紀。此等輔臣，不得不辦；此等朝官，是空壞國政之鼠，不得不飭。有鑒於此，湯氏建議皇上必當特論

〔註 121〕〔明〕湯顯祖：〈論輔臣科臣疏〉，徐朔方箋校：《湯顯祖全集》（北京：北京古籍出版社，1999 年），頁 1278。

申時行，使之痛加省悔，令其將功補過。此外，宜亟行罷斥楊文舉、胡汝甯等無行科臣，選用「素知名節者」爲都給事，以風其餘：

> 伏惟皇上特諭時行，急因星警，痛加省悔，以功相補，無致他日有負恩眷。輔臣國等堅正相規，無取觀望，以隳時政。其楊文舉、胡汝寧亟行罷斥，選補素知名節者爲都給事，以風其餘。而別諭都御史李世達等，謹守憲令，簡滌諸道御史，務令在內言事，在外宣風。一意遠賄觸邪，以回依阿遝冗之象。如此豈惟星變永消，臣且爲陛下奏泰階之符也。〔註122〕

若此，將能扭轉依阿遝冗之敗風，因爲心正道即正，道正行便正，臣得忠正，不僅星變永消，朝廷也必得大安，天下當能太平。湯顯祖〈論輔臣科臣疏〉，以「星變示儆」爲點，而後條條舉弊，處處以情導之，以情馴之，希冀萬曆皇帝遠賄黜邪，就可以無懼星變。此疏從「星變」始，以「星變」終，就是要破除萬曆之迷思，若不從根本問題解決，星變之說永存，邪佞之臣永在，禍將緊隨，國將滅亡。無奈，此疏掀起的浪頭，終究無法推波助瀾，萬曆政壇終究只能在亂中沉淪。

第四節　無涯浪士情，觀生之天機

無可諱言的，抗疏失利，被貶徐聞，湯顯祖儘管深受打擊他。縱觀萬曆十九年的作品，可知這段期間他是極度否定自己的「政治能力」，時有淪落天涯，爲世所棄之感。以下分從：一、抒浪士之悲；二、觀火宅之機等兩方面論述之。

一、抒浪士之悲

離開南京，是一種結束的接受；轉赴徐聞，是一種新生的開始。從結束到新生的這一轉變過程中，其中最難讓人忍受的，就是介於中間的「迷茫與痛苦」。面對貶謫這一生活的外在變化，湯顯祖則透過以詩抒鬱，以書解瘀的方式，達成這一階段生命所必須接受的轉變。據筆者統計，從南京至徐聞途中所寫之詩之用字遣詞，及內容意境總有淒風苦雨之感，總見詩有泣淚，總

〔註122〕〔明〕湯顯祖：〈論輔臣科臣疏〉，徐朔方箋校：《湯顯祖全集》（北京：北京古籍出版社，1999年），頁1278～1279。

以孤臣自比。〔註 123〕不過，終歸是少小服詩書，以忠誠為依的湯顯祖，在抒悲之後自能力振。以下分從：(一) 病枕魂銷，發失路之傷；(二) 登高長嘯，解逐臣之悲等兩方面論述之。

(一) 病枕魂銷，發失路之傷

儘管明其「主人之才」，儘管知道抗疏失敗必須承擔其後果，不過，心境上還是受了影響，對於自己犯顏直諫、引致吏阻一事，他以「不精不神」形容當時的狀態，以「不似往時輒發」表達收斂其氣的行動：

> 某受知弱冠之前，契闊壯室之後。宛爾紅蠶，悲渝玄素之緒；困彼白魚，謬老丹青之篆。……。顧弟子意氣，時尚有之，不似往時輒發。覩時事，上疏一通，或曰上震怒甚，今待罪三月不下。弟子不精不神，蓋可知也。〔註 124〕

然而，該發而不發，則有損意氣，有違本性，故以懷悲的老蠶自喻，以受困的蠹魚自比，可見其當時自身的自由受制於外在環境，形成了一種困局。萬曆十九年（1591）辛卯夏，湯顯祖離開南京，溯江西上，經皖南返江西，所作〈謫尉過錢塘，得姜守沖宴方太守詩，悽然成韻〉已透露此訊息：

> 共夢常千里，相思偶一方。尚持心膽素，稀覺鬢顏蒼。道舊才難盡，看新意易傷。市筑留還俠，輿歌接似狂。魂來多白嶽，人去獨滄浪。別駕誠高韻，同官雅和章。朗音雙叩鍛，陳事一悽鏘。自愧紛吾久，還疑向若茫。〔註 125〕

「自愧紛吾久，還疑向若茫。文章傾罋魅，意氣盡投湘」，顯得出湯顯祖正處於矛盾與混亂中。在貶官徐聞前，暫住臨川，在身心俱疲的交迫下，病枕魂消正是反應他的抑鬱憤懣之深：

> 病枕魂銷月影微，拋殘家舍欲何之？恰逢慈父呼亡子，得見三三二

〔註 123〕〈謫尉過錢塘，得姜守沖宴方太守詩，悽然成韻〉、〈辛卯夏謫尉雷陽，歸自南都，痁瘧甚。夢如破屋中月光細碎黯淡，覺自身長僅尺，摸索門户，急不可得。忽家尊一喚，霍然汗醒二首〉、〈尉徐聞抵家，直丁侍御莊浪備兵遷越歸覲，遠遺西物，卻寄三十韻〉、〈伯父秋園晚宴有述四十韻〉、〈將之廣留別姜丈〉等詩。

〔註 124〕〔明〕湯顯祖：〈答張起潛先生〉，徐朔方箋校：《湯顯祖全集》（北京：北京古籍出版社，1999 年），頁 1321。

〔註 125〕〔明〕湯顯祖：〈謫尉過錢塘，得姜守沖宴方太守詩，悽然成韻〉，徐朔方箋校：《湯顯祖全集》（北京：北京古籍出版社，1999 年），頁 411。

二時。夢中沉似月黄昏，破屋踉蹌苦索門。幸好家公與留住，不須炎海更招魂。〔註126〕

詩題爲〈辛卯夏謫尉雷陽，歸自南都，痁瘧甚。夢如破屋中月光細碎黯淡，覺自身長僅尺，摸索門戶，急不可得。忽家尊一喚，霍然汗醒二首〉，此詩透露出湯顯祖當時經歷內外交迫的身心折磨，而使之奮起，備感溫暖，正是親情支柱。而夢有補償作用，它們是探入無意識深處的鏡子，可以映顯失落的以及仍須修正和平衡的事務。透過夢，無意識不斷製造出可以啓示人心的意象。遭受打擊的湯顯祖身心彷如細碎的月光，極其脆弱，極其空虛，吏道經歷有如鏡花水月，只是虛渺的存在。當初拋殘家舍，忠誠勇敢的鞠躬盡瘁的他，換來的只是踉蹌苦索無門的下場，宦途遭遇，終如破屋，毫無建設。心憤積鬱，鬱淤成病，此刻，美好溫暖的親情便是此刻能夠平衡湯顯祖內心失衡的力量。它彷如勞苦者的沐浴，受創心靈的香膏。有了親情作爲心靈的支柱，在宦途承受著心折的湯顯祖，也終於可以因信任而安睡。

在夢想失落的痛苦，疾病的侵擾，所衍生的恐懼是：「徐聞汝仙尉，去此將焉如？」〔註127〕之憂。湯顯祖道出南貶徐聞，他將面對的是一個迥異中土的世界，不僅是肉體上的適應，還有精神上的調適，一切都帶有不可未知的威脅性，於是潛藏在心的茫然無措展露無遺。「壯心若流水，幽意似秋日」〔註128〕正是比擬當時他最貼切的心情。作爲眞實之人，行違逆本性之事，導致的結果即是勞困此身，悲縛此身，鬱孤千千，待吐而盡。湯顯祖慨命如危葉之憂，嘆渾身是愁，有斷魂之悲。據此間之尺牘，可窺得一二：

樹慘江雲濕，煙昏海日斜。寄言賈太傅，今日是長沙。〔註129〕

怒號來自心瘀氣憤，寄言賈誼，除了感士之不遇外，更寄懷著自己比賈誼還不如之情：

屬厭全知嘆，憂生忽謾吁。謫遷方渺渺，抗疏失區區。大火奔長路，

〔註126〕〔明〕湯顯祖：〈辛卯夏謫尉雷陽，歸自南都，痁瘧甚。夢如破屋中月光細碎黯淡，覺自身長僅尺，摸索門户，急不可得。忽家尊一喚，霍然汗醒二首〉，徐朔方箋校：《湯顯祖全集》（北京：北京古籍出版社，1999年），頁414。

〔註127〕〔明〕湯顯祖：〈宿浴日亭因出小浪望海〉，徐朔方箋校：《湯顯祖全集》（北京：北京古籍出版社，1999年），頁444～445。

〔註128〕〔明〕湯顯祖：〈三十七〉，徐朔方箋校：《湯顯祖全集》（北京：北京古籍出版社，1999年），頁245。

〔註129〕〔明〕湯顯祖：〈度廣南蜆江至長沙口號〉，徐朔方箋校：《湯顯祖全集》（北京：北京古籍出版社，1999年），頁456。

中寒臥薄軀。病呼天比語，滯泣海南圖。數過憐猶子，深慈爲友于。

良醫痁略起，君子瘧何俱。〔註 130〕

文人對南方的想像與描述正反映出一個不爲聖人所化，沒有文明關注的化外之地，是隨時致人命的南方。南荒、瘴溪、瘴氣、瘴毒，曾被歷來文人視爲「無情、神祕的侵略者」。行至南嶺的湯顯祖亦如是描繪：「白馬山來海錟長，不似江南青菡萏」〔註 131〕，「毒潭煙霧恣沉冥，妖怪長如金鼓聲」〔註 132〕，「海氣層雲蓋，山煙遠燒浮」〔註 133〕。而遭南貶的文人除了遭受自然環境的無情壓迫外，接著必須承受的則是各種情緒錯縱而成的精神負擔。

江潭殊自嘆，搖落未經知。昨夜秋聲起，相逢憔悴時。園林阻芳色，河漢渺佳期。起視浮雲氣，蒼梧不可思。〔註 134〕

命飄危葉起，相濕死灰然。君子能無瘧，良醫幸有全。月窗催藥杵，雲户隱書箋。氣弱難扶餞，裝輕得漾船。斑斕垂地泣，葱鬱舊塋憐。〔註 135〕

在過渡中也最容易受到突然其來的、源自或內或外的情緒「風波」影響，而引發突然的憂愁情緒或興奮的意象與想法，或是自信心突然的增減。〔註 136〕湯顯祖亦不例外，歷經過渡時期的他時常登高極眺，憑風望海：

迴風吹木蘭，寒生青桂枝。冥冥水波遠，日暮心欲悲。〔註 137〕

〔註 130〕〔明〕湯顯祖：〈伯父秋園晚宴有述四十韻〉，徐朔方箋校：《湯顯祖全集》（北京：北京古籍出版社，1999 年），頁 416。

〔註 131〕〔明〕湯顯祖：〈蓮塘驛〉，徐朔方箋校：《湯顯祖全集》（北京：北京古籍出版社，1999 年），頁 457。

〔註 132〕〔明〕湯顯祖：〈陽江無底潭〉，徐朔方箋校：《湯顯祖全集》（北京：北京古籍出版社，1999 年），頁 457。

〔註 133〕〔明〕湯顯祖：〈恩平中火〉，徐朔方箋校：《湯顯祖全集》（北京：北京古籍出版社，1999 年），頁 457。

〔註 134〕〔明〕湯顯祖：〈秋夜入廣別帥郎〉，徐朔方箋校：《湯顯祖全集》（北京：北京古籍出版社，1999 年），頁 417～418。

〔註 135〕〔明〕湯顯祖：〈初發瑤湖次宿广溪〉，徐朔方箋校：《湯顯祖全集》（北京：北京古籍出版社，1999 年），頁 418～419。

〔註 136〕莫瑞．史丹（Murray Stein, Ph.D.），魏宏晉譯：《中年之旅——自性的轉機（In Midlife: A Jungian Perspective）》（臺北：心靈工坊文化事業股份有限公司，2013 年 11 月），頁 36～37。

〔註 137〕〔明〕湯顯祖：〈杪秋度嶺，卻寄御史大夫朱公王弘陽大理董巢雄光祿劉兑陽司業鄒南皐比部五君子金陵〉，徐朔方箋校：《湯顯祖全集》（北京：北京古籍出版社，1999 年），頁 423。

西顧連崦嵫，東眺極扶餘。小浪亦莞爾，大波始愁予。〔註 138〕

望著茫茫大海，其拘囚之思，其鬱然之情，小波大浪襲捲來去，猶如自己浮沉無涯的人生，不禁愁懷滿袖。

（二）登高長嘯，解逐臣之悲

久居江湖，如江海般的臣心，如今卻只落得「傷心」，其心碎搖，登高長嘯，激嘯一切虛無如空影，慨笑自己宦跡他鄉，不禁舉觴自泣：

誰能意氣淺，偶爾煙花深。今日羅浮子，來傷江海心。〔註 139〕

目送雷陽外，心銷赤海旁。壺觴薦潮汐，花木送炎涼。桂死何勞蠹，蘭生應自妨。少年能泣玉，鄉國似南漳。〔註 140〕

除了登高長嘯，舉觴自泣，或徘徊月下以鑒孤忠之心，或徘徊樹間任迴風鞭膚，，獨嘆〈綿蠻〉詩，獨撫別摯友之傷：

素秩守山陵，積歲在星祠。如何別君子，垂雲籛天池。清齋出涼門，尊酒各前辭。婉彼蒼梧奏，澹然瀟湘姿。迴風吹木蘭，寒生青桂枝。冥冥水波遠，日暮心欲悲。宮闕有明雲，嵯峨氣依微。五嶺望超忽，叢山阻遊移。蟲矢夾我吟，蜚翠拂蘭漪。所思一箇臣，嘆息〈綿蠻〉詩。何當叫我友，凌風以高馳。問路逢流星，寄言河漢私。閔嘿路方始，嬋娟知爲誰？千秋有佳期，百年安所希。玉津以止渴，芝華持餌饑。〔註 141〕

望著蒼茫的水域，亦興觸自己渺茫的前程，對於面對未知的恐懼私情只能寄言河水。看著日暮而臨，更添離愁，吋吋光陰的流逝，代表別離的驅近，而本來就去路未明當下，現在更顯侷促。眼前層層疊嶂，也似阻礙著去路。面對茫渺之途的荒涼，只好向流星問路，這豈不是更加深了他的茫惑。回首初始走來的路，沉默與困惑兩相交織，不禁興嘆「嬋娟知爲誰」之慨，然而，

〔註 138〕〔明〕湯顯祖：〈宿浴日亭因出小浪望海〉，徐朔方箋校：《湯顯祖全集》（北京：北京古籍出版社，1999 年），頁 444～445。

〔註 139〕〔明〕湯顯祖：〈惜東莞祈生〉，徐朔方箋校：《湯顯祖全集》（北京：北京古籍出版社，1999 年），頁 451。

〔註 140〕〔明〕湯顯祖：〈別魯司理〉，徐朔方箋校：《湯顯祖全集》（北京：北京古籍出版社，1999 年），頁 441。

〔註 141〕〔明〕湯顯祖：〈杪秋度嶺，卻寄御史大夫朱公王弘陽大理董巢雄光祿劉兑陽司業鄒南皐比部五君子金陵〉，徐朔方箋校：《湯顯祖全集》（北京：北京古籍出版社，1999 年），頁 423。

湯顯祖仍是有待，待清明之時，不再悲秋，「秋有佳期，百年安所希」也正是歷來不遇之士之所希。不過，不遇已然成爲事實，日子還是要過，「玉津以止渴，芝華持咀饑」提示著他切身的民生問題才是眼前問題。

爲解逐臣之傷，湯顯祖晨登鬱孤臺，看水擊雲搖萬里天，爲驅浪士之悲，凌寒坐林樾，直至入夜，所登之高臺，正名鬱孤，正切逐臣之心：

初矜逐臣遠，猶憐仙尉殊。佳期晨夕淹，懷人煙月俱。搖心躡光景，長嘯凌虛無。何得此高臺，千秋名鬱孤。〔註142〕

登上鬱孤臺，眺波濤洶湧起伏，懷想所來徑，有了「孤鵲正南飛」的漂泊感：

南飛此孤影，箐峭行人稀。烏口灘邊立，前頭彈子磯。〔註143〕

登望時所見觸目驚心之景，不免有自喻際遇之移情：

掠水春自驚，繞塘秋不見。漠漠浪花飄，一似翻風燕。〔註144〕

雨濕湞陽暮，風鳴浪石寒。鸕鷀飛不起，橫過釣絲灘。〔註145〕

可見抗疏失利帶給湯顯祖的衝擊，不禁讓他自我懷疑，懷疑自己並非歷世不淺，宦途風雨也見識不少，卻還是鬱憂上心：

世事亦不淺，幽期常自深。風霞餘物色，山水澹人心。一尉雲連海，孤生月在林。悠悠歲將晚，隨意惜光陰。〔註146〕

不掩自己仍深受其傷，不過卻也努力自我釋懷，或以山水撫心，自勉珍惜光陰，莫因悲嘆，浪費了時光，或以清材當爲世資，藉以力振：

少事堪長日，多財祇累愚。興來過咫尺，老至莫錙銖。薄命隨文酒，清懷在竹梧。有人林下酌，何物府中趨？〔註147〕

這些詩都可見其歷落世事時的幽人之想。自道壯志難酬，意氣損減的落寞沮喪，在貶官徐聞期間之詩作皆記錄著英雄的豪情之志終究還是落得失路之悲：

〔註142〕〔明〕湯顯祖：〈鬱孤臺留別黃郡公鍾梅，時李本寧參知引病並懷〉，徐朔方箋校：《湯顯祖全集》（北京：北京古籍出版社，1999年），頁421。

〔註143〕〔明〕湯顯祖：〈憑頭灘〉，徐朔方箋校：《湯顯祖全集》（北京：北京古籍出版社，1999年），頁429。

〔註144〕〔明〕湯顯祖：〈翻風燕灘〉，徐朔方箋校：《湯顯祖全集》（北京：北京古籍出版社，1999年），頁431。

〔註145〕〔明〕湯顯祖：〈浪石灘〉，徐朔方箋校：《湯顯祖全集》（北京：北京古籍出版社，1999年），頁431。

〔註146〕〔明〕湯顯祖：〈將之廣留別姜丈〉，徐朔方箋校：《湯顯祖全集》（北京：北京古籍出版社，1999年），頁417。

〔註147〕〔明〕湯顯祖：〈伯父秋園晚宴有述四十韻〉，徐朔方箋校：《湯顯祖全集》（北京：北京古籍出版社，1999年），頁416。

文章傾樂魅，意氣盡投湘。罷讀塵經笥，慵書冷筆牀。今朝攬瑤草，還自惜餘芳。〔註 148〕

年少誰留夢，情多數被呼。月高輕拍點，春睡美投壺。長袖光陰遠，深衣禮數殊。步趨眞長者，詩賦可賢乎。每嘆青雲器，長誇千里駒。……低垂爭末路，潦倒送窮途。我覺才情盡，尊悲力命徂。心摧虞弔客，魂付楚招巫。〔註 149〕

窮途末路，才竭情盡，力損心摧，絕望之情已幾近到棄生的境地了。再一次面對「爲德苦難竟」的命運，其絕望更甚科場蹭蹬之時。「罷讀塵經笥」是他的天問，是他的反叛。從「少小服詩書」到「罷讀塵經笥」，這不僅是對過去的自己產生的懷疑，更揭示出他挫傷至深後迷茫起自己的「忠誠之道」。原來只是以爲「變化難具模」，豈料，向來一直以「忠誠良懷」面對宦途險阻的他，如今落魄如此，昂揚的意氣消失殆盡，這時他便也反思難道忠誠不可憑？絕望的他是曾將所有的壯志文才都以用來抵抗奸佞之臣，然而，卻只是夢一場，於是捨書棄筆。「慵書冷筆牀」道盡他荒涼的失路之悲，「意氣盡投湘」也表徵一次的棄絕，與屈原同悲同泣。不過，湯顯祖終歸是「束髮被公正，少小服詩書」，還是能自振其氣，「今朝攬瑤草，還自惜餘芳」，對於豎褐良懷的自己的肯定。

孤臣遙浴日，滄海亦書雲。願得扶桑影，年年奉聖君。

五拜晴雲北，連呼萬歲三。愛日逢南至，波臣亦至南。〔註 150〕

海氣層雲蓋，山煙遠燒浮。孤臣隨蚤晚，一飯是恩州。〔註 151〕

在詩中，多次提到「南」和「北」，這不僅是空間上對立的距離，也代表著君王與自己的距離。隨著他不斷地南下，與北方的距離愈來愈遠，「孤」字則成了當時最好的心境表徵，而「遙」則說明了當時他與君王在抗疏一事之後的現實距離。因爲這種孤遙的心理距離而產生的生命之思也就愈加明顯：

〔註 148〕〔明〕湯顯祖：〈謫尉過錢塘，得姜守沖宴方太守詩，悽然成韻〉，徐朔方箋校：《湯顯祖全集》（北京：北京古籍出版社，1999 年），頁 411。

〔註 149〕〔明〕湯顯祖：〈伯父秋園晚宴有述四十韻〉，徐朔方箋校：《湯顯祖全集》（北京：北京古籍出版社，1999 年），頁 416。

〔註 150〕〔明〕湯顯祖：〈南海浴日亭拜長至二首〉，徐朔方箋校：《湯顯祖全集》（北京：北京古籍出版社，1999 年），頁 453。

〔註 151〕〔明〕湯顯祖：〈恩平中火〉，徐朔方箋校：《湯顯祖全集》（北京：北京古籍出版社，1999 年），頁 457。

> 祠郎盃酒憶京華，夜半鈎簾看雪花。世上浮沉何足間，座中生死一長嗟。山川好滯周南客，蘭菊偏傷楚客家。欲過麻源問清淺，還從勾漏訪丹砂。〔註 152〕

經歷現實的拋擲，領會浮沉人生之後，益發思念啓迪他性命之師羅汝芳，此次過從姑，距離羅汝芳坐化已三載，其〈夢覺篇有序〉甚至表達了他的哀悲之情。〔註 153〕

尼采在〈贈予的道德〉中曾道：「當你們只是一個單獨意志的意欲者，而把一切困厄的轉折稱爲對你們是必然的；這時就是你們的道德的起點。」〔註 154〕一切都在流轉之中生成。爲了認識生命的意義，爲了體悟存在的價値，精神必須竭力刻苦，而後嚐盡被擊垮的痛苦，這種感覺就像我們想從河邊碼頭出發到對岸，可是行到一半時，卻發覺對岸已經消失不見，而回頭看原先的碼頭，則發現它已經坍塌，消失在水流之中。在肉體在經過病搏鬥的過程中，產生的淨化作用，足以讓人重生，必須經歷過如此的過渡，才能使生命獲得進展。

想要完全成爲自己，實現「主人之才」道德精神的完成，便必須甘願爲守道而付諸的代價，將守道變成自己的宿命，變成一種執著，扣住命運成爲更牢固的結，就如達觀禪師「衣缽隨身一飛鳥」〔註 155〕，能夠明白幽棲之境，自有勝處之意。是故，儘管潸然淚下，仍以「心知宅相賢」的堅持抵禦遠謫的歧路。

二、觀火宅之機

改變，是生活外在的變化，而轉變，則是爲了適應外在變化所做的心理調整。在中國文人的生命經驗中，「貶謫」是改變他們生命歷程最大的變數，貶謫南方的經驗也徹底改變他們觀看生命的方式。「獨如僕者，無涯浪士，有

〔註 152〕〔明〕湯顯祖：〈夜坐柬倪司理，時恤刑在廣〉，徐朔方箋校：《湯顯祖全集》（北京：北京古籍出版社，1999 年），頁 443。

〔註 153〕〔明〕湯顯祖：〈夢覺篇有序〉：「戊戌歲除，達公過我江樓，弔石門禪，登從姑哭明德先生反。」徐朔方箋校：《湯顯祖全集》（北京：北京古籍出版社，1999 年），頁 564。

〔註 154〕〔德〕費德利希・威廉・尼采（Friedrich Wilhelm Nietzsche）著，錢春綺譯：《查拉圖斯特拉如是說》（臺北：遠足文化事業有限公司，2014 年 9 月），頁 305。

〔註 155〕〔明〕湯顯祖：〈代書寄可上人〉，徐朔方箋校：《湯顯祖全集》（北京：北京古籍出版社，1999 年），頁 326。

憶情生。」〔註 156〕爲了不勞困此身，「觀」生之機，「悟」天之機，則成爲過渡階段最關鍵的轉化。以下分從：（一）觀濤悟行藏，當知重爲德；（二）觀熱悟吐納，當啓清涼門等兩分面論述之。

（一）觀濤悟行藏，當知重為德

「用之則行，舍之則藏」，孔子所論之「用行舍藏」一直都是儒家用世時的進退之道。貶官徐聞，時常乘舟夜遊，遠遊意識「水可載舟，亦可覆舟」載舟／覆舟的雙面刃特質變異性及毀滅性。

> 羅浮觀日罷，出谷晚蒼涼。壑去懸流寂，峯過倒影長。美雲隨望盡，仙草逐行香。消息梅花月，歸舟興不忘。〔註 157〕

晚明的舟遊現象是相當普遍的，〔註 158〕「遊道」之建立，既確立了遊的價值，也開啓了探索世界的新傳統，〔註 159〕面對自己的嶔奇磊落，卻遭歧嶇險阻，在夜雨冷水的羅浮山中，不禁慨嘆壯志已若流水奔逝，雄志已傷，正似草根之沮，而這也正是開始一生孤遊的開端：

> 初行坦襟帶，平岡十餘里。稍入向嶂隧，夜雨冷山水。木末已搴裳，草根半沮履。嶔嶇豈忘嘆，念此孤遊始。〔註 160〕

孤遊的痛苦，使湯顯祖彷佛懸在深淵上的繩索，向前邁進深怕再次成爲驚弓之鳥，停在半空中又必須承受左擺右晃的危巔感，回頭觀望已然是戰慄的曾經，他處在生命的過渡中，一個必須從此端過渡到彼端的孤臣：

> 吾生非賈胡，萬里握靈糈。……陽烏不日浴，晝夜更扶輿。丹穴亦不炎，好風常相噓。白水月之津，一飲饑渴除。徐聞汝仙尉，去此將焉如？〔註 161〕

〔註 156〕〔明〕湯顯祖：〈縈河公頌・有序〉，徐朔方箋校：《湯顯祖全集》（北京：北京古籍出版社，1999 年），頁 1352。

〔註 157〕〔明〕湯顯祖：〈出朱明觀〉，徐朔方箋校：《湯顯祖全集》（北京：北京古籍出版社，1999 年），頁 448。

〔註 158〕關於明人的舟遊生活，也已有學者著書專門探討。相關議題可見林利隆：《明人的舟遊生活：南方文人水上生活文化的開展》，該書就舟遊生活當中的背景、主人、場域、功能、類型、載具等六個面向，詳盡剖析明代南方文人在水上生活文化的狀況。

〔註 159〕龔鵬程：〈遊人記遊：論晚明小品遊記〉，《中華學苑》第 48 期，頁 39、頁 56。

〔註 160〕〔明〕湯顯祖：〈銜岡望羅浮夜至朱明觀〉，徐朔方箋校：《湯顯祖全集》（北京：北京古籍出版社，1999 年），頁 447。

〔註 161〕〔明〕湯顯祖：〈宿浴日亭因出小浪望海〉，徐朔方箋校：《湯顯祖全集》（北京：北京古籍出版社，1999 年），頁 444～445。

無以進入權力核心，實現變化天下之志，在顛簸的仕途中起起伏伏，這其實也形同一種流亡。甚至可說，是被皇帝拋棄了，被整個朝廷邊緣化了，在心境上也有了被流放的感覺。而在這樣的現實境況中，也意味著必須一直與環境衝突後又和解，在適應新的環境之後又必須離開，而且也必須背負過去難以釋懷的心結，面對當下則要有創造奇蹟的能力。總是處於一種中間狀態，既非完全與新環境合一，也未完全與舊環境分離，在這樣的過渡狀態中，精於生存之道則成為必要的本事。在往徐聞途中，行經羅浮，湯顯祖或夜聽梵音，或夜坐懷夢，或望星成日，或坐看日成夜，或深夜遊山，可見愁鬱滿心，夜晚難寐，然而未曾忘懷「自全守眞」之道：

> 海蛸窺石冷，山鬼被林幽。不爲青霞古，誰能深夜遊。〔註 162〕

> 病餘揚粤夜，伏檻繞雲煙。閣道晴穿屐，溪潮夜出船。時時番鬼笑，色色海人眠。舶上兼靈藥，吾生倘自全。〔註 163〕

> 何自船同夕，偏過酒涉旬。明珠滄海客，春色武陵人。草樹他鄉別，風煙一處親。清潯好白石，吾欲向棲眞。〔註 164〕

如何「自全」，守其本眞，一直以來都是湯顯祖盤繞在心的性命問題。而守眞全性，也是筆者爲他找出的南貶意義，他必須在蠻荒之南方完成，這樣的堅持，使他相信不被改變，而無所懼怕。正因爲有其堅定的價值信仰，故能有所盼，在這段期間的詩作，時見「扶桑」，時以「日」入詩，透露著浴日如沐去絕望，迎臨希望的到來，並期待自己做個像太陽一樣的施予者：

> 孤臣遙浴日，滄海亦書雲。願得扶桑影，年年奉聖君。五拜晴雲北，連呼萬歲山。愛日逢南至，波臣亦至南。〔註 165〕

> 何時共躡金梁影，坐看扶桑到日曛。〔註 166〕

「日陽」的象徵代表著發現自主的生存，精神覺醒的啓迪。當自己的精神覺

〔註 162〕〔明〕湯顯祖：〈青霞洞懷湛公四首之二〉，徐朔方箋校：《湯顯祖全集》（北京：北京古籍出版社，1999 年），頁 450。

〔註 163〕〔明〕湯顯祖：〈青霞洞懷湛公四首之二〉，徐朔方箋校：《湯顯祖全集》（北京：北京古籍出版社，1999 年），頁 450。

〔註 164〕〔明〕湯顯祖：〈陳潯州〉，徐朔方箋校：《湯顯祖全集》（北京：北京古籍出版社，1999 年），頁 442。

〔註 165〕〔明〕湯顯祖：〈南海浴日亭拜長至二首〉，徐朔方箋校：《湯顯祖全集》（北京：北京古籍出版社，1999 年），頁 453。

〔註 166〕〔明〕湯顯祖：〈羅浮嘆別逃菴主人〉，徐朔方箋校：《湯顯祖全集》（北京：北京古籍出版社，1999 年），頁 445。

醒，便能走出對困境的抵抗，而自行判斷將何去何從，而在這個當下，便是精神獲得自主性的時刻，重新判斷際遇的意義，認眞的還原事物本質上的價值，以完成生存的使命，並將使命如薪火相傳。暗指湯顯祖迄今的生活已告一個段落，必須結束而歷經轉變，而轉變的任務即是要超越故我，正如必須突破眼前如煙的階段，由此亦可觀見當下湯顯祖如何安頓自己，處在的階段也正是「自我」與「物」的關係之中。從夜入羅浮山，日出朱明觀，顯隱出湯顯祖已從原本風雨飄搖的暗黑狀態過渡到日出扶桑之喜：

> 炎方已中冬，氛氳煦南晷。名山紛我思，隔絕遊未擬。江海亦何意，謫居欣在此。沿迴石灣岸，紆舟水南止。果得羅浮狀，坡陀蘊靈詭。……緜延遠煙外，片赤殘陽裏。不見飛雲末，但覺飛雲美。矯若龍影升，細若罏香起。朱明洞天口，木葉紛旖旎。〔註167〕

「惜」心出於不把自身當作目的，而是認爲自己是應該爲了守護「道」，爲了更高的存在價値而努力。

（二）觀熱悟吐納，當啟清涼門

身居嶺南，猶入火宅，苦熱難奈，故有「出山苦不易，入山良復難」〔註168〕之慨，表達了「不得去，不得死」〔註169〕的兩難處境：

> 火山有棲毫，沸泉猶戲鱗。念此中夜苦，脇息氣不申。薄泄雨雲色，鬱燠江海濱。白門竟長夏，赤道延西旻。翕霍手交扇，霡霂氣沾巾。城陰坐倚徙，簷影立逡巡。渴彼崦嵫色，飲沐寒泉津。青花吐涼月，映之猶炙人。洞房劇溫室，清簟若層裀。白汗委流波，展轉難貼身。跳身清露下，餘蚊逐光循。流嘆火西夕，延佇井東晨。開此清涼門，定我冰雪神。倘有四時風，吹人無奪倫。〔註170〕

嶺南天氣燠熱炙人，地氣卑濕蒸溽，汗下如流波，輾轉難貼身，夜難眠，氣不協，人非金石，其何能久？既然無法改變自然天候，那麼就細品「熱苦」，

〔註167〕〔明〕湯顯祖：〈衙岡望羅浮夜至朱明觀〉，徐朔方箋校：《湯顯祖全集》（北京：北京古籍出版社，1999年），頁447。

〔註168〕〔明〕湯顯祖：〈送范敬之郎中奏滿便遊匡山〉，徐朔方箋校：《湯顯祖全集》（北京：北京古籍出版社，1999年），頁341。

〔註169〕〔明〕湯顯祖：〈與丁長孺〉，徐朔方箋校：《湯顯祖全集》（北京：北京古籍出版社，1999年），頁1395。

〔註170〕〔明〕湯顯祖：〈秋夜盧龍觀苦熱〉，徐朔方箋校：《湯顯祖全集》（北京：北京古籍出版社，1999年），頁341。

如此才能夠鉅細靡遺地寫下在炙熱天候下的種種現象。是故，此時或可視爲湯顯祖轉化危機的紀錄，他藉「觀熱之苦」細察了自己的身心感受，適機鍊心，一直都是湯顯祖能夠轉困爲機的重要關鍵；故在大病一場之後，對於「天機」又有了深刻的體悟：

> 列子、莊生，最喜天機。天機者，馬之所以千里，而人之所以深深。機深則安，機淺則危，性命之光，相爲延息。此旨令人憯焉、恍焉。大病月餘，益知有此。北望琅邪，醉翁何似？〔註 171〕

何以如此重「機」？乃因「機」是事件發展的開端和動機，也是我們起心動念的當下一瞬，洞澈吉凶的先兆。而君子深厚其器的目的正是能夠洞視先機，掌機而動，循機而變，取得爲政之機。貶至瘴癘之地徐聞，啓蒙他思考「生之意義」，實踐他「人愛不如自愛」〔註 172〕，「君子學道則愛人」〔註 173〕之信念，進而建構出「貴生」之思想，以完成這一個階段的轉化。

> 丹筆夜良苦，寒蟲燈下鳴。爲官向南斗，只合注人生。〔註 174〕

南貶的受苦的經歷是一場堅強意志與脆弱肉體的拉鋸戰，所有的困頓都在此無所遁藏，在身遭疾病之苦中投射中，讓湯顯祖重新思索生之意義，更讓他能更沉靜的面對「自我」與「環境」兩相的關係，不能因爲理想的破滅而使損害意志，更不能因爲肉體之苦而喪亡道心，這段在身心上極度痛苦的過渡，給了湯顯祖自視其身，自觀其生的機會，他面臨的思索在生命力量消散時如何才能繼續保有心行馨香，愛人以德的堅持。

> 交池懸寶藏，長夜發珠光。閃閃星河白，盈盈煙霧黃。氣如虹玉迴，影似燭銀長。爲映吳梅福，迴看漢孟嘗。弄鮹殊有泣，盤露滴君裳。〔註 175〕

看花已是滿眼淚。「貶謫」，從外在經歷來看，這顯然是痛苦，令人沮喪的。

〔註 171〕〔明〕湯顯祖：〈寄王弘陽冏卿〉，徐朔方箋校：《湯顯祖全集》（北京：北京古籍出版社，1999 年），頁 1308。

〔註 172〕〔明〕湯顯祖：〈答陸景鄴〉，徐朔方箋校：《湯顯祖全集》（北京：北京古籍出版社，1999 年），頁 1438。

〔註 173〕〔明〕湯顯祖：〈貴生書院說〉，徐朔方箋校：《湯顯祖全集》（北京：北京古籍出版社，1999 年），頁 1225。

〔註 174〕〔明〕湯顯祖：〈夜坐東倪司理，時恤刑在廣〉，徐朔方箋校：《湯顯祖全集》（北京：北京古籍出版社，1999 年），頁 443。

〔註 175〕〔明〕湯顯祖：〈陽江避熱入海，至潿洲，夜看珠池作，寄郭廉州〉，徐朔方箋校：《湯顯祖全集》（北京：北京古籍出版社，1999 年），頁 458。

但是也因貶謫之故，湯顯祖的內心必須經歷第二次韌性的鍛鍊，其效果便有如製造鑽石時被置於高壓下的天然純碳，最終可讓心靈達到極其深邃的強度和清澈度。懷抱著「破日而出」的強大意志，從世道之喪的烏雲中發出如雷電般的信心，以愈加嚴格的態度鍛鍊自己所堅持的理想，所信奉的價值，不因遠謫之挫而挫傷臣子之義，則是湯顯祖在徐聞道上自我建構的貴生思想。

> 沓磊風煙臘月秋，參天五指見瓊州。旌旗直下波千頃，海氣能高百尺樓。〔註 176〕

沿著旅途的自然之景的變化，歲月的推移，原本沉壓在心的種種，也隨著上任徐聞的時間將至，湯顯祖的心境已有了振飛的自我激勵：

> 天地孰爲貴，乾坤只此生。海波終日鼓，誰悉貴生情。〔註 177〕

當湯顯祖領悟到今生只「此生」的當刻，即是覺知「當貴此生」，有了不斷向上奮進的意志，迎接在徐聞的新人生，接受即將到來的各種考驗與挑戰。道德的目的係爲體現人「本來的自己」，超越陳舊的框架，而向上超拔，就是不避開險阻痛苦而向前迎擊。痛苦是創造的關鍵，向上和超越自我任務的完成，往往都是在伴隨著痛苦和變化，不經歷這個階段，就無法誕生出能夠「創世」的自己，故湯顯祖云：「乏絕坎坷，都無足道」。生存的發展需要各種苦難，越是處在困境愈能發揮自己的力量，因此，自道「既不能留雞肋於山城，又不敢累豬肝於安邑」對於自己當下的狀況有著深刻的自覺，正因懷抱著堅定的意志生存，故湯顯祖贈予給自己的「貴生之機」即是：走向世人身邊，將一切困苦轉變成爲有意義，有價值的存在，實踐「君子學道則愛人」的大人之道。

在「結束」後、未達「新生」之前，這段時期從某個程度來說，就像經歷死亡一樣。也可以說，湯顯祖正經歷著「心靈肢解」的過程。在這個過程中，他經歷著「生而死而生」的本質經驗，從初發瑤湖，到次宿廣溪；從從姑山、郁姑臺、梅花嶺，到秋發瘦嶺；從保昌下船順北江南下，到曲江韶石；從曹溪南華寺到乳源道中，又經子篙灘、恁頭灘、瀉灑灘、觀世灘、翻風燕灘、浪石灘、大廟狹、湞陽峽，而後浴英德靈池水，飲白泡潭水，飛來寺泉，

〔註 176〕〔明〕湯顯祖：〈徐聞泛海歸百尺樓示張明威〉，徐朔方箋校：《湯顯祖全集》（北京：北京古籍出版社，1999 年），頁 461。

〔註 177〕〔明〕湯顯祖：〈徐聞留別貴生書院〉，徐朔方箋校：《湯顯祖全集》（北京：北京古籍出版社，1999 年），頁 463。

再過清遠回岐驛，上嶺南光熙峰，在盤陀看日出；戲別冷提運，江望白雲山，寄宿浴日亭；迂道羅浮山，夜坐沖虛觀，避雨蝴蝶洞，出朱明觀，入青霞洞，下飛雲嶺，舟行香山嶴，入海到澗州，一路以詩抒鬱，讓「名山紛我思」，讓「山水澹人心」，終返徐聞地。而這一道途的漫遊，也是湯顯祖「逐漸醒覺」的過程。湯顯祖慢慢花上一段時間自我療癒，卸下自我防衛機制，修復信心，重拾熱情。在這場貶謫的經歷承受著被放逐的痛苦，在某個程度而言，是幸福的，因爲完成了大人之道，曾謂：「成大美者，必謀於大人」〔註178〕，守住了一位奇士的靈心，他赤子般的靈魂。抗疏失利，那是又是進入另一段強烈的過渡期，湯顯祖在此刻必須埋葬勇敢奮戰卻戰死官場的「那個自己」。在這之間發生的衝突矛盾，最後的結果是互相交換禮物，而湯顯祖所得到「徐聞」與「遂昌」的民心，以及政治理想的實現。

〔註178〕〔明〕湯顯祖：〈與盧貞常大參〉，徐朔方箋校：《湯顯祖全集》（北京：北京古籍出版社，1999年），頁1525。

第四章　實踐期——行米鹽之地，證大人之道

魚接受了自己不可能長出手臂，遂長出了鰭；湯顯祖接受了自己不可能逆心而行，遂成就了貴生之心。從徐聞險惡的外在環境中，不但未扼殺他生存的意志，更激發他貴生的行願，以〈貴生書院說〉教其門生，以成就「大人之道」勉勵後學。到了遂昌，從徐聞至遂昌，湯顯祖一連串的德政，不僅澈底實踐「君子學道則愛人」的精神，更契密著泰州學派落實「講學以覺民」，以「百姓日用之道」〔註 1〕爲啓民育民之核心思想，逐步建構其「貴生」思想，實踐其「大人之道」。

身處中年時期，會出現從一個心理認同到另一個認同的跨越轉換，即是自性經歷著一種轉化，而這樣的轉化顯現與湯顯祖〈李超無問劍集序〉一文中所提到的「轉思」內涵其實是相同的。從「此岸」到「彼岸」的發生過程，再從「此岸」到「彼岸」而後發展出「自性之岸」，即是「轉思/化」發生在湯顯祖身上所彰顯的歷程，在這個歷程中，這些持續發生在湯顯祖心靈內進行的活動，以及在跨越的過程中又有哪些重要時刻、關鍵人物、啓蒙事件能夠引導出他所隱藏的那些錯綜複雜思想的脈絡，則是本節所欲探討的正是「轉化」或「轉思」之於湯顯祖究竟蘊藏著何種意義。

〔註 1〕根據黃宗義編《明儒學派》時，刻意直稱〈泰州學案〉，而不像其他〈王門學案〉加上「王門」二字，是否認爲王艮之學非「正統」陽明學派，而刻意加以區分。雖然如此，黃宗義終究無法漠視王艮推廣陽明學術的影響力，「陽明而下，以辯才推龍溪，然有信有不信，惟先生於眉睫之間，省覺人最多。謂『百姓日用即道』，雖僮僕往來動作處，指其不假安排者以示之，聞者爽然。

第一節　徐聞貴生情，立德傳薪火

上疏失利，萬曆盛怒，湯顯祖被貶廣東徐聞，降爲典吏。結束南京的舊生活，開始徐聞的新生活。然而，這是一段不太愉快的改變，極爲痛苦的轉化歷程。儘管上疏之舉，出於自由意志，源於臣子之責，係無悔之行。但是，當眞正面臨「事實」時，沮喪必然有之，憤怒必然有之，波濤四起的內心，唯獨仰賴自己轉化解決。然在心有所結，意有所鬱之時，好友劉應秋、鄒元標皆以書勸慰，前者建議勸退修德，後者勉勵再接再勵。面對遭貶至徐聞的湯顯祖而言，詩，成了撫平他吏道之傷的最佳良藥。在前往徐聞的途中寫了不少詩，或顯或隱地表述自己矛盾的心情，以及欲有作爲的胸懷。經過長途跋涉，於該年冬天到達徐聞，以詩打包傷懷，以大刀闊斧的建設行動，重新創造，爲自己獨致的吏道之途，銘記「獨致」的風格典範。

以下分從：一、不忘天下，覺生行道；二、深心取適，殺活之機等兩方面論述。

一、不忘天下，覺生行道

感受到責任的、要去負責任的做了該承擔事情的，都是坐在該承擔那樣位子的人的權利。湯顯祖此種夷然就道的精神正是他「情至」的表現，爲了一念宗社保民，能夠爲情而死，爲情復生，豈不是湯顯祖的用世之情？何嘗不是他的「情之至正」？他的「情之至深」？以下分從：(一) 知生之貴，夷然就道；(二) 力行直道，繩引上下等兩方面論述之。

(一) 知生之貴，夷然就道

萬曆十九年的抗疏，明知不可爲而爲之的浪漫激情堅持爲政的理想，將「主人之才」的精神發揮到極致，使自己成爲一個爲理想的大人。面對徐聞險惡的地理環境，湯顯祖夷然就道，未生退心：

> 徐聞呑吐大海，白日不朗，紅霧四障，猩猩禺禺，短狐倏鱷，啼煙嘯雨，跳波弄漲，人盡危公。而公夷然不屑曰：「吾生平夢浮丘羅浮、擎雷大蓬、葛紅丹井、馬伏波銅柱而不可得，得假一尉，了此夙願，何必減陸、賈使南粵哉？」。〔註2〕

孔曰成仁，孟曰取義；惟其義盡，所以仁至。讀聖賢書，所學何事？而今而

〔註2〕〔明〕鄒迪光：〈湯義仍先生傳〉，毛效同編：《湯顯祖研究資料彙編》，上冊（上海：上海古籍出版社，1986年9月），頁81～82。

後，庶幾無愧！」這是當時文天祥爲了綱常之謀，有身不得顧，然而卻也成了中國志於道的知識分子生命共同的追求。湯顯祖因盡忠臣之義，故落貶謫之途，然而，卻不以此爲悔，雖有「滄浪誰莞爾，歧路欲潸然」落魄之態，然而「心知宅相賢」是他承擔的力量：

> 外家依广下，中國向窮邊。旴、贛江連峽，雷、瓊海隔天。滄浪誰莞爾，歧路欲潸然。星謫郎官遠，心知宅相賢。賦詩耆舊引，尊酒樂人傳。鳩祝人難老，鵬扶尉欲仙。山川彌望積，丘壑幾時專。〔註3〕

彌望來自伏波吏道之疲，彌望正是他不斷的歸目，彌望在於他尚未能以丘壑爲友，潸然而泣，透露著「誰料翻爲嶺外行」之傷。然而，被拋擲的逐臣之悲縱挫傷他的臣心，但終究只是短暫的。在〈伯父秋園晚宴有述四十韻〉中自道：「汗漫期常共，清眞德未孤。臥遊仙裊裊，行樂醉烏烏。舊試朋簪合，新瞻佛座敷。時時開畫軸，日日隱香爐。」〔註4〕正是表達他「賦詩耆舊引，尊酒樂人傳」的自我寬慰。貶謫徐聞並未打敗他「步趨眞長者」之志，反而更以「君子學道則愛」爲懷，突破瘴癘之懼，創造身後名。

> 我以適窮髮，日氣動海水。浮羅落空影，結念自此始。山水何泠泠，斷道百餘里。煙墟有餘姿，層陰相倚徙。落日朱明館，林下宿盥洗。攢巒暗星關，招搖側東指。中夜若有人，弄影風霞裏。首建芙蓉冠，清嘯激林靡。披衣天門外，幽篁聽山鬼。〔註5〕

古人認爲「瘴」氣的生成是與地景地物相關：如「瘴氣」、「海瘴」、「瘴氛」、「瘴煙」、「煙瘴」、「瘴霧」，且瘴氣是會帶來疾病。《嶺南衛生醫藥方》引宋人李璆〈瘴瘧論〉提到嶺南風土與疾病的關係：「嶺南既號炎方，而又瀕海，地卑而土薄，炎方土薄。故陽燠之氣常泄，瀕海地卑，故陰濕之氣常盛。而二者相薄，此寒熱之疾，所由以作也。…人居其間類多中濕，肢體重倦，又多腳氣之疾。」〔註6〕唐人房千里〈廬陵所居竹室記〉云：「楚之南當冬且曦，

〔註3〕〔明〕湯顯祖：〈初發瑤湖次宿广溪〉，徐朔方箋校：《湯顯祖全集》（北京：北京古籍出版社，1999年），頁418～419。

〔註4〕〔明〕湯顯祖：〈伯父秋園晚宴有述四十韻〉，徐朔方箋校：《湯顯祖全集》（北京：北京古籍出版社，1999年），頁415。

〔註5〕〔明〕湯顯祖：〈望羅浮葉發〉，徐朔方箋校：《湯顯祖全集》（北京：北京古籍出版社，1999年），頁446。

〔註6〕〔宋〕李璆、張致原輯，〔元〕釋繼洪修：《嶺南衛生醫藥方》，日本1841年重刻萬曆四年復刻本，（北京：中醫古籍出版社1983年影印本）卷上〈李待制瘴瘧論〉，頁1～2。

燕之北當夏且冽。是皆不得氣之中正。」根據這樣論述南方因不得氣之中正，才會衍生無數的疾病，而所謂的「瘴氣」之爲「瘴癘」，就是不得氣之中正所生的風土病。又《嶺表錄異》所載：「嶺中諸山多楓樹，樹老多有瘤癭。忽一夜遇暴雷驟雨，其樹贅則暗長三數尺，南人謂之楓人。越巫云，取之雕刻神鬼，異致靈驗。」南貶，猶如到生命經驗的邊緣，當他們面對未開發的南方，來自文化、地理物候、風土人情迥異的環境，內心的焦慮在於面對「疾病」時爆開來：

> 病瘦那臨鏡，清虛欲衣綿。春糧三月外，伏枕一秋偏……命飄危葉起，相濕死灰然。〔註 7〕

> 破蓬風起到擎雷，指腕侵尋末病催。縱有針神臥谿谷，可能眞氣一時回？〔註 8〕

在這全然陌生的環境，他們面臨生命的威脅，南方的風土物候似乎存在著無法控制的疾病，與許多神祕不可控制的力量，面對惡劣的環境，放臣逐子背負「貶謫」背後糾結的情緒所引發的精神壓力，在身心俱疲的情況下，痁瘧纏身，自是無可避免：

> 君子能無瘧，良醫幸有全。月窗催藥杵，雲户隱書箋。氣弱難扶餞，裝輕得漾船。斑斕垂地泣，葱鬱舊塋憐。故故隨搖曳，悠悠獨遡沿。金隄斜照落，瑤水暮風旋。客夢初移枕，勞歌始扣舷。……滄浪誰莞爾，歧路欲潸然。星謫郎官遠，心知宅相賢。〔註 9〕

遊子衣裳如鐵冷，骯髒到頭終是漢，世變日亟，人變更亟時，一瞬間，有了楚囚的悲歌，明白了刺骨的寒，理解了命若危葉之感。病瘧之擾，讓湯顯祖只能扶枕看歲時推移，病至氣若游絲，痛至淚眼縱橫，送往迎來，都是生死的交替，爲此，更有死灰之境。如今，未曾變異的即是仍以賢心爲宅。但不得不說，湯顯祖仍是有怨的：

> 滿堂溪谷風松，絃歌嗒爾，時忽忽有忘。對睡牛山，鼾鼾一覺，稍聞劉、顧二君子前後見推，幾逢其怒。執政者太執乎！得天下太平，

〔註 7〕〔明〕湯顯祖：〈初發瑤湖次宿广溪〉，徐朔方箋校：《湯顯祖全集》（北京：北京古籍出版社，1999 年），頁 418。

〔註 8〕〔明〕湯顯祖：〈治指腕寒痛度嶺所得〉，徐朔方箋校：《湯顯祖全集》（北京：北京古籍出版社，1999 年），頁 425。

〔註 9〕〔明〕湯顯祖：〈初發瑤湖次宿广溪〉，徐朔方箋校：《湯顯祖全集》（北京：北京古籍出版社，1999 年），頁 418。

吾屬老下位，何恨。

不過，在好友屠龍眼中，湯顯祖可謂是「洒然自適，忘其謫居」，透露出他自我轉化的能力：

義仍氣節孤峻，由祠部郎抗疏，謫南海尉，間關炎徼，涉瘴江，觸蠻霧，訪子瞻遺蹟惠州，尋葛仙翁丹砂朱明洞館，洒焉自適，忘其謫居。〔註 10〕

湯顯祖不僅認爲「俗情必朽」，「俗吏亦必朽」，以臣心如江水，永不匱竭，自比其忠耿之大節：

寢署三年外，祠郎初報聞。臣心似江水，長繞孝陵雲。

湯顯祖夷然就道的精神，表現了以道旨應世，物莫能迕的精神。

（二）力行直道，繩引上下

在調適以後，明白流寓作爲人生之體驗，況且乃「一時」之體驗，故能由此思想中破黯豁然，因而自奮，以古人流寓經驗自我期勉：

萬里手教，如扶搖從天池南下。中間所以尉藉良過。獨念「君子學道則愛人」，常見古人雖流寓一時，不肯儳焉如不終日，誠愛人也。無論與諸生相勸厲，不敢虛其來，即樸遬編民，流離蛋户，有見，未嘗不呴尉而提誘之。此自門下心神所炤矣。聞貴生書院成，甚爲貴地欣暢。然必有人焉，加意講德弦歌鼓篋其中，乃不鞠爲茂草耳。〔註 11〕

志不因不遭時而易，道不因不逢時而棄，湯顯祖被貶謫徐聞時，以流寓天涯，卻仍以道自持，不改其節的古人自勵。關於爲政不遂的自處之道，湯顯祖乃從「時間」的角度自我開解：「一時」只是短暫的陷落，換言之，自惕不能因一時的困頓而喪失道之本懷，並以古人流寓之時無一日不莊敬以自強，無一時不潔身自持自勉，在長時間棄絕放縱恣肆的消極作爲後，道德自顯，而這也正是《禮記・表記》所云：「君子莊敬日強，安肆日偷。君子不以一日使其躬，儳焉，如不終日。」〔註 12〕由此湯顯祖以道德著世，則是他選擇歸往何

〔註 10〕〔明〕屠龍：〈湯義仍玉茗堂集序〉：「湯生與余唱和賞音，爲生平莫逆交，故因其請而序之焉。」收入毛效同編：《湯顯祖研究資料彙編》，上冊，（上海：上海古籍出版社，1986 年 9 月），頁 342。

〔註 11〕〔明〕湯顯祖：〈答徐聞鄉紳〉，徐朔方箋校：《湯顯祖全集》（北京：北京古籍出版社，1999 年），頁 1331。

〔註 12〕〔漢〕鄭玄注，〔唐〕孔穎達等正義：《禮記正義》，收入《十三經注疏》（臺北：藝文印書館，1985 年），頁 235。

處的價值基核。此處亦展現他以「敬」爲先備之德，表達敬爲成德之始的觀念。是故，儘管自覺資質疎愚，仍是孤身瘴海，承擔起此刻的「生之任務」：

> 疎愚之資，孤焉瘴海。天幸得挹長者巻巻。還鄉病起，更辱遠諭，乃至處以餐餞。徐聞幾許閒田，添尉一口，可謂荒餉矣。九日欲弔長沙，懷湘而雷，一宿貴生書院，視海上人士自貴其生何如也？萬里炎溟，冰雪自愛。〔註13〕

隨著時間的推移，徐聞當地的人民揭示出其創造性的一面，湯顯祖終於觸及文化鏡像，這個最初看似不可跨越之隔閡，他不但跨越了，而且還引領著當地人民從性格的「反面性」看見了「正面性」，我們可以理解爲這是作爲轉化階段中湯顯祖「自性的表現」。

二、貴生之行，以重蒼生

存在決定意識。當生命的理想和社會的現實衝突之際，他並未像屈原「志潔行芳」，爲了堅持理想而「寧死不辱」，以英烈千秋對抗世之汙濁。當徘徊在理想和現實進退兩時，隨波逐流亦非敢於犯君顏諤諤直言的湯顯祖所願爲，他既然無法像漁父那樣「不凝滯於物，能與世推移」。顯然，湯顯祖計「從吾所好」、「各從其志」，比較類似於孔子與司馬遷的「盡義知命」，走的是「承擔現實，堅持理想」的路。了解他對於生命苦難的承擔觀念後來看他能在徐聞不辱其職，便能夠理解，何以「貴生」之說會在那個時刻生發。

徐聞典吏雖然只是虛職，然湯顯祖不辱其職，在知縣熊敏的支持下建立了貴生書院。貴其生，進而珍其人，而後愛其人，正符合「君子學道則愛人」的思想進程。以下分從：(一) 直養以知生，直心之謂道；(二) 學道則愛人，行貴生之機等兩方面論述之。

(一) 直養以知生，直心之謂道

根據劉應秋〈徐聞縣貴生書院記〉一文記載，徐聞當地之人士，久仰其文才，故請謁者絡繹不絕。其後，學官諸弟子又爭先北面承學，空前盛況，對於當時的湯顯祖而言，正是鄭汝璧所讚許的：「守之窮，可以師世；行之壯，可以善世」〔註14〕之典範：

〔註13〕〔明〕湯顯祖：〈答徐聞熊令〉，徐朔方箋校：《湯顯祖全集》(北京：北京古籍出版社，1999年)，頁1330。

〔註14〕〔明〕鄭汝璧〈知縣湯顯祖興學記〉，毛效同編：《湯顯祖研究資料彙編》，上冊(上海：上海古籍出版社，1986年9月)，頁103。

徐聞之人士，知海以內有義仍才名久；至則躡衣冠而請謁者，趾相錯也。一聆謦欬，輒競傳以爲聞所未聞，乃又知義仍鎖綌重海內，不獨以才；於是學官諸弟子，爭先北面承學焉。義仍爲之抉理譚修，開發款啓，日津津不厭。諸弟子執經問難靡虛日，户屨常滿，至廨舍隘不能容。〔註 15〕

古代徐聞縣民風好鬥人皆輕生，湯顯祖爲了推廣中原文明化土著之俗，其聯合知縣熊敏捐俸銀在徐聞縣城西門塘畔創辦了一所「貴生書院」，教民知書識禮，認識生命的重要性而化其輕生之俗，並宣傳「君子學道則愛人」、「天下之生皆當貴重」的人生哲理。

會其時有當道勞餉，可值緡錢若干，義仍以謀於邑令熊君，擇地之爽闓者，構講堂一區，署其榜曰：貴生書院。〔註 16〕

據此，更可確定湯顯祖重視德性之修養持守，以「主人之才」爲生命之核的建構。換言之，自我的存在，正是爲了一種理想性，正是唐君毅所謂的「理想的實際存在」：

此所立之理想，是直接爲自己之具體個人立的，不是抽象普遍的；同時不只是立之爲心之客觀所對；而所立之爲：自己之個人之心靈以至人格所要體現，而屬於此心靈人格之主體的。此即是要使此理想，眞實的經由知以貫注至行，而成爲屬於自己之實際存在的。故我們與其說立志，不如說是立一個人生理想，不如說立志是使自己之實際的存在，成爲一個理想的實際存在。〔註 17〕

其立志之道不僅在自身，亦以講學擴及他者，劉應秋當時亦是其中一員，他曾對於湯顯祖所作〈貴生書院記〉有如是的闡釋與體悟。

首先，他以「一指」、「一隋珠」引出眾人忘失自己生命與生俱來的珍貴之處，卻去追求外在的華重之物，如此捨本逐末之行，正是普世人之爲：

余讀其說，穆然有深思焉。即余言何以加於義仍，獨慨夫所稱知生者，蓋難言之矣。今夫人有愛倕之指，而不自愛其指者乎？則世必

〔註 15〕〔明〕劉應秋〈徐聞縣貴生書院記〉，毛效同編：《湯顯祖研究資料彙編》，上冊（上海：上海古籍出版社，1986 年 9 月），頁 99～100。

〔註 16〕〔明〕劉應秋〈徐聞縣貴生書院記〉，毛效同編：《湯顯祖研究資料彙編》，上冊（上海：上海古籍出版社，1986 年 9 月），頁 100。

〔註 17〕唐君毅：〈立志之道及我與世界〉，《人生之體驗續編》（臺北：台灣學生書局，1993 年 9 月），頁 66。

> 以爲怪。投隋珠於鳥雀，則眾起而揶揄之，以爲彼己之分數不審，而輕重之衡失也。夫生寧渠一指、一隋珠之重哉！非至愚詩，誰不知愛？則奈何不明於其所以生，而自失其所爲貴乎！〔註18〕

其次，歸結出重視色相之情的生之欲，正是危害性命的根源：

> 是故耳目之於聲色，鼻口之於芳味，肢體之於安適，其情一也。然而一以之生，一以之死。故凡有生之欲，皆害吾生者也。其欲彌多，其害彌甚；其害彌甚，其貴彌薄。〔註19〕

「故凡有生之欲，皆害吾生者也。」更能說明湯顯祖所主之情，乃是一種內在的精神之情，而非物質世界中的色相之情，那非情，只是欲。故劉應秋所謂：「其欲彌多，其害彌甚；其害彌甚，其貴彌薄」之論，正契切湯顯祖的「貴生」之情，釐清「內養之情」與「外相之欲」的差別。而貴生之情的具體實踐正是以直仰德，因發自直心的內「德」而外「貴」：

> 孔子不云乎：「人之生也直。」直心之謂直悳。孟氏亦曰：「至大至剛，以直養而無害。」無害焉之謂貴。此所謂生，非六尺之軀之謂也；此所謂貴，亦非獨六欲各得其宜之謂也。乾父坤母，人生藐爲中處，參而爲三。豈其血氣形骸塊然一物，便可以參天地？夫乾也動直，夫坤也內直。吾人受寂於坤，效感於乾，質任自然，無有回邪，是之謂直養，是之謂知生。〔註20〕

「直養知生」本來是人的本初自性，只是自「聖學湮晦，道術奔裂」後，功利之毒漸漬日深。如今「世間薰天塞地，無非欲海。吾人舉心動念，吾非欲根」，可謂「浸淫於邪行，浸尋於歧路」，失其所貴，迷其所生，已不識「直養知生」。

> 眞性一鑿，百欲紛如，生乃適以爲害。譬之水然，太一之所鍾也，萬流之所出也，本自潔直，無有邪穢。湛之久，則不能無易也。方圓曲折，湛於所遇而形易；青黃赤白，湛於所受而色易；鹹淡芳臭，湛於所染而味易。易非性也。易而不能反其本初，則還復宜於自性。

〔註18〕〔明〕劉應秋〈徐聞縣貴生書院記〉，毛效同編：《湯顯祖研究資料彙編》，上冊（上海：上海古籍出版社，1986年9月），頁100。

〔註19〕〔明〕劉應秋〈徐聞縣貴生書院記〉，毛效同編：《湯顯祖研究資料彙編》，上冊（上海：上海古籍出版社，1986年9月），頁100。

〔註20〕〔明〕劉應秋〈徐聞縣貴生書院記〉，毛效同編：《湯顯祖研究資料彙編》，上冊（上海：上海古籍出版社，1986年9月），頁100。

> 人生亦猶是也。〔註21〕

一旦受染，難以反歸初心，這正是湯顯祖何以能夠持道守節的思想根基。而反其本初，宜於自性，也正是生命何以必須不斷學習的原因。眞實的人性是：眞性一鑿，百欲紛如，生乃適以爲害。劉應秋以水爲喻，言人性如水，隨時變化，在百欲紛如的環境下耳濡目染久了，本來的面目也就變了樣。「生乃適以爲害」，正說明了堅持本來的初心需要深厚的積累才得以維持，然而逆違本心只需一瞬。

> 故善觀水者，從其無以易水者而已矣；善養生者，去其所以害生者而已矣。心之有欲，如目之有眯，弗袚弗淨；如耳之有楔，弗袚弗淨。學也者，所以袚塵、袚楔，而復其聰明之常性者也，是故，學不可以已也。〔註22〕

而學習的核心，學習的本初便在於覺己本初，觀己常性，復己自性而已，知百欲紛如，湛性久之，將會違逆本初，毀其自性。以「善觀水」與「善養生」者爲譬，直指善觀水者在於保持水本來的面目，水的本質隨任自然，可以任意變化，而善養生者則是遠離袚除傷害本性之物而已。於此闡釋了「觀己養性」之法，即是：眞實的人性本來就存在的紛繁的欲望，觀人性之欲望，就當有善觀水者的認識，理解到人的欲望如水，隨之變現，原欲根植人性之中，無以易之，因此，無須惡欲剷欲，因爲他原原本本就存在的，惡之剷之，就如抽刀斷水水更流般，因此，明白何者害生，去之而已，如此不斷反覆，正如五官中的分泌物，是每天都會不斷發生的生理現象，但只要保持平常心，清理乾淨即可，這便是善生者的祕法了。性之欲本在，欲的存在並不妨礙本初之質潔，只要時時勤拂拭，不讓紛如的百欲湛之久矣，自性之本初即可不變，這也就是復性的用意。是故，當今時勢世局，劉應秋以爲湯顯祖談貴生、言復性之深義在此。

（二）學道則愛人，貴生而善世

作爲逐臣，歷經憤惻，屈原與賈誼之名屢屢出現在湯顯祖的作品中。而在這些作品所隱涵的意義大體不出「個人之情」與「家國之忠」。前者所抒懷

〔註21〕〔明〕劉應秋〈徐聞縣貴生書院記〉，毛效同編：《湯顯祖研究資料彙編》，上冊（上海：上海古籍出版社，1986年9月），頁100。

〔註22〕〔明〕劉應秋〈徐聞縣貴生書院記〉，毛效同編：《湯顯祖研究資料彙編》，上冊（上海：上海古籍出版社，1986年9月），頁100。

之情乃「士之不遇」，而後者所述乃「臣之忠孝」，而這兩種情志正是歷代士之不遇共有的遭遇體悟。故在〈青雪樓賦〉中自云：

> 志有悲而未陳，情有歡其必薦。……適愴莽以忘懷，撫高深而滯眷。矯樓臺而一目，敞軒甍於四面。納陰陽而吐心，出山河而入見。東井通日月之華，北斗飲風霞之彥。客至而棲雲讓席，人去而生煙拂薦。徘徊晤語，徙倚流眄。近深心其自遠，迫遺形而故衍。挹靈華於清府，望僊人乎海縣。想勝業之悠綿，限情期之涉踐。相毫釐而密移，恃神明其未變。一往之致無還，方寸之心有旋。故通人之遠旨，妙死生於一線。〔註 23〕

對於自居於忠臣者而言，忠臣存在最大的倚仗，莫過於明君之賞識。所謂「國君不可讎匹夫，讎之則一國盡懼」，便是將此一「明君／忠臣」的關係予以明確化，指出國君實爲忠臣最大的憑藉。湯顯祖豈可無怨乎？

> 太史公以屈平「正直忠智以事其君，信而見疑，忠而被謗，能無怨乎？〈離騷〉之作，蓋自怨生也。〈國風〉好色而不淫，〈小雅〉怨誹而不亂，若〈離騷〉者，可謂兼之矣」〔註 24〕。嗟夫，此有道者之言也。〔註 25〕

湯顯祖認爲，屈原之作〈離騷〉，其創作動機之根本源自於「怨」，怨從何而生？從其「信而見疑，忠而被謗」所造成的精神委曲與逼迫。儘管如此，屈原因怨而作之〈離騷〉，卻兼具了《詩經》〈國風〉「好色而不淫」，〈小雅〉「怨誹而不亂」的特質，以「文約」、「辭微」的創作技巧，將「志潔」、「行廉」的人格特質展現無遺。不過，湯顯祖以爲司馬遷如此評述屈原之〈離騷〉乃爲「有道之言」，此論有其言外之意。因爲湯顯祖認爲，怨之所生，豈能不淫？不亂？或許有意乎世之英豪奇魂之士能夠不爲「色界」所引誘迷惑，然而當不見於君時，豈能眞的無所怨？爲此他對於有道者面對不見於君時而不生怨之人性提出疑惑：

> 天下英豪奇魂之士，苟有意乎世，容非好色者乎？君父不見知，而

〔註 23〕〔明〕湯顯祖：〈青雪樓賦有序〉，徐朔方箋校：《湯顯祖全集》（北京：北京古籍出版社，1999 年），頁 993。

〔註 24〕湯顯祖之引文有所缺漏。「屈平正直忠智以事其君」之原文該爲：「屈平正道直行，竭忠盡智以事其君，讒人閒之，可謂窮矣。」

〔註 25〕〔明〕湯顯祖：〈騷苑笙簧序〉，徐朔方箋校：《湯顯祖全集》（北京：北京古籍出版社，1999 年），頁 1076。

有不怨其君父者乎？彼夫好色而至於淫，怨其父君而至於亂者，則有意乎世之極，而不得夫道者也。〔註26〕

湯顯祖直指「聞達於世」與「遂志行道」兩種不同的生命選擇所帶來的相異境況。究竟湯顯祖有怨與否？在〈與魏見泉公子道沖〉一文中可窺得一二：

不佞行能委薄，南都奉常時，辱先中丞公盱衡雅注，謂可同塵。微言漸深，餘歡每浹，或忘昕夕，數侍涼暑，內徵言別，長安一見，遂遠音徽。開府太原，兩承溫藉。面語張丞，知遂昌戊戌之計，業從闕下棄官，何乃更入辛計，忘與當事者一言，懊惜久之。嗟夫，顯重之惻，及於疵賤，此其感激，何必眞起死灰之然，而手傅枯鱗之翼哉。我公如在，猶可爲言，而今已矣。爲善之嘆，終廢之悲，其在茲也。〔註27〕

「爲善之嘆，終廢之悲」，正因深知箇中滋味，故對「全忠死孝」及「大孝移忠」之大人，總憐以同理，讚其精神：

去春千田先生人來，言及公病且食貧，甚有交謫之苦。至勤公子長安舉債，以歡二人。忠孝油然，可爲流涕。公逝，當效南州故事，絮酒遄赴。而出山苦難，宿草生芻，寄弔於同人而已。猶記公前定師賈君，曲承咨度，後晤朝房，談及賈君，犖落欣悲宛然。賈君有知，事知己於九原耳。公既全忠死孝，公子大孝移忠。願時加溢米，以復公侯之後。〔註28〕

爲了全忠全孝，可以堪受貧病饑迫之苦，可以忍受貶謫之苦，如此「一念爲皇上保安宗社之心，甚於爲家；維繫天下之心，甚於爲身」〔註29〕之心懷社稷，使人感佩流涕。然而，這卻也成了湯顯祖的「精神支柱」，故云：「不佞食舊德而已餘，飲微量而知足」〔註30〕。在泰州後學中，以「孝弟慈」並稱，

〔註26〕〔明〕湯顯祖：〈騷苑笙簧序〉，徐朔方箋校：《湯顯祖全集》（北京：北京古籍出版社，1999年），頁1076。

〔註27〕〔明〕湯顯祖：〈與魏見泉公子道沖〉，徐朔方箋校：《湯顯祖全集》（北京：北京古籍出版社，1999年），頁1374。

〔註28〕〔明〕湯顯祖：〈與魏見泉公子道沖〉，徐朔方箋校：《湯顯祖全集》（北京：北京古籍出版社，1999年），頁1375。

〔註29〕〔明〕湯顯祖：〈答魏見泉中丞〉，徐朔方箋校：《湯顯祖全集》（北京：北京古籍出版社，1999年），頁1374。

〔註30〕〔明〕湯顯祖：〈答汪登援中丞〉，徐朔方箋校：《湯顯祖全集》（北京：北京古籍出版社，1999年），頁1375。

建構其獨特的倫理學思想體系的，就是羅汝芳，而這正是學脈已傳的印證。鄭汝璧〈知縣湯顯祖興學記〉：

> 六經炳若日星，守之窮，可以師世；行之壯，可以善世。故離經而哆於言者，行必窳；謀食而踰於檢者，塞必變；騁雕龍而詭於則者，實必漓，而詣不必遠。是寧諸士所自待，而亦非侯興學之意矣。〔註 31〕

士當自我修持直養，而非依恃他人，等候支援，有如此的理解自覺，才不枉費興學的意義。而這亦是「主人之才」之所以重要的原因。此外，亦可將此視爲湯顯祖「士不可不弘毅，任重而道遠」的儒者實踐。日本明治維新時代的漢學家鹽谷世弘有相當豐富的著述，也爲很多由中國輸入日本的典籍做過詳贍深刻的評析；論世知人，多所創見。他有一篇〈六藝論〉，說得很中肯，只是中國人不見得愛聽：「禮樂養仁，書數養智，射御養勇。漢得四失二，無禮樂；唐得二失四，無禮樂射御；宋元明得一失五，無禮樂射御數，專讀死書，故中國日頽矣。」〔註 32〕是故，或可探究湯顯祖何以興學之心切，建學之行深之因，不僅是自身修德以俟命，更是希望濟濟多士，克廣德心。

> 凡此皆由不知吾生與天下之生可貴，故仁孝之心盡死，雖有其生，正與亡等，況於其位，有何寶乎！〔註 33〕

而這種先天靈機慧智的天賦以及後天見多識廣的能力，都讓湯顯祖能夠敞開心胸面對稀奇古怪，甚說他者會避之唯恐不及的危機，湯顯祖都將那些視爲不尋常的生機，他在徐聞所作的一切都成爲了有意義的事件，爲自己的生命創造了歷史性的一刻，這是當時的湯顯祖料想不到的罷。不論是因爲意外，或是出自遠見卓識，湯顯祖總是不斷發現原本不是他在尋找的東西，而意外發展出他思想的理論。

三、深心取適，殺活之機

湯顯祖曾謂：「天下事體深之十分，止可得五六分也。」〔註 34〕身在炎奧，

〔註 31〕轉引自張大春：〈因絕望而野蠻〉：「文明總是在我們不經意的瞬間倒退，於是絕望的人益發地多起來。快要死的不盡是老人，已經死的年輕人卻不少。」

〔註 32〕〔明〕湯顯祖：〈貴生書院說〉，徐朔方箋校：《湯顯祖全集》（北京：北京古籍出版社，1999 年），頁 1225。

〔註 33〕〔明〕湯顯祖：〈貴生書院說〉，徐朔方箋校：《湯顯祖全集》（北京：北京古籍出版社，1999 年），頁 1225。

〔註 34〕〔明〕湯顯祖：〈答劉士和〉，徐朔方箋校：《湯顯祖全集》（北京：北京古籍出版社，1999 年），頁 1311。

宜參政機，所參之政機爲何？以下分從：（一）「知」與「自用」之機；（二）「知」與「自主」之機等兩方面論述之。

（一）「知」與「用」之機

在既存的環境中謀思辦法，在有限的資源中開創新機，在現有的制度內求改進的精神，這是湯顯祖貶謫徐聞後而體悟的「殺活之機」：

> 人生有限之年，豈給無窮書籍，但用深心取適爲妙。弟去嶺海，如在金陵。清虛可以殺人，瘴癘可以活人，此中殺活之機，於界局何與邪！歸苦熱瘴，魄幾易宅，痁危之後，身寄轉輕。語云：「本見而草木節解〔註35〕」，此時然也。兄無甚酒，幸爲我留少許情神，相老而嬉。〔註36〕

浪漫主義的精神之一，是強調人跟所有其他物之間，不應該有界線。如何讓人透過感官、美以及美學精神，跟所有其他萬物融合爲一，這是浪漫主義重要的課題。所云：「本見而草木節解」，據《國語・周語》記載：「天根見而水涸，本見而草木節解。」「歸苦熱瘴，魄幾易宅，痁危之後，身寄轉輕」何嘗不是在精神上的死而復生？對於經歷貶謫而產生的拋擲心理，在痛苦過後，便有了雙重視角看待所有的事情：

> 因爲流亡者同時以拋在背後的事物以及此時此地的實況這兩種方式來看事情，所以有著雙重視角（double perspective），從不以孤立的方式來看事情。新國度的一情一景必然引起他聯想到舊國度的一情一景。就知識上而言，這意味著一種觀念或經驗總是對照著另一種觀念或經驗，因而使得二者有時以新穎、不可預測的方式出現：從這種並置中，得到更好、甚至更普遍的有關如何思考的看法，譬如藉著比較兩個不同的情境，去思考有關人權的議題。〔註37〕

在徐聞創建「貴生書院」正是他在兩地民情風俗不同的衝撞下，以及在貶謫的際遇下所思考的更爲深刻的「生命之用」的問題。

〔註35〕「節解」：草木枝葉殘謝脱落。《國語・周語》：「天根見而水涸，本見而草木節解。」韋昭 注：「本，氐也。謂寒露之後十日，陽氣盡，草木之枝節皆理解也。」

〔註36〕〔明〕湯顯祖：〈答劉士和〉，徐朔方箋校：《湯顯祖全集》（北京：北京古籍出版社，1999年），頁1311。

〔註37〕〔英〕艾德華・薩依德（Edward W.）著，單德興譯：《知識份子論》（臺北：麥田出版，2004年3月，2版2刷），頁97～98。

湯顯祖很重視「知」與「用」兩者的關係，他曾點明「爲世重用」與「爲人利用」係判別「精奇者」與「蚩蚩之民」的界限所在，而這樣的觀人之術也正是蘊生出了「主人之才」的思想。除此，他談「用」，亦從「貴生」的視角而論：

> 攝仕以來，嘗謂近見兩大臣耳。陸五臺先生奇中有正，李漸菴先生正中有奇。二公者，其用雖非世所得盡，然亦已用之矣。獨門下以大臣清重之德，宜參政機，而淹南甸，若召伯之在郊南，溫國之在洛都，猶未爲世一用。歸豐留汴，以重蒼生，豈勝縣切！第覩三數年間，陸公既老，李公復搖，正色端言，亦何容易？然二先生大臣之節亦已著矣。惟門下閱世已深，名德素著，有知己者，往而正之，去留之際，自成典刑，似不當過持難進之節，久南都而不悔也。〔註38〕

從「貴生」的角度而論，即能分判出是否爲世所用的兩面論法：攝仕以來，眼觀雖然「爲世一用」，然而卻未眞正的被重用，只是卡在名利的前途上，爲了前途而換上不同的面具而已。然而，爲持大臣之節而遭到貶謫的，從世俗騰達的角度來論，確實是「未爲世一用」，然而，無論歸處如何，仍是以身行道，爲蒼生而奔忙，不離本眞，堅守全性，在天下悠悠，漫漫長日如是堅持，未曾變節，那不是容易的事，因爲歲月的推移，不僅可以改變人的容貌，更可更換一個人的心志。因此，湯顯祖云：「正色端言，亦何容易」，以爲無論是奇中有正的陸五臺，還是正中有奇的李漸菴，都已盡大臣之節，眞正的「爲世所用」。正是，君子之道德隆盛，方可達到雖隱而顯之境地。是故，是否爲世所用的標準，並不在世俗成就的認定，而是是否知其自我之貴，進而以身爲道，以天下之生爲貴，爲天地大生廣生，達其貴生。

正因「以重蒼生」的情懷，湯顯祖閒不得也。他曾在〈寄傅太常〉一文中道：

> 正弟居閒不如人耳，乃如來教，又忽不自知其不如人也。〔註39〕

此論眞可謂「正言若反」，見其幽默慧黠。何以閒居？正因不爲所用？何以不爲世用？湯顯祖在〈答王澹生〉一文中析剖其因：

〔註38〕〔明〕湯顯祖：〈奉朱澹菴司空〉，徐朔方箋校：《湯顯祖全集》（北京：北京古籍出版社，1999年），頁1328。

〔註39〕〔明〕湯顯祖：〈寄傅太常〉，徐朔方箋校：《湯顯祖全集》（北京：北京古籍出版社，1999年），頁1329。

客曰：吳士文而吾鄉質。文常有餘，質常不足。以不足交有餘，辯給固不能相當，精微亦不能相致。無所相益，有以相損，因自引避，不敢再謁尚書之門，一參公子之席，其風性然也。又時知公子之意，雅在氣節，不在文章。文章已矣。而竊觀其時所號氣節諸君者，弟亦未敢深附。《易》不云乎：「定其交而後求，平其心而後語，安其身而後動。」不然，「莫益之，或擊之」矣。迨其擊之也，而悔其交，容有及乎！且門下人地才美，固與弟江外枯槁之士去就不同。何也？今之執致者非異人，固門下之父行也，執政尚將擇疎鄙有才之士而近之，況如通家之子也。才而好，遠之，豈人情乎？夫以門下之才且親，尚負意氣不肯自近，其疎鄙有才之士負意氣者，固益以遠矣。然則肯近於執政，執政因而近之者，其人又多非負意氣而而才者。〔註40〕

問題的關鍵正是：執政者不思以用之。無所相益，有以相損，因自引避，這是人性之實然，符合人情之理。是故，懷有美才且負意氣之才士自然遠離執政者，反之，正是執政者不思以用之，故親近執政者的皆非負意氣之才士。若是執政有當，願思而用之，負意氣之美才當驩然承之，然若執政不思而用，或是重之而不親，則有負於人地才美，故云：

以愚計之，門下幸及此時強起除一閒署郎，得從容間見言事。執政有當，驩然承之，誤則愀然而獻疑。入則盡規，出不以語人，此亦事父執者禮然；而因以陰就天下之大計，亦不可謂非名節事也。且執政所以不受言事者，以爲此毀人以自爲名，莫愛己也。若門下以戚里晚進，而規隨其間，又自匿不奪其名，執政必以爲愛己，而不聽其言者，非人情也。然惟門下可以就此。正以門下有美才而負意氣，執政所重。重之而不親，此必門下負其人地才美，不思以用之；或意他有所在，先其疑形，如此而言不聽，交不成，此如學漢文者譏學宋文者，皆未有以極其趣，不足相短長也。〔註41〕

「閒」才得以「從容觀世」，此乃湯顯祖之「知世」。「閒」之意義，亦代表著

〔註40〕〔明〕湯顯祖：〈答王澹生〉，徐朔方箋校：《湯顯祖全集》（北京：北京古籍出版社，1999年），頁1303。
〔註41〕〔明〕湯顯祖：〈答王澹生〉，徐朔方箋校：《湯顯祖全集》（北京：北京古籍出版社，1999年），頁1304。

不涉及權力核心，反而能夠清明觀政。出入進退之間何時該「遠而不見」？何時該「略而不見」？便關乎是否通透遠旨，以極其趣。爲政如爲文，若是未能究其極，則無能深論，無能深論，便不足以得其趣。其言「未有以極其趣，不足相短長」之理在此。是故，「遠而不見」或「略而不見」，不僅在於觀察的距離與觀察的對象，更重要的觀察者本身之識見。這也正是觀政時期的湯顯祖以「深厚其器」爲養的道理所在。

人心難得，忠心難生，明心難遇，眞心難逢。不爲世用，一直是所有中國知識分子必然會遇到的際遇，也因爲不爲世用，亦開始思考所謂的「不爲世用」是否在於「不爲『適』用」（在其不爲當世主流權力所適用）？在〈奇喜賦有序〉一文中就曾爲其摯友丁右武發出不爲所用之嘆：

> 庚陽丁右武，天下英奇士也。與余同庚而生，庚而舉。四十年中，慷慨連綿，備極兄弟婚姻之好。懷忠踐義，爲噂沓所危，不盡其用。閒情壯志，斯亦已矣。〔註42〕

對於自居於忠臣者而言，忠臣存在最大的倚仗，莫過於明君之賞識。所謂「國君不可讎匹夫，讎之則一國盡懼」，便是將此一「明君／忠臣」的關係予以明確化，指出國君實爲忠臣最大的憑藉。爲政者，貴在能「知人」，能知人者必能享有知遇之恩，能予人知遇之恩，便能有識人之明。其人心得見，忠心得視，明心得遇，眞心難逢，能「知人」者所涵養的內質自是合德符仁，因此能「知人」這種賢能內質便也是讓人可認識他的角度之，故云：「夫能知人者，其人亦可知也。」〔註43〕然而，滿腹忠誠，卻無所用於世才是眞正的現實狀況，因此，對此，湯顯祖不斷思考「觀我生，進退」之深意，「我」與「世」之關係：

> 《易》之「觀」曰：「觀我生，進退。」又曰：「觀其生。」我者，我也；其者，世也。我可而世不可，則無傷我。世可而我不可，則無傷世。如此以觀，則我與世機可以相生相用而不死。〔註44〕

此乃湯顯祖對於進退之道的思考，用世之志，不該爲不用於世而傷，正如世

〔註42〕〔明〕湯顯祖：〈奇喜賦有序〉，徐朔方箋校：《湯顯祖全集》（北京：北京古籍出版社，1999年），頁1011。

〔註43〕〔明〕湯顯祖：〈與門人周仁夫〉，徐朔方箋校：《湯顯祖全集》（北京：北京古籍出版社，1999年），頁1460。

〔註44〕〔明〕湯顯祖：〈明故朝列大夫國子監祭酒劉公墓表〉，徐朔方箋校：《湯顯祖全集》（北京：北京古籍出版社，1999年），頁1264～1265。

少子一人，亦無所增損，由此可見，湯顯祖開始有了「我」之於「世」之關係在於「不生亦不滅」，不會有任何損益。開始重視內心的觀照以後，在〈答岳石帆〉一文中，湯顯祖言及遭遇「世疑」之際所秉持的態度：

兄書，謂弟不知何以輒爲世疑。正以疑處有佳。若都爲人所了，趣義何云？似弟習氣矯厲，蚩蚩者故當忘言，即世喜名好事之英，弟亦敬之，未能深附也，往往得其疑。世疑何傷，當自有不疑於行者在。〔註45〕

是故，他支持石楚陽堅持己章，鼓勵他莫因他人之疑而挫之：

初某公以吳憲拜中丞治吳，而明公亦以吳漕使守吳。南都人皆疑之，弟稍爲不然。然二相亦欲得高品撫牧其鄉耳。近從蘇來者，并云石公有羔裘豹飾之節，仁而且勇，非吳大家所宜。然猶謂石而無瑕，人急不得施其牙，未幾有此。雖然，公之品乃今無疑者矣。幸益自堅。〔註46〕

初懷「欲得高品撫牧其鄉」之心，行仁勇之事，即能破疑。因爲嚚嚚天下，以假亂眞者，多不勝數：

讀足下手筆，所未能忘懷，是山人口語一事。天下固有此人，初莫胗其鴟也，取之雛𩾃之中，生其羽毛，立其魂魄，乍能飛跳，便作愁胡。但我輩終當醉以桑椹，噤其饑嘯耳。寧人負我，無我負人。江海蕭條，大是羣鷗所致。〔註47〕

是故，以高品立世，必當以此自堅，無須爲其他人之疑而自疑，因爲「江海蕭條，大是羣鷗之致」〔註48〕。只要秉持「寧人負我，無我負人」的良懷即可。

（二）「知」與「自主」之機

當湯顯祖面對不爲世容者，氣憤有之，悲嘆有餘，口吐「世人目無瞳子」之語，然而，在他悲憤之餘，卻也觀看到另一種面對不容於世時的豁然大度：

〔註45〕〔明〕湯顯祖：〈答岳石帆〉，徐朔方箋校：《湯顯祖全集》（北京：北京古籍出版社，1999年），頁1333。

〔註46〕〔明〕湯顯祖：〈寄石楚陽蘇州〉，徐朔方箋校：《湯顯祖全集》（北京：北京古籍出版社，1999年），頁1325。

〔註47〕〔明〕湯顯祖：〈答屠緯眞〉，徐朔方箋校：《湯顯祖全集》（北京：北京古籍出版社，1999年），頁1297。

〔註48〕〔明〕湯顯祖：〈答屠緯眞〉，徐朔方箋校：《湯顯祖全集》（北京：北京古籍出版社，1999年），頁1297。

以翁丈緯武經文，何在古英雄下，而竟以一尉小縣令長謝里門，高歌縱酒，忘憂用老，悲夫！世人目無瞳子，至今極也。然聞兄諸郎君並以奇儁發越，人之所損，天之所益，未可量也。門人旌德劉大甫窮彌甚，氣彌高。欲度淮而東，終業大兄之門。如更不就，遂有望三神山褰裳濡足之想。弟殊壯之，知大度恢然，能爲之主。雨花臺下，一夢至今，臨風悵佇。〔註 49〕

「人之所損，天之所益」正是這些大度恢然者內心的價值信仰，故能發山褰裳濡足之想，高歌縱酒，忘憂用老，行委時順命之神。對此，彷如對湯顯祖杖了一記，使之醍醐灌頂。原來擴開萬古之心胸，才是眞正使自己能夠立世不衰的眞正原因。只要擴開萬古之心胸，其思其行自然不會被執念所縛，若不受限於執念之涉，自然就能泰然自若面對世俗所謂的「外在險阻」，也因擴開萬古之心胸，便能更爲自主地順循己性，自爲其主，正是「爲俗所擯」，卻能「爲道所容」，這也正是湯顯祖自道「知大度恢然，能爲之主」之深意。此外，假人當道的政風，亦讓湯顯祖心懾大怒：

南都偶與一二君名人而假者，持平理而論天下大事，其二人裁伺得僕半語，便推衍傳說，幾爲僕大戾。彼假人者，果足與言天下事歟哉！然觀今執政之去就，人亦未有以定眞假何在也。大勢眞之得意處少，而假之得意時多，僕欲門下深言無由矣。門下且宜遵時養晦，以存其眞。〔註 50〕

有「名」然而爲「假」，在此湯顯祖點出「虛名」大行其道乃爲時「勢」所爲，而在政壇上行假作虛者反而能平步青雲，而這樣虛假的現象卻形成了一種趨勢，構成政壇生存的潛規則。反觀秉眞者則受困於多行道義的困境中，加深了自己的危險。儘管如此，湯顯祖不爲勢轉，「遵時養晦，以存其眞」，而這正也成爲他出處行藏的衡準，故云：「僕不敢自謂聖地中人，亦幾乎眞者也。」因而在時值道昏的此刻，湯顯祖求其《焚書》，將目光投以自堅自修的畸人李贄，其「寄我駘蕩」〔註 51〕正是他尋求共鳴以支持他所信仰的價值。

〔註 49〕〔明〕湯顯祖：〈寄膠州趙玄沖〉，徐朔方箋校：《湯顯祖全集》（北京：北京古籍出版社，1999 年），頁 1434～1435。

〔註 50〕〔明〕湯顯祖：〈答王宇泰太史〉，徐朔方箋校：《湯顯祖全集》（北京：北京古籍出版社，1999 年），頁 1305。

〔註 51〕〔明〕湯顯祖：〈寄石楚陽蘇州〉：「有李百泉先生者，見其《焚書》，畸人也。肯爲求其書寄我駘蕩否？」徐朔方箋校：《湯顯祖全集》（北京：北京古籍出版社，1999 年），頁 1325。

如果湯顯祖未到徐聞，那麼任何事情都將無法發生，徐聞是他生命進行轉化的階段。貶官徐聞期間，〈貴生書院說〉、〈明復說〉成爲湯顯祖重新思考「生之意義」與「存在的意義」，透過〈貴生書院說〉與〈明復說〉建構自身「學道」的外在價值與「愛人」之內在價值合構的完成。是故，劉應秋讀後乃以「蒸蒸大道」譬之，便可知道，這段在徐聞的階段，是他從「外相之世」走往「內質之世」的階段，如果沒有經歷這一個階段，「貴生」之論則無以生發，更遑論實踐而完成。

其〈貴生書院說〉從「人性之貴」論起，言及貴在能「長人」、「利物」，發揮《中庸》所謂的「盡其性」之內涵，達至「天下之至誠」。珍貴天地所孕生而出的「生命」，並養之、育之、用之，各盡其性即是長人利物最深刻的內涵，而能如此者即爲「仁孝之人」。仁孝之人也是實踐「事天如親，事親如天」之精神內涵者，將「宇宙內事」當作是「己分內事」，將「己分內事」視爲「宇宙內事」，實踐「天人合一」，達到眞正的「貴生」，完成「大人之學」。

是故，〈貴生書院說〉以「知」爲核心精神，說明了「貴生」在實踐上的不同層次內涵：從「知生」──→「知自我之貴」──→「知天下之貴」。是故，「貴生」在實踐上的內涵層次呈顯了由近及遠，由個體至群體，由自愛到愛人的歷程。

第二節　遂昌廣智行，福田爲蒼生

在絕望於「得君行道」之後，以「覺民行道」爲實踐的理想新途徑。以下分從：一、用世之心，爲道思存；二、仁人愛人，知物之貴等兩方面論述之。

一、用世之心，爲道思存

湯顯祖面對出世與入世的選擇判準在其「用」，以及「眞」。他以爲故若是隱而虛時，倒不如寄世愛人，故謂：「山中自有山中作用，若空度許時，處不如出也。」〔註 52〕因而必須「直面本心」，「人生精神不欺，爲生息之本，功名即眞，猶是夢影，況僞者乎？」〔註 53〕以下分從：（一）教育盛心，復漢

〔註 52〕〔明〕湯顯祖：〈與李宗誠〉，徐朔方箋校：《湯顯祖全集》（北京：北京古籍出版社，1999 年），頁 1337。
〔註 53〕〔明〕湯顯祖：〈寄李宗誠〉，徐朔方箋校：《湯顯祖全集》（北京：北京古籍出版社，1999 年），頁 1337。

儒之尊；

（一）教育盛心，復漢儒之尊

湯顯祖一到遂昌，一開始並不適應，無論是人情或天候，都有他必須重新調整的空間：

> 州縣官與人空書短味，亦無得漫爾寄聲也。道體似盛而羸，山海秋深，氣候數易，早晚愼霧露，晝復避日。人生忙處須閒。弟作縣何如，直是閒意多耳。〔註54〕

「眞是閒意多耳」，正是牢騷語。何以證之？他曾在〈寄傅太常〉一文中道：「正弟居閒不如人耳。」〔註55〕無論是居閒，還是閒意多，都會惹人發慌的，這表徵著無所作爲，不爲世用。此外，「人生忙處須閒」實爲雙關語。如果人生之忙是將所有的精力都用來對抗天候地理的多端變化，那倒不如閒。「忙」與「閒」成了一種矛盾的存在。然而，也因爲閒暇有之，故能隨處遊歷，時常觀物，格物而致知〈廣仁院有序〉一詩以僧筆添乳勾勒出畫外意：

> 平昌廣仁院佛殿壁，有邑人毛會潛畫一婦乳兒。夜有兒啼聲，眾怪之。一日僧語會，笑曰：「易耳。」以筆添乳入口，遂絕。
>
> 曾爲蛾眉斬畫師，千秋能此畫孩兒。自慚繞佛無飛乳，滿縣兒啼似不知。〔註56〕

僧之神來之筆，添乳入口的意象，比喻得極其靈活，正暗喻著百姓如乳兒，爲官當如父母官，本該有添乳入口之能，使百姓安居樂業，創造政通人和的縣風。然而湯顯祖卻自慚雖有哺乳之心，卻無僧之神來之能，撫慰民心，實有愧於民。其仁民愛物之心，由此可見，然而，沮喪之情，亦留露無遺。不過，已在徐聞體悟「殺活之機」的他，深知「大修行人何地不爲福田？」〔註57〕心念一轉，所欲成就之事便一一落實，如建造尊經閣。湯顯祖新建尊經閣的目的，除了顯現出它的教育盛心，更根源於他慨於當世之況：

〔註54〕〔明〕湯顯祖：〈與周叔夜〉，徐朔方箋校：《湯顯祖全集》（北京：北京古籍出版社，1999年），頁1368。

〔註55〕〔明〕湯顯祖：〈寄傅太常〉，徐朔方箋校：《湯顯祖全集》（北京：北京古籍出版社，1999年），頁1329。

〔註56〕〔明〕湯顯祖：〈寄傅太常〉，徐朔方箋校：《湯顯祖全集》（北京：北京古籍出版社，1999年），頁1329。

〔註57〕〔明〕湯顯祖：〈寄曾大理〉，徐朔方箋校：《湯顯祖全集》（北京：北京古籍出版社，1999年），頁1332。

天下珠碧孔翠香澤奇詭之玩，寒之不可以衣，飢之不可以食。萬里而走五嶺之南，毒蛇飛蟲菵莨，百有一死之地，務取多而爭美，以燿其軀顏，充其室御，而相與誇詒，上都中縣之人以爲是能得所不易致者。至於六經，先王聖師所爲飲食被服天下，入乎性命形色之微，出乎文理事業之大，積之若尺棰，而用之不可既；陳之若九鼎，而於用日新。此其於珠翠奇麗也，不亦急乎！又非有遠萬里險絕瘴蝥之虞，安坐而致，各可以相得而無容以誇者。然過之而不取，取之而不能以多，略其粗而不爭其美者，何也？教衰道微，上之人亦猶乎卑古尊今以爲見爾。〔註 58〕

卑古尊今的心態，使之教衰道微，逐外華而失內質的現象，已成爲一種時尚。華靡之風日浸月蝕，造成捐棄六經之華而追逐珠碧孔翠之貴。可以爲了珠碧孔翠行萬里，面對毒蛇飛蟲魍魎皆不懼，爲的卻是「燿其軀顏，充其室御」，而後「鄉與誇詒」，此風已長，靡佈上都中縣。至於可以被服天下，也無須「遠萬里險絕瘴蝥之虞」，可以「安坐而致」的六經，卻無人競逐之，淪爲「過而不取」，「取而不用」的命運。雖不至棄若敝屣，然而「積而不用」、「陳而不取」，其命運亦若是了。

爲了避免助長此風，爲了改善固陋之習，當時金壇史侯懋文以經術治其邑，便廣置經籍，並建閣以存之：

予友金壇史侯，行嚴而貞，衷理以平；民有弗若，衿哀之不忍以刑。而又深憫乎士之專一經，束於功令者，未能旁暢，恐迹於固陋也，於是廣置經籍，營閣以貯之。〔註 59〕

湯顯祖提及此事，表明教育之初在其日新月異的廣納學習，理解教育之本在其自我不斷精進，追求的是一種更大廣納百川的開闊胸襟，以完成「仁」的實踐。接著，論說經的重要，何以尊經？尊經之實質內涵何在？對於「尊經」一事，金壇史侯與進學弟子談及「尊天→成仁」實踐的功夫論：

既成，進學子弟而告之曰：「尊天者，用其日月風霆，而後曰仁；尊父母者，用其聲色意氣，而後曰孝；尊生者，用其飢渴寒燠之時，

〔註 58〕〔明〕湯顯祖：〈尊經閣記〉，毛效同編：《湯顯祖研究資料彙編》，上冊（上海：上海古籍出版社，1986 年 9 月），頁 33。

〔註 59〕〔明〕湯顯祖：〈尊經閣記〉，毛效同編：《湯顯祖研究資料彙編》，上冊（上海：上海古籍出版社，1986 年 9 月），頁 33～34。

而後曰知。經於人，如天，如父母，如生；尊而用之，性命形色之微，文理事業之大，皆取乎是。」〔註60〕

湯顯祖特別引述其論，亦未提出任何反駁，便是有一定程度的認同。不妨可視爲兩人對於「尊經」一事的認同意識。尊天則爲敬天之道，以萬物爲生，與萬物爲一體，無貴賤之分。剖山觀河，恣取而捐，成其圖書；而日常之日月風霆，皆爲人所用，人賴此生存，故當以敬尊之。而後從「天道」落實至「人道」，敬天之理納乎心，行諸外則可以言仁。此人道之核心在「仁」，而「仁」落實之內涵則在於：「孝」與「知」。

言「孝」，論及孝親的優先順序，從其優先順序便可知道「仁」又該如何運用於日常生活中。仁之用，可分爲「生命之精」與「生命之軀」。仁的第一層落實之對象即是生養的「父母」。以爲尊父母首重「生命之精」，以「承順父母顏色」使之精神愉快。做到「和其顏」後，進而思及「生命之軀」。尊重生命之軀本有感受「飢渴寒燠」之能，以同理之情護衛，則爲尊敬生命之本能，故在「和其顏」後，才是「服勞先食」。如此，才可謂將「仁」之兩面性落實在「孝」道上，使之成爲完整的孝道。

由此，湯顯祖將此尊人的心理實踐脈絡移於「尊經」上。以爲對待經典的態度猶如當如天，如父母，如生，日日以恭敬之心啓閱之，將他視爲孔翠珠碧珍玩之，日積月累之下，必能廣其德心，堅其貞節，明白「圖書若星，衿帶如靈」，亦能領悟以經用世、治世之奧微之理。而且，經典的產生，乃爲「天人合作」的結果。先王聖師著述而有經，而先王聖師之道取之於天，而先王聖師之生從其父母，故三者關係密不可分。

從其尊經的態度即可明白湯顯祖的用意在於使經典內化成德，外顯成行。此外，從天人合一的敬天尊生的態度，可知其「天人合一」的思想。故寫就的〈尊經閣記〉無非是要恢復漢儒之尊：

君子猶名地，周公即有源。平昌開舊館，前令作新門。朱雀何飛舞，靈蛇太伏蹲。或爲聞地理，爰築見天根。遂爾昇層樓，因茲賁複垣。山川夾户牖，日月倒懸軒。氣脈宜龍舉，階梯此駿奔。鍾球懸聖作，鼓篋付司存。似謁河宗帝，如招洛誦孫。橫經將吏事，直道倚君恩。未覺絃歌冷，粗知色笑暄。自公垂勝賞，于役動高騫。掌故登堂禮，

〔註60〕〔明〕湯顯祖：〈尊經閣記〉，毛效同編：《湯顯祖研究資料彙編》，上冊（上海：上海古籍出版社，1986年9月），頁34。

> 諸生避席言。弁星趨北斗，冊玉候西崑。入國傳經語，觀風展德論。射堂樽俎合，文圃竹書翻。嶺借遊蘭馥，池紆采碧溫。第令周士貴，始識漢儒尊。〔註 61〕

湯顯祖興建尊經閣一事，有其深刻的薪傳意義，據項應祥〈平昌湯侯新建尊經閣記〉中闡明其建閣之行，在其薪傳古人之志，復傳心之要：

> 夫侯成閣，閣萃經，經傳心。則夫尊經也者，舍心其奚以哉。予讀莊周斵輪之說曰，古之人與其不可傳者，死矣。今之所讀者，古人之糟粕已耳。此無他，知可以傳者求古人之跡，不知以不可傳者，求古人之心。若然，則奚取於經，又奚取於尊經也與。〔註 62〕

何以得傳？項應祥以爲正是以德傳之。若湯顯祖無德無節，就算興建尊經閣，亦失去尊經的本意，建造的意義，故云：

> 侯弱冠以博洽聲馳於內，其文炳；甫入仕，抗疏大廷，權貴辟易避三舍，其節昭；頃以遷官客下邑，且謂侯將傳舍之，侯諄諄民瘼，而尤注意黌序，殫厥心焉，其政勤。嘗瞰鳴琴餘晷，就侯昏吻，則滔滔若長江大河，一瀉千里，其論淵以博。是文章、節義、政事、言語，侯以身兼之，自非心印古人，絛暢六經之祕，詎能是哉！〔註 63〕

新建尊經閣，目的何在？何以湯顯祖如此戮力？可從兩個方面來看。首先，從世局時勢來看，當今學者皆是名利年頭柴據其胸，爲搏一官，苟且偷生，失節沒志，乃今之學人之面目：

> 迺今學者剽竊緒餘，唔咿呫嗶，爲襲取青紫徑竇，便詡詡號於人曰，吾能讀經，甚且句讀未暢，而名利念頭柴據其胸；卒博一官，即蠅營狗苟，爲身家計，曾不知古人書爲何物，讀古人書爲何義？嗟乎，此離經畔道之尤，德之賊也，則奚取於經，又奚取於尊經也與。〔註 64〕

德之一字，已湮沒在經典之中。讀書取經，都爲名利而來，而非爲修德持節。是故，建尊經閣目的在尊經，尊經目的在復古人之心，爲復古人之心必思考

〔註 61〕〔明〕湯顯祖：〈平昌尊經閣成，率諸生恭讀御箴，下宴相圃，欣言十八韻〉，徐朔方箋校：《湯顯祖全集》（北京：北京古籍出版社，1999 年），頁 481。
〔註 62〕〔明〕項應祥〈平昌湯侯新建尊經閣記〉，毛效同編：《湯顯祖研究資料彙編》，上冊（上海：上海古籍出版社，1986 年 9 月），頁 104。
〔註 63〕〔明〕項應祥〈平昌湯侯新建尊經閣記〉，毛效同編：《湯顯祖研究資料彙編》，上冊（上海：上海古籍出版社，1986 年 9 月），頁 104～105。
〔註 64〕〔明〕項應祥〈平昌湯侯新建尊經閣記〉，毛效同編：《湯顯祖研究資料彙編》，上冊（上海：上海古籍出版社，1986 年 9 月），頁 104～105。

古人何以遺經，讀古人書爲何？

> 當思古人之遺經謂何？侯之建閣謂何？日與二三同志切磋砥劘，以文章則尚經世而陋雕蟲，以節義則大綱常而小經瀆，以政事則貴循吏而賤搏擊，以言語則崇忠信而黜浮誇，如是庶幾哉。讀古人之經，不愧古人之心，異日者亦將如侯掇巍科，建大業，駸駸不可量焉，斯於建閣之意爲無負耳。〔註 65〕

項應祥諄諄教誨，闡釋建經閣之意義在於不愧古人心，在如此神聖莊嚴的尊經閣受教，就當求古人之心，俟來日建立大業，改變世局，或以文章經世，或以節義立世，成其良吏，薪傳忠信，以此勵勉諸生，更盼諸生莫辜負湯顯祖殷切深刻的古人之心。

（二）薪傳師志，覺民行道

在遂昌居處數月後，「在萬山中，相與去鉗剄，罷桁楊，減科條，省期會」〔註 66〕，入境隨俗，與民共生，欣賞當地民物之美，拋卻了「忙」與「閒」的矛盾，彷如「三家同暉主人」，享受著服食淳足，琴歌餘暇，戲叟遊童，時來笑語的生活：

> 至如不佞，割雞之材，會於一試，小國寡民，服食淳足。縣官居之數月，芒然化之，如三家同睡主人，不復記城市喧美。見桑麻牛畜成行，都無復徙去意。偶懷西音，陳其下意。藥草有喻，佇惟便風。〔註 67〕

每當「見桑麻牛畜成行」，便「不復記城市喧美」，徙去之意盡消。故而生起大整頓之意：

> 斗大平昌，一以清淨理之，去其害馬者而已。〔註 68〕

然而，他去其害馬者的方法並非以「理法」，而是以「仁愛」行之。故在除夕遣囚，給予囚犯得享天倫之樂，亦讓他在「溘見陽春又一年」時，能發重生

〔註 65〕〔明〕項應祥〈平昌湯侯新建尊經閣記〉，毛效同編：《湯顯祖研究資料彙編》，上冊（上海：上海古籍出版社，1986 年 9 月），頁 104～105。

〔註 66〕〔明〕過庭訓：〈湯顯祖傳〉，毛效同編：《湯顯祖研究資料彙編》，上冊（上海：上海古籍出版社，1986 年 9 月），頁 84。

〔註 67〕〔明〕湯顯祖：〈寄曾大理〉，徐朔方箋校：《湯顯祖全集》（北京：北京古籍出版社，1999 年），頁 1332。

〔註 68〕〔明〕湯顯祖：〈答李舜若觀察〉，徐朔方箋校：《湯顯祖全集》（北京：北京古籍出版社，1999 年），頁 1344。

之願。此外，因此他能夠「一意拊摩噢咻，乳哺而翼覆之，用得民和」〔註 69〕。湯氏能有如此魄力，在其保安宗社之心，在其維繫天下之心，他所欲達到的理想朝政正是：「朝家有威鳳之臣，郡邑無餓虎之吏」〔註 70〕，使全國上下能夠歌詠昇平之世，不愧萬家燈火。

湯顯祖認爲學官的存在係爲了養其學官弟子在此求道明道，進而成道覺世，故其存在的意義非凡。故能以人情爲田，興置學田，成就此事者，即爲仁人所能成就的大人之事。

> 孟子曰：「尚志。仁義而已。」殺一無罪非仁，而取非其有非義。凡世俗之所爲，猝不可得而閒者，要非必於仁義之事也。誠能去其非而是之志，則其閒殆甚。固然之廣居，居之而已。成然之大路，由之而已。如此而大人之事已備，士復何事之有哉？士固天下之閒者也。博士先生，盱衡而燕坐，諸生儼雅而遊翔。上無公方期會之侵，下無井里竭蹶之苦。舞蹈太平之世，詠歌先王之風。當此之時，其亦有不閒者乎？吾道廣矣大矣，能無弘願；深矣微矣，能無妙思？廬其廬，何以近聖人之居；食其食，何以事何以事聖人之事？有聞焉而加修惟也乎。仁以耕，義以種，至於安以樂，食之肥，而後侯之教有獲於無窮。不然，飧餐已具，猶彼之栽而此之賦也。吾黨相與爲惠而已耶。〔註 71〕

古之聖王，培養太學之功用在養士，養士之用在治國，國既治，民便安，大人之事完足矣。而此覺民行道正是泰州學派一脈相傳，也是湯顯祖在羅汝芳仙逝後繼承的薪傳之志，故云：

> 明德夫子之巧力於時也，非所得好而私之。其於先覺覺天下也，可謂任之矣。……今之誦其詩，知其厚以柔。而師之卒也，以學《易》。其靜以微，亦非世所能知也。靜故厚，微故柔。〔註 72〕

〔註 69〕〔明〕過庭訓：〈湯顯祖傳〉，毛效同編：《湯顯祖研究資料彙編》，上冊（上海：上海古籍出版社，1986 年 9 月），頁 84。

〔註 70〕〔明〕湯顯祖：〈答李舜若觀察〉，徐朔方箋校：《湯顯祖全集》（北京：北京古籍出版社，1999 年），頁 1344。

〔註 71〕〔明〕湯顯祖：〈臨川縣新置學田記〉，徐朔方箋校：《湯顯祖全集》（北京：北京古籍出版社，1999 年），頁 1179～1180。

〔註 72〕〔明〕湯顯祖：〈明德羅先生詩集序〉，徐朔方箋校：《湯顯祖全集》（北京：北京古籍出版社，1999 年），頁 1144～1145。

「覺民」一詞，有其思想來源，〔註 73〕而王陽明欲「以道覺民」來達到「治天下」的目標，即表述在〈答儲柴墟〉：

> 伊尹曰：「天之生斯民也，使先知覺後知，使先覺覺後覺。予天民之先覺也，非予覺之而誰也？」(按:見《孟子‧萬章》) 是故大知覺於小知，小知覺於無知；大覺覺於小覺，小覺覺於無覺。未已大知大覺矣，而後以覺於天下，不亦善乎？……夫仁者，己欲立而立人，己欲達而達人。僕之意以爲，己有分寸之知，即欲同此分寸之知於人；己有分寸之覺，即欲同此分寸之覺於人。人知小知小覺者益眾，則其相與爲知覺也益易且明，如是而後大知大覺可期也。〔註 74〕

王陽明「以道覺民」的志向，也被王艮所繼承。王陽明在「得君行道」的期待破滅之後，體悟到惟有透過講學，始能將「治天下」的理想落實，推源而上，既然湯顯祖有受到王陽明嫡傳的泰州學派「以百姓日用是道」之學影響，或多或少也受其薰陶。〔註 75〕是故，湯顯祖建書院、修建尊經閣，思考士人「出處」，而有的「貴生」之教，以落實「君子學道則愛人」的實踐，由此可見，在貶謫的時候冲默體道，並非只是消極地等待時機，不斷地同樣可以施展「道行天下」、「兼善天下」的抱負，這種「以師道自任」的使命，呈現「以道覺民」的傳統意識：

> 妄意「隨時」之義，惟沖惟默。沖生智，默生威。沖不默不凝，默不沖不韻。館閣師儒，體勢尤堪清重。〔註 76〕

而正也是泰州學派學者「匹夫而存堯舜君民之心」的出位精神：

> 大體而言，泰州學者以講學淑世，所宣揚的理念是孝弟忠信等符合傳統禮教的人倫親情，所展現的意圖是藉講學的道德教化改進社會

〔註 73〕孟子：「天之生斯民也，使先知覺後知，使先覺覺後覺。予，天民之先覺者也；予將以此道覺此民也。」

〔註 74〕〔明〕王陽明：〈答儲柴墟〉，《王陽明全集》卷二十一，頁 813。

〔註 75〕〈從「覺民行道」論王艮思想的定位〉：「(王艮) 三傳弟子中著名者有羅汝芳、何心隱、耿定力、耿定理、管志道，四傳弟子之著名者有楊起元、周汝登、焦竑、錢同文、方輿時、程學顏、吳嘉紀等，還有表中並未記載而曾師事羅汝芳的湯顯祖、師事王襞的李贄等人，相較於泰州學派早期的平民弟子背景，後期弟子的出身和社會地位已經有了很大的不同，特別是那些進入仕途者，更是謹守本分，不敢逾越作『出位之思』。」《人文與社會研究學報》，頁 30。

〔註 76〕〔明〕湯顯祖：〈寄曾大理〉，徐朔方箋校：《湯顯祖全集》(北京：北京古籍出版社，1999 年)，頁 1332。

> 秩序，重建宗族倫理，並實踐個人理想，並非反傳統的革命情懷。〔註 77〕

是故，藉講學的道德教化改進社會秩序，重建宗族倫理，並實踐個人理想，則是湯顯祖行米鹽之地，行大人之道的證明。

二、仁人愛人，知物之貴

癸巳冬十月，有虎從東北來，氣勢剛傲懾人，此虎之至，令湯顯祖有夢，夢見自己的指頭有兩處碎裂處，不久，便有傳言虎噛牧童：

> 忽夢指有二碎跡，登堂，有言虎躡其鄉西牧竪子。予嘆曰，予德不純，氣之不淑耶。予刑不清，威之不震耶。何以烋氣如是？〔註 78〕

夢中示警，湯顯祖不得輕忽，將虎患歸之於自己德性不純，剛氣不足之際，在反省之時即刻展開行動，呼民任兵，請示城隍神：

> 下令，將以十月望吉告城隍之神。文曰：「吾與神共典斯土，人之食人者吾能定之，而不能止於虎。民曰有神。夫虎亦天生，貴不如人。神無縱虎，吾將殺之。」呼吾民任兵者，簡其銳以從。搜之葉塢。〔註 79〕

請示的結果，虎當殺之。故任兵至葉塢，正時，又一夢：

> 是夜，見有一冠幞袍靴白鬚團頤長者見夢。若予與同爲法官治獄者，持一文書示予。予曰，必殺此二渠以償。長者微笑，指文書中一處示予，若前所云「虎亦天生」之句，意望予寬之。予正色爭不可。長者知不能奪，復微笑曰：「徐之，觀樞密公意何如耳。」予覺，知神有意乎烋然者。然已戒不可止。〔註 80〕

城隍之示此乃「夢」之「關鍵」。而城隍之示關鍵在於如何解讀：「虎亦天生，貴不如人」之寓意。夢中長者於此出現，或可表徵湯顯祖無意識與潛意識中有著不同的想法，無法平衡的情況下，故以「夢」徵之。

〔註 77〕 呂妙芬：〈聖學教化的弔詭：對晚明陽明講學的一些觀察〉，收入於郝延平、魏秀梅編：《中央研究院近代史研究所集刊》第 30 期，頁 33。

〔註 78〕 〔明〕湯顯祖：〈遂昌縣滅虎祠記〉，徐朔方箋校：《湯顯祖全集》（北京：北京古籍出版社，1999 年），頁 1182。

〔註 79〕 〔明〕湯顯祖：〈遂昌縣滅虎祠記〉，徐朔方箋校：《湯顯祖全集》（北京：北京古籍出版社，1999 年），頁 1182。

〔註 80〕 〔明〕湯顯祖：〈遂昌縣滅虎祠記〉，徐朔方箋校：《湯顯祖全集》（北京：北京古籍出版社，1999 年），頁 1182。

從「萬物生而平等」的角度觀之：夢中長者代表的是「虎」的角度。夢中長者指其文書中「虎亦天生」之句，望湯顯祖饒虎一命，此舉之思即代表著「貴生」之「物之生」，虎生於天地，乃天地生之物，無有權力殺之。所謂「貴不如人」乃是以「人」之角度觀之，故「寬之」之意從此而生。夢中長者代表「止殺」之念，綰合「佳兵不祥」之意旨。然虎若不除，終將食人，虎之食人，不可。畢竟食人之虎「貴不如人」，寬之之行無能爲之。貴不如人即成事實，自知此言無用，故再獻一語，再次請示：

之葉塢，午至昏，見虎。虎奔，一虎倨高嵎，薄不可近。予曰，知之矣。旬餘齋居，夜念樞密公，兵象也。有得虎者與，當祠之。是夜不能寐，覺外洶洶有聲。問之，獲巨虎。雄也。虎首廣尺餘，長幾二尺，身七尺。驚雌，三日繞而號其山，中伏矢，走死松陽界中。東北抵萬山，忽夜震如裂。民曉視之，得巨虎首二，八股，草血洙漬。縣人歡，異甚。然以公出郡中，月餘歸，忘立祠也。復報有虎。予嘆曰，神其罪予。〔註81〕

十多天的齋戒別居，讓湯顯祖不斷思考「夢」中老者之言，獵虎之時，其威不可迫之「象」，他不僅「知神」意，亦「知虎」意。此外，這亦是湯顯祖表徵自己「覺知」的歷程：從「知虎」之象「覺神」之示，亦從「覺神」之示「知物」之貴，再從「知物」之貴「覺己」之念：

老氏曰：「佳兵不祥。」莫如以慈衛之。遂就報願佛寺旁大樹下祠爲滅虎祠。祠樞密公。非眞能滅虎也，虎滅無迹，則亦滅之乎爾。祠以後，獲虎三五，向後虎聞遂稀。神之能有茲祠也，爲之銘。銘曰：「惟山之峻，有貓有虎。神其司之，甚力而武。神來見夢，予爲立祠，以衛吾人，依於大慈，遂伐三彪，薦五文皮。孰震於幽，徵其腦髀。丁壯出作，翁孺倫嬉。非我德民，神滅其菑，菑由人興，非虎非豺。我去其苛，物象而和。神其安之，與民休嘉。〔註82〕

由此，可見湯顯祖因「夢」而「覺」之思行：一覺覺知神來入夢，原爲立祠，立祠之意在於依於大慈，護衛人民。一覺覺知滅虎之行，乃係去苛之象。從

〔註81〕〔明〕湯顯祖：〈遂昌縣滅虎祠記〉，徐朔方箋校：《湯顯祖全集》（北京：北京古籍出版社，1999年），頁1182。

〔註82〕〔明〕湯顯祖：〈遂昌縣滅虎祠記〉，徐朔方箋校：《湯顯祖全集》（北京：北京古籍出版社，1999年），頁1182～1183。

滅虎之行，人民見其承擔的勇志，虎滅人安，立祠神安，與民休嘉。故湯顯祖援引老子之言道其爲民之心。老子曰：「夫佳兵者，不祥之器，物或惡之，故有道者不處。兵者，不祥之器，非君子之器，不得以而用之，恬淡爲上。」既爲有道者，便該明白災禍之興，不在虎豺，而在人之所爲。是故，以大慈之心衛民，大悲之心貴物，才是爲政之大寶，仁人善行其意之利器。

第三節　進以思道業，退以靜全性

在儒家思想中，「經世」是由「內聖」到「外王」的一個連續過程，非但講究個人才德的修養培育，更強調如何以一己既成的才、德，「任重而道遠」地體施諸於現實社會。〔註 83〕湯顯祖自謂「遨遊名家，貴能進取以資藏習」〔註 84〕，又云：「生之行藏，渠自能道之」〔註 85〕，行藏進退之間，見其節操峻潔，孤炯獨絕，皆以孔、孟爲正脈，以孔、孟之家法爲依，壯遊以知遜心聖道者爲樂，宦遊以識立朝大節者爲喜。在他的行藏進退間，不難看出他效法前賢，在安頓身心的同時，亦尋求突破，由此得窺見他從「得君行道」至「覺民行道」，以及從「任俠行世」至「抱道安世」的轉向。以下分從：一、「得君行道」至「覺民行道」；二、「任俠行世」至「以道安世」等兩方面剖析之。

一、「得君行道」至「覺民行道」

「覺民行道」是余英時論述〈明代理學與政治文化發微〉〔註 86〕中提出的概念。他認爲在明代朝綱大壞、國君失格的險惡政治環境下，使得知識份子在出處之間面臨著極艱鉅的考驗。余氏在文章中認爲王陽明在謫居龍場後，他已徹底從「德君行道」這個迷夢中清醒過來，並發現平治天下的另一個大道，即是「覺民行道」。他從「得君行道」轉向「覺民行道」的重大改變，也正是儒家政治觀念上一個劃時代的轉變。反觀湯顯祖在徐聞與遂昌的爲政

〔註 83〕林保淳：〈第一章 經世文學與文學經世〉，收入《經世思想與文學經世—明末清初經世文論研究》（臺北：文津出版社，1991 年 10 月），頁 59～60。

〔註 84〕〔明〕湯顯祖：〈答王起莘〉，徐朔方箋校：《湯顯祖全集》（北京：北京古籍出版社，1999 年），頁 1448。

〔註 85〕〔明〕湯顯祖：〈與許伯厚〉，徐朔方箋校：《湯顯祖全集》（北京：北京古籍出版社，1999 年），頁 1658。

〔註 86〕余英時：《宋明理學與政治文化》，（臺北：允晨文化實業股份有限公司，2004 年 7 月），頁 250～297。

本心，正是循此思考脈絡而向下落實。以「爲政不事威刑」，惟以「開導人心」爲務。是故，當湯顯祖看到遂昌當地之人風民俗，便思及昔人所言：「良牧所在民富，去而見思」之語。而他思考一個當政者如何讓人民感到富足？此外，如何上行下效，春風化雨，使其德政仁風讓人民時感懷念？湯顯祖提出「惟清惟惠」而已：

昔人云，良牧所在民富，去而見思。初謂平平爾。涉令去官，始味其言。惟清惟惠，可以富民；能富其民，乃以見思。則門下之謂矣。〔註 87〕

「涉令去官，始味其言」此話一出，便可代表「經歷」使其抽象的言語落實在生活中。而湯顯祖的體會是良牧者當行「清廉」之風，使其廉泉沛然，如此才能使「吏民灑然」〔註 88〕，因爲「惟清惟惠」，才得使民富，而民富以後，便能見思，而不需要等到離開當地。在〈徐文留別貴生書院〉一文中道：「天地孰爲貴，乾坤只此生，海波終日鼓，誰悉貴生情。」爲了落實「貴生情」，湯顯祖願爲作「先知」以覺徐聞之民，使其「後知」亦能成「先知」而覺「後知」，實踐「生生之謂易」之精神。對於湯顯祖的性命之學而言，亦完成了羅汝芳在〈壽湯承塘序〉文中對湯顯祖之期待，並將此序文所謂「會合天人，渾融物我」之「德之盛」、「壽之極」的思想精神引之百千萬年而無疆無盡：

天地之大德曰生，而生生之謂易也。夫生生者，生而又生者也。生而又生，則不息矣。不息則久，久則徵，徵則悠遠，悠遠則博大。大以敷久，久斯無盡；久以充大，大乃無疆，故易野者，聖神之所以永長其生，而爲言壽之所自來者也。〔註 89〕

湯顯祖將書院的十二間教室，分別命名爲審問、博學、愼思、明辨、篤行、格物、致知、誠意、正心、修身、齊家、治國，湯顯祖在教學上對弟子一視同仁，因材施教，扶理談修，每日津津不厭。通過湯顯祖的教育和宣傳，徐聞文風漸盛，科舉盛行。清《王夫子賓興》碑文曰：

〔註 87〕〔明〕湯顯祖：〈與吳本如岳伯〉，徐朔方箋校：《湯顯祖全集》（北京：北京古籍出版社，1999 年），頁 1450。

〔註 88〕〔明〕湯顯祖：〈答王太蒙中丞〉：「清風所至，吏民灑然。伯東兄語弟云：兄入嶺，歲省冗費幾萬餘。公私饋遺亦如之。炎海爲廉泉，瘴嶺爲冰柱矣。」，徐朔方箋校：《湯顯祖全集》（北京：北京古籍出版社，1999 年），頁 1447。

〔註 89〕〔明〕羅汝芳：〈壽湯承塘序〉，毛效同編：《湯顯祖研究資料彙編》，上冊（上海：上海古籍出版社，1986 年 9 月），頁 162～163。

自明義仍先生來徐聞建書院，而徐益知向學，當時沐其教者，輟魏科登賦仕，後先輝映，文風稱極。

自古士農工商業雖不同，然人人皆可共學。孔門弟子三千，而身通六藝者才七十二，其餘則皆無知鄙夫耳。至秦滅絕學，漢興，惟記誦古人遺經者，起爲經師，更相授受，於是指此學獨爲經生文士之業，而千古聖人與人人共明共成之學，遂泯沒而不傳矣。天生我師，崛起海濱，慨然獨語，直超孔、孟，直指人心，然後愚夫俗子，不識一字之人，皆知自性自靈，自完自足，不暇聞見，不煩口耳，而二千年不傳之消息，一朝復明。先師之功，可謂天高而地厚矣。〔註 90〕

顯然是要通過喚醒每一個人的「良知」的方式，來達成「治天下」的目的。這可以說是儒家政治觀念上一個劃時代的轉變，我們不妨稱之爲「覺民行道」，與兩千年來「得君行道」的方向恰恰相反。他的眼光不再投向上面的皇帝與朝廷，而是轉注於下面的社會和平民。〔註 91〕

夫天下者，人主之器也，政所以制器而厝之於安且永也。然而二之，則天下不可以暫安。人主甚貴矣，抱貞一之資，乘縡闢之運，頓紘霍之綱，集靈聖之紀，持天下政，誰二之哉？……夫當途之臣，明計之士，孰不願開忠發智，爲其主平一日之政哉！〔註 92〕

開忠發智，爲其人主平一日之政，乃爲當途之臣，明計之士所欲爲政行到的身心，只是懷有纖介忠利之心之者少，而多是強疾不仁之材，沉於權勢與利益的深淵，捨棄忠義誠信之大道，天下之政，豈不使貴爲重臣之才者淪爲朝廷草芥。縱觀湯顯祖在徐聞與遂昌之行，何嘗不是落實了清代焦循（1763～1820）在〈良知論〉提出的見解：

余謂紫陽之學所以教天下之君子；陽明之學所以教天下之小人。……至若行其所當然，復窮其所以然，誦習乎經史之文，講求乎性命之本；此惟一二讀書之士能之，未可執顓愚頑梗者而強之也。良知者，良心之謂也。雖愚不肖、不能讀書之人，有以感發之，無不動者。……

〔註 90〕〔明〕黃宗義《明儒學案》，卷 32，頁 24。（北京：北京古籍出版社，1999 年），頁 1391。

〔註 91〕余英時：《宋明理學與政治文化》，（廣西：廣西師範大學出版社，2006 年），頁 38。

〔註 92〕〔明〕湯顯祖：〈天下之政出於一論、會墨〉，毛效同編：《湯顯祖研究資料彙編》，上冊（上海：上海古籍出版社，1986 年 9 月），頁 68。

> 牧民者苟發其良心，不爲盜賊，不相爭訟，農安於耕，商安於販，而後一二讀書之士得盡其窮理格物之功。〔註93〕

從湯顯祖在徐聞與遂昌學道則愛人的具體實踐而觀，其憂世樂天，正不失孔孟家法。

二、「以俠行世」至「以道安世」

在〈李超無問劍集序〉中可以發現湯顯祖在悠悠的天下時勢中，衝擊著湯顯祖對於立命行事的思考。從崇拜其友達觀之俠轉而思考其師羅汝芳之道這個跨越的轉換，即代表著轉思/轉化正發生在湯顯祖身上，而這種根本性的轉折所代表的意義具有心理的以及宗教的意義，也是湯顯祖超越人際與社會面向的「破格」經驗：這種打破生命固定模式的經驗，從來都是湯顯祖在每一個生命階段會發生的自性叩問，從拒絕張居正開始，一直到他死前，這中間不知經歷多少次的「獨行其是，自廣其意」的時刻，然而每一次的獨行其是，都可視爲湯顯祖在性命之學上的自性叩問，每一次的自廣其意，亦可當作湯顯祖在建構「主人之才」的同時一步一步往「大人之學」的性命實踐。

在他「獨行其是，自廣其意」的「破格」行動中，也完整了他一生從「立德」──→「立功」──→「立言」的年輪，儘管這不是一開始就計劃好的，儘管這當中有許多是被驅迫而走上的路，然而，當「主人之才」之根奠定，無論歧出與否，最終都會召喚能夠磨練自性的機會，而且一步步走向必然並回應「天命」。

> 一日，問余，何師何友，更閱天下幾何人？余曰：「無也。吾師明德夫子而友達觀。其人皆已朽矣。達觀以俠故，不可以竟行於世。天下悠悠，令人轉思明德耳。」遂去之盱，拜明德夫子像。〔註94〕

「轉思」一詞，具有極關鍵的意義，即代表湯顯祖在思考上的轉變，以及悟思。湯顯祖從達觀禪師的身上明白，在幽暗荒謬的天下，「奇俠」者終不能改變世界，全然以「俠」者之慨行世，對於立行於世，終究不是究竟法。了悟此理，故轉而思念羅汝芳。從「去羅汝芳就達觀禪師，去達觀禪師就羅汝芳」這一思想的歷程轉折，則可窺探出湯顯祖從「以俠行世」到「以道安世」的

〔註93〕〔清〕焦循：《雕菰集》卷八，（臺北：藝文印書館，1967年），頁100。

〔註94〕〔明〕湯顯祖：〈李超無問劍集序〉，徐朔方箋校：《湯顯祖全集》（北京：北京古籍出版社，1999年），頁1109。

脈絡，而「轉思」進而成爲行動，其實也是湯顯祖從「自我」到「自性」的追尋，他的轉思，顯示者打破「固定的模式」，而這一直都是湯顯祖生命「狂」者內質的一種基因，可稱之爲「破格」。打破生命固定模式不能僅是一種意念，而該成爲一種企圖，而後成爲行動：

> 歲往浴佛，有驅烏漫剌，坐我堂東。揖之，知其奇。留之齋，云，不能斷酒也。信宿而都無所斷，偶爾破口，公案二三則耳。……而復過我，則髮已覆頂額間矣。曰：「先生言俠不可竟行於世，而予之俠猝未可除。因而說劍，爲天大將軍得度耳。」余笑曰：「有是哉！」明年秋九月，則已雄然冒武冠，帶長劍而就余。有吳下諸生書，乃始知其江陰文士李至清也。曰：「業已去書生爲頭陀，去頭陀爲將軍。弓劍之餘，時發憤爲韻語，數十首。來豫章，題曰《問劍》。先生宜有以訣之。」〔註 95〕

因此，湯顯祖將進行對「生命破格」的概念透過〈李超無問劍集序〉表達出兩層意義：第一、「轉思」作爲生命成長的必然，「破格」之意念不該只停留在「思」的層面上，應該透過「行動」表現出來。第二、引李超無作爲實例，表達自性的召喚以及主人之才的作用。李超無「去書生爲頭陀，去頭陀爲將軍」，從入世到出世，又從出世到入世，即彰顯著從「此岸」到「彼岸」，再從「彼岸」到「此岸」這一迴環的過程，也正是在漫長的生命中進行的一小截的輪迴。等到歷經兩端的經驗後，又可超越兩端，進入第三種可能。故在「弓劍之餘，時發憤爲韻語」，以輪旋狀的方式向上遞升，而這也正是湯顯祖建構「主人之才」的理論中所欲表達的「生命的眞實」。李超無從「書生」到「將軍」再兼而「文士」，這代表著湯顯祖「轉思」意義的完成，轉思的意念促成的行動，正是在尋找與確認之後再超越的一種歷程，也即是從「自我」──→「自性」的一種歷程，而這樣的歷程經歷，也正是「主人之才」擁有著高層次的意義所在。

然而，湯顯祖的「轉思」之說尚未在此打住，他又進一步反詰：

> 余笑而問曰：「既冠而娶乎？」曰：「未也。」「然則劍不可得而問矣。吳人而知干將乎？其師鑄劍三年，而金鐵之精不流。夫妻俱入冶爐

〔註 95〕〔明〕湯顯祖：〈李超無問劍集序〉，徐朔方箋校：《湯顯祖全集》（北京：北京古籍出版社，1999 年），頁 1109。

中而劍就。〔註 96〕干將夫妻，不能自投，斷髮翦指而已。今子獨雄而無雌，而又奚鑄焉？」生曰：「先生其無戲？」曰：「非戲。」曰：「子謂必夫妻而劍耶？」〔註 97〕

投入至情才得知理之漏，故有「鑄劍三年，而金鐵之精不流」之發現，繼之有不顧生死之志，正如干將所言之鑄劍大師歐冶子爲志業無悔的俠情：「夫妻俱入冶爐中而劍就」，比之於他們的師父，差遠，「干將夫妻，不能自投，斷髮翦指而已」，至情之極，則能爲愛而生，爲愛而死，而這也正是湯顯祖「至情」理論的行動核心。因爲沒有行動，便無法體會「此岸」與「彼岸」的差別，更無法領悟在經歷從「此岸」到「彼岸」，再從「彼岸」回到「此岸」而進入第三種可能的時空——即「自性之岸」又將是何種體會。是故，他反詰李超無：「今子獨雄而無雌，而又奚鑄焉？」李超無以爲湯顯祖在開玩笑，其實是他並沒有聽懂湯顯祖的「言外之意」。湯顯祖所提點的正是干將之師兩「夫妻俱入冶爐中而劍就」與「干將夫妻，不能自投，斷髮翦指而已」這種爲志業、爲道業兩種不同境界的差別，以此引導李超無思考兩者「之間」的區別及差異，以及幫助他理解「介於」爲情而死與爲情願死的兩種不同方式的鑄劍精神。接著，並進一步援引莊子之言、列子之言劍之「形神」關係：

「莊生說天子之劍，裹以四時，制以五行，論以刑德，開以陰陽。陰陽者，夫妻也。若然者，上決浮雲，下絕地紀。列子所稱視之不可見，若有物存，或見影而不見光，乃是物也。然鑄此劍者，皆不能殺人。生嘗斬髮而爲僧，亦知有不殺人之劍乎？殺人者，非劍也。〔註 98〕

有形謂之物，劍之爲劍，不在此物，而在此物之神，無象謂之神，以道爲劍，論其陰陽之理。湯顯祖以道爲劍，說明道之無所不包。道能上下旁通，莫能礙者；浮雲地紀，豈足言哉！往復無窮之「道」，並非一個可以「實而驗哉」

〔註 96〕張得歆：《干將莫耶故事研究》：「干將、莫邪在戰國時期的文獻中屢有所見，原是指春秋時代吳王闔閭的兩把寶劍名稱，到了東漢《吳越春秋》中始見鑄劍傳說，並在《越絕書》中與歐冶子鑄劍傳說合流，隨著時間的流動，故事的情節也不斷改變與增添，形成豐富多采的面貌。」（中央大學碩士論文，2006 年 6 月），頁 1。顯然，湯顯祖採用的是兩者合流的版本。

〔註 97〕〔明〕湯顯祖：〈李超無問劍集序〉，徐朔方箋校：《湯顯祖全集》（北京：北京古籍出版社，1999 年），頁 1109。

〔註 98〕〔明〕湯顯祖：〈李超無問劍集序〉，徐朔方箋校：《湯顯祖全集》（北京：北京古籍出版社，1999 年），頁 1109～1110。

之某物可比，區分了道、物之間的存有的差異。此外，光爲陽，爲神；影爲陰，爲形，有影而無光，猶如陰而無陽，少其神也。正如劍爲物，其鑄劍者之氣爲神，神使物靈，以此點出李超無只見其物，未掌其神的問題。接著，又論及「不殺人之劍」與「殺人者，非劍也」之間的關係，劍通常用於武中，免不了殺生，然而，拿來殺生之劍，就不足以稱之爲劍，湯顯祖以此說明物的兩面性，正如陰陽，正如光影，同出一轍。如何用物，顯其神，乃是湯顯祖拋出來要李超無深思的。

湯顯祖所援引之例皆有微寓，而反詰這一行動所代表的意義即是「轉思」這一行動所具的關鍵意義在其「反省」，而每一個階段因應生命階段不同而產生的轉思，都將會在超越後再次產生限制，而後又必須再一次的超越，因此「轉思」這一行動所代表的正是永無終止的「反省」，如「永劫回歸」〔註 99〕的意義一般，在此，湯顯祖不但揭示了「道」之「往復無窮」的本質，亦表明他以爲「生命如道」，時常往復無窮，生生化化的存亡變化，皆是天地的密移，自然之符。

在遂昌知縣任時，多閒時，故多雅興。當時有戴洵來訪，湯顯祖喜出望外，以空谷足音喻之：

> 二十年不見吾師，清晬之表，想似何極。大學瞻依，風期未遠。美哉秋水，眷我伊人。藐此平昌，不敢望眞氣東來，倘公子不忘故交，睠焉移玉，亦空谷足音也。〔註 100〕

世間一切，都如幻影，然而故交之誼，值得讓人執幻永生，因爲戴洵對於湯顯祖而言，不僅是老師而已，更是在他啓蒙階段，予以眞氣風期者，可謂生命知交，故以「空谷足音」喻之。

> 王先生於東海知濱解襪乎？見蜃樓陽燄，當知世間影都非堅實，更

〔註 99〕永恆輪迴的觀念發源於古埃及時代，也是印度哲學的重要部分，在印度教和佛教中表現爲輪迴理論。在古希臘，畢氏學派和斯多葛學派等也接受和發展了類似觀點。尼采：《查拉圖斯特拉如是說》：「萬物方來，萬物方去，永遠的轉著存在的輪子。萬物方生，萬物方死，存在的時間永遠的運行。離而相合，存在之環，永遠地忠實於自己每一刹那都有生存開始，『那裡』的球繞著每一個『這裡』而旋轉，中心是無所不在的永恆之路是曲折的。」斯多葛學派認爲宇宙中所有事件曾在過去以同樣的形式出現無數次，未來也會如此，每個循環最後會復歸於火（conflagration），之後再繼續循環不已。

〔註 100〕〔明〕湯顯祖：〈奉祭酒戴愚齋先生〉，徐朔方箋校：《湯顯祖全集》（北京：北京古籍出版社，1999 年），頁 1369。

進一機。彼中有海，差勝此中多山。主人何似？閉門令尹，十月早寒，當隨鴈而南。雲鳧再北，復是琵琶亭外時也。〔註 101〕

既然世影都非堅實，便在此識見上「更見一機」，而湯顯祖所謂的「更見一機」爲何？是故，若是明白湯顯祖何以不攀附張居正之因，也便能理解他何以能夠忍受他者之譏：

弟邑治在萬山中，士民雅厚。既不習爲吏，一意勸安之，訟爲希止。憶不似丈仙令在宣城時，左君典，右禹金。何得君子山堂，彷彿敬亭雲氣？丈比復重聽乎？人言輒笑，祗增其耳順爾。往高節不附江陵，于今更是吳、處。〔註 102〕

想以「冰雪之心，行米鹽之地」〔註 103〕的湯顯祖，，所謂「既不習爲吏，一意勸安之，訟爲希止」，即是指此事：

一日，宣父老諸生來言狀，如之。「令無以予民，然善爲條。如前役者長，常署人田多者，得收其旁户租。常自入豪蕩，比前徵後，相補射爲謾，卒發覺一人至負租百萬。犯至死，當戍邊者，至一家九人，連年不決遣。令至，乃與囚約，能輒抵所負，爲除；不能，遣。未盡十日，囚空。更爲法行條編，均里甲，里自徵輸，因以訖稅如程，至無可笞。故事，吏贖常利金得自與。間行其十之三，遊聲不在民矣。緩急無所匄。令曰，若此所謂：金生而粟死者也。歲當侵，奈何。乃大治諸庾，累穀至七萬餘石。主以訾良人。然令在縣六年，無凶災，後乃連歲水敗，穀種流死，然後以此不饑。嗟夫，作令如此，亦可思矣。」〔註 104〕

不習於吏的拙宦，在湯顯祖的心中正是「至人」。爲宦者，所成者在於離開後人民仍「思」之，而姜奇方正是此類之代表。能「安人」之能，「知人」之賢，正是成爲賢能政者之核心特質，故云：

〔註 101〕〔明〕湯顯祖：〈與王悦之〉，徐朔方箋校：《湯顯祖全集》（北京：北京古籍出版社，1999 年），頁 1368。

〔註 102〕〔明〕湯顯祖：〈寄荊州姜孟穎〉，徐朔方箋校：《湯顯祖全集》（北京：北京古籍出版社，1999 年），頁 1366。

〔註 103〕〔明〕湯顯祖：〈答楊日南鹺使〉，徐朔方箋校：《湯顯祖全集》（北京：北京古籍出版社，1999 年），頁 1366。

〔註 104〕〔明〕湯顯祖：〈宣城令姜工去思記〉，徐朔方箋校：《湯顯祖全集》（北京：北京古籍出版社，1999 年），頁 1171。

封彈之司，在帝左右，明公可謂能安人，當事可謂能知人矣。〔註 105〕

不過，在還朝受阻的情況下，湯顯祖對於進退問題已不再矛盾，他惟盼國中有力臣，鄉內無惡吏，以清政，能夠在昇平之世創作即可，

郎吏之推，尚爾不下。此中進退竟是如何？弟惟喜朝家有威鳳之臣，郡邑無餓虎之吏。吟詠昇平，每年添一卷詩足矣。〔註 106〕

此文亦透露出他折腰之念，歸去在即，轉政爲文的意向了。

（三）折腰之念，歸去在即

萬曆廿三年（1595）乙未，四十六歲，湯顯祖在遂昌知縣任，在〈與帥公子從升從龍〉一文中透露出吏道受挫，興思歸之念：

謁上官不得意，忽忽思歸，輒思惟審。或舟車中念及半生遊跡，論心慟世，未嘗不一呼惟審也。惟審仙去，里中誰與晤言，浪跡遲歸，殆亦以此。惟審古詩文必傳，何須世人誇錄。當爲去存之。《紫釵記》改本寄送惟審繐帳前，曼聲歌之，知其幽賞耳。〔註 107〕

總言衰，不僅是身衰，連文亦衰，可見當時湯顯祖的焦慮，而振衰之法乃求少壯之文以自資：

不佞爲文，亦既衰矣。欲求今少壯能古文詞者，時以自資，不可卒得，則取四方諸生文字翫之。體不必偶，而風神氣色音旨，古今大小一也。然明文字，覯秀鮮婉，復流羨委長，少壯固如是也。不佞得受其光好，裨益良多。來教云，年事未臻，風期已托。然則予之資生而生之資予也，又已久矣。小序輝〔註 108〕

「取四方諸生文字翫之」，而在其中徐然明之文覯秀鮮婉，讓他「受其光好，裨益良多」，而這種予之資生，而生之資予，這種互惠互利流動的亦爲貴生之涵義之一。

〔註 105〕〔明〕湯顯祖：〈答江完素〉，徐朔方箋校：《湯顯祖全集》（北京：北京古籍出版社，1999 年），頁 1534。

〔註 106〕〔明〕湯顯祖：〈與于中父〉，徐朔方箋校：《湯顯祖全集》（北京：北京古籍出版社，1999 年），頁 1372。

〔註 107〕〔明〕湯顯祖：〈與帥公子從升從龍〉，徐朔方箋校：《湯顯祖全集》（北京：北京古籍出版社，1999 年），第四十四卷，頁 1325。據《陽秋館集．惟審先生履歷》，帥機是年七月廿三日卒。從升、從龍，其二子也。

〔註 108〕〔明〕湯顯祖：〈答徐然明〉，徐朔方箋校：《湯顯祖全集》（北京：北京古籍出版社，1999 年），頁 1460。

人有歸去的自由，從憧憬到幻滅到自省，湯顯祖堅定著「立朝大節」、「立世之心」。他「不改其志」的「守其節操」，此中承受的快樂與痛苦，自由與限制，，都爲他生命轉化的下一個階段作足了準備，而這些「必然承受」的這些歷程，都是完成他個人的「天命」——「主人之才」的建構，「大人之學」的實踐。因爲從「主人之才」的建構到「大人之學」的完成，切乎著「自性的本眞」與「自性的自由」是否眞正的得到自由而活在當下。

> 當個人釋放過去而得到自由，並且更徹底地活在當下，此人就可以更關注到無意識，因爲它與此時此刻有關。生命引線是個人在當下所做的一個較爲流動的建構，它具有指出「力比多（libido）的流向」之價值，從現在流向可能的未來。力比多的能量流是主動的、不斷轉換和變動的。而生命引線則暗示了甚麼可能正要展開，以及力比多的流向。榮格思考無意識時，通往未來的方向是很關鍵的。無意識不僅包括過去，也預見未來。它是創造的，也是保守的。這種力量間的平衡或張力，道盡了個體化最關鍵的複雜性。個體化的要求不僅是創造出一個不受過去認同束縛的意識鏡面，也需要朝新興的方向邁進，並且宣稱這就是個人的天命，個體化是種心靈運動。〔註 109〕

是故，湯顯祖從建構「主人之才」的歷程開始，也就是在尋找「個人的天命」，確定「天命之所向」；而他所作的每個不流俗的選擇與決定，都正在進行個體化的過程。因爲「個體化的要求不僅是創造出一個不受過去認同束縛的意識鏡面，也需要朝新興的方向邁進」，這從他在每個不同階段所呈現的內心發展可識見的一目了然。此外，「生命引線」或可詮釋爲生命中已然發生的事件，而在這些已發生未發生的事件中彼此都有連貫的因果關係，也就是佛家所說的「因緣」。生命引線具有神秘的特性，它們存在的必然性在當下並沒有辦法洞視，而必須在事過境遷後，自性的本眞以清明的覺知重新回顧，才會明白此中的因果是如何的相生相續。

> 中年心理發展的重要關頭，根本的轉變是從自我的認同，轉向自性的認同。如果轉化沒有順利完成，結果將是不滿和酸楚的後半生，內在沒有任何意義可言（老年 senex 精神官能症）。中年的正向結果，

〔註 109〕莫瑞・史丹（Murray Stein），黃壁譯：《英雄之旅——個體化原則概論》（臺北：心靈工坊文化事業股份有限公司，2012 年 6 月），頁 49。

預言了越來越有創造力、智慧和洞見，足以超越老年的年紀。〔註 110〕

進而思考其「歸」之之後，又如何引導弟子修德以「從之」的深刻涵義既已「歸」之，又何以「從之」之世人應遵行仁義恭敬等德行之義「道不行而思歸之辭」從積極面來詮釋，所思之歸，歸往何處？即是歸於天命之道。回應天命召喚的行動便是：「愛人」。君子學道的終極目標即是完成「愛人」——，因此，必當「知其所用，用其所知」，是故，湯顯祖一心之念都在成就性命之學上，欲門下自惕自勵，以成就仁義禮敬之美好行義爲「正道」。

在「分披悟曾歷」之時，覺昔之在「迷」途中，故有「曲折神易傷」之慨，「幽清境難會」之悟：

> 平昌此亭能種竹，但有此君人不俗。非貪翠氣影紅妝，會與簫聲搖綠玉。……只道於中耀靈鼠，那知其上遊飛鸞。飛鸞窈窕籠煙雨，包山丈人此亭主。〔註 111〕

> 池上久蕭索，遲江通竹門。刺促浮名子，風塵誰見奔。恍兮中有精，妙者竟何論。環轍聖所失，端居凡所存。如竹隱深竹，靜嘿無世喧。寒色亦已遠，雅意在丹元。斗西故王孫，逝者悲靈根。傳君適嵩嶽，留爲笙鶴言。〔註 112〕

竹，成了湯顯祖在遂昌的心靈知交，在觀竹之時，無不投影自身：觀竹之自性，思桃源之靜，歸隱之意已漸漸萌發：

> 括蒼山裏一桃源，似楚桃源較不諠。春色也知浮澗曲，美人還似憶湘、沅。不知晉世今何得，欲向天台未敢言。蕩漾東南好溪水，折腰終此寄田園。〔註 113〕

折腰從此寄田園，豈非易事？不過，湯顯祖卻眞的折腰，作繭爲文了。

〔註 110〕莫瑞・史丹（Murray Stein），胡因夢譯：《轉化之旅——自性的追尋》（臺北：心靈工坊文化事業股份有限公司，2013 年 10 月，初版 5 刷），頁 74。

〔註 111〕〔明〕湯顯祖：〈綠漪園聽簫有作同耀先〉，徐朔方箋校：《湯顯祖全集》（北京：北京古籍出版社，1999 年），頁 525。

〔註 112〕〔明〕湯顯祖：〈平昌懷余生棐中州並懷朱用晦〉，徐朔方箋校：《湯顯祖全集》（北京：北京古籍出版社，1999 年），頁 523。

〔註 113〕〔明〕湯顯祖：〈桃源〉，徐朔方箋校：《湯顯祖全集》（北京：北京古籍出版社，1999 年），頁 528。

第五章　作繭期——九蒸九焙，獨得三昧

萬曆廿六年戊戌（1598），湯顯祖四十九歲，正值生命的多事之秋。他，棄官返鄉，結束宦海浮沉的政治生命，可說是他「幕前之政」轉而為「幕後之文」的時期。

對於湯氏而言，無以進入權力核心，實現變化天下之志，在顛簸的仕途中起起伏伏，這其實也形同一種流亡。甚至可說，是被皇帝拋棄了，被整個朝廷邊緣化了，在心境上也有了被流放的感覺。而在這樣的現實境況中，也意味著必須一直與環境衝突後又和解，在適應新的環境之後又必須離開，而且也必須背負過去難以釋懷的心結，在仕途中的湯氏便一直處在這樣的過渡狀態中，然而不可否認的是，湯氏擺盪在積極入世與靜心退隱的兩端經驗，正是成就「臨川四夢」得以住世的必要養分。在他積極向外追求人生價值失落以後，他的棄官，代表他的質疑；他的歸隱，代表他的沉思。當他以繭翁自命，表其「乾而不出」之境，這是他對政治生命的棄絕，對官場文化的抗議。歸鄉家居，如同進入巢穴生活，在玉茗堂中進行著自我的天問，書寫自我的離騷。對於湯氏而言，這是政治生涯的黑暗期，然而，對於後代人而言，這段黑暗期卻成為他創作的光明期。

在以「繭翁」自居的這段時期，正可窺見他如何面對「外在的現實改變」，而這些「外在的現實改變」又如何促成他「內在的心靈轉化」。換言之，每一次的改變，將帶來一次地轉化，作繭期的湯氏已在「外在的現實改變」與「內在的心靈轉化」之間蛻變層生，而「夢覺」思想的蘊生正是這時期的產物。在改變與與轉化之間，湯氏領悟到長安之夢已殘，不可再攀留，在壯心消盡，

了知「世事入門難出門」〔註1〕之理後，不僅有了「王孫歸路盡」〔註2〕之悟，亦有了「吾家眞有建安茶」〔註3〕之尋。是故，歸去，成了必行之路。

第一節　世路無明，歸去必行

獨具個人特色是湯顯祖最顯赫的招牌，只是太有個人特色的人格特質，成爲他生命中一體兩面的關鍵。從現實成就面而觀，這卻也是他宦途坎坷的關鍵，然從生命超越面來看，這是他名留青史的關鍵。以下分從：一、世才寄誰，才爲世需；二、道緣漸熟，俗緣自淡等兩方面論述之。

一、世才寄誰，才爲世需

在〈答高景逸〉一文中，湯顯祖紓發其不爲世用，爲世捐棄之感：「世局紛呶，正坐人生有欲。世棄已久，世寄爲誰？」〔註4〕湯顯祖他以「世棄」多年，而非「棄世」，象徵著他是「被動者」而非「主動者」，他仍有凌雲之志，欲以弘才以應物；亦有一誓無傾之豪，能獻亮節以明心，只是世途多仄，總不見容於世。在〈答牛春宇中丞〉一文中，其未曾忘世之心仍濃：「天下忘吾屬易，吾屬忘天下難也。」〔註5〕以下分從：（一）世棄已久，世才寄誰；（二）才爲世需，世需爲才等兩方面分析湯顯祖在無法忘世，卻又必須忘世的轉折歷程中將其矛盾的心曲寄託在創作中，並探論出湯顯祖在「世棄已久」的哀鳴背後那還懷抱著「世才寄誰」的深盼渴望。

（一）世棄已久，世才寄誰

在創作《南柯記》前一年，湯顯祖即以「若士」爲號，這個行動的意義代表著湯顯祖「中年轉化」的第二個階段，在他積極向外追求人生價值失落

〔註1〕〔明〕湯顯祖：〈醉答君東怡園書六絕〉，徐朔方箋校：《湯顯祖全集》（北京：北京古籍出版社，1999年），頁795。

〔註2〕〔明〕湯顯祖：〈先寒食一日同張了心哭王太湖袁翰林四首〉，徐朔方箋校：《湯顯祖全集》（北京：北京古籍出版社，1999年），頁802。

〔註3〕〔明〕湯顯祖：〈建安王馳貺薔薇露天池茗卻謝四首〉，徐朔方箋校：《湯顯祖全集》（北京：北京古籍出版社，1999年），頁805。

〔註4〕〔明〕湯顯祖：〈答高景逸〉，徐朔方箋校：《湯顯祖全集》（北京：北京古籍出版社，1999年），頁1439。

〔註5〕〔明〕湯顯祖：〈答牛春宇中丞〉，徐朔方箋校：《湯顯祖全集》（北京：北京古籍出版社，1999年），頁1469。

以後，他的棄官，代表他的質疑；他的歸隱，代表他的沉思。換言之，這是他進入個體化轉化的階段。此時，亦已繭翁自稱：

> 聞公隱於酒，酣暢高歌，甚善。承問索弟時義於仲文兄處。不知弟衰，時時病苦，不復留意此道。……弟近號繭翁，乾而不出，無由更覩清光。〔註6〕

以繭自喻，以「乾」形容衰病之態。正是在棄官歸隱後，飽受速貧之苦。其處境正如牟宗三一語道地的析剖：

> 「名士」是天地之「逸氣」，也是「棄才」，又是一種「四不著邊，任何處掛搭不上的生命』，其往往以「無」爲生存的狀態，一無可用或無所寄託，雖然說是實際存在著，卻存在著藝術又蒼涼；外在看起來放誕閑散，內心卻又反省清醒，並對社會，乃至政治現實一再致其永恆的關心。〔註7〕

是故，除了以「世棄」自喻之外，亦以「世捐」自況。速貧一事，成爲生活中不可逃避的現實。貧苦之際，身衰之時，故成頹拓無用之人，面對當朝時政，湯顯祖憶及西漢卜式之遭遇，興發感慨：

> 弟流覽時事，常有槩於卜式之談。縣官有隱，能者宜輸力，富者宜輸財。明公以文武兼資，秉鉞乘障，爲國力臣。弟爲世捐，便宜率妻子耕種牧畜，逐商賈什一之利，致富贏，灌輸助邊。今並以精力罷緩，心計迕錯，無能有所墾蓄，向麾下少致升粟寸鎰，助軍市牛酒萬一。而猥以破俸厚貽頹拓無用之人，此其人曾不能與牧豎同短長，而輒敢靦顏再饕，不幾怙愛而頑無節度之甚者乎！〔註8〕

首先，先自難自身的頹拓無用。在速貧的條件下，本該與妻子同心耕種牧畜，自力經濟，然而卻礙於肉身之虛，無能墾蓄，在逼不得已的情況下，只好發出求助。然而，助人主石楚陽仁心宅厚，未曾道一語，讓湯顯祖得以「靦顏再饕」，爲表示對石楚陽此般的篤誼之情，特以卜式之遭遇譬之。卜式因以德名世，盡力農事畜牧，可謂輸力，不爲利益迷惑，輸財助邊，以紓國難，並

〔註6〕〔明〕湯顯祖：〈答趙夢白〉，徐朔方箋校：《湯顯祖全集》（北京：北京古籍出版社，1999年），頁1397。

〔註7〕牟宗三：〈魏晉玄學的主要課題以及玄理之內容與價值〉，《牟宗三先生全集》，冊29，（臺北：聯經出版公司，2003年5月）。

〔註8〕〔明〕湯顯祖：〈答石楚陽中丞〉，徐朔方箋校：《湯顯祖全集》（北京：北京古籍出版社，1999年），頁1326～1327。

倡導賢能者當以死明節，曾上書道：「臣聞主愧臣死。群臣宜盡死節，其駑下者宜出財以佐軍，如是則強國不犯之道也。臣願與子男及臨菑習弩博昌習船者請行死之，以盡臣節。」可惜願意奮力發揚正直之道者卻寥若晨星，多是不務大體，專營小利之人。卜式義行於內，願將此篤誼珍藏於心：

誦扇頭報章，五六十明珠，瑟瑟然從肺肝鏘激而出。必非餘人所得懷袖者。古歌：「但得一心人，何用錢刀爲。」原肕返璧，篤誼中心藏之矣。〔註 9〕

湯顯祖偏愛六朝，何嘗不也是偏愛魏晉名士任誕自然，精神放達的文化精神？「以身爲道」，不僅是「貴生」說的基核，亦是爲政者的「大人之行」。余英時說：

夫叔夜、嗣宗亦非眞以自然與名教爲對立，名教苟出乎自然，則二者正可相輔相成。徒以魏末之名教，如何曾輩所代表者，殊非嗣宗、叔夜所能堪，故不得不轉求自我之超世絕俗耳！史稱阮、嵇等均嘗有濟世志，殆亦欲轉移一世之頹風，使末流之禮法重返於自然之本。〔註 10〕

雖然已棄官歸隱，然而，憶起過往宦情，對於構造飛語之傷，備嘗苦果，不過，卻也對於挺身而出者銘感五內：

保障重臣具文武才望，而徒拾無影細事，致使請告難留。既褻民宗，仍傷朝體，識者謂何如？弟才質疎鄙，然留之乙未之計者，南公也；錮以戊戌之計者，溫公也。夫以貴鄉二老趨舍不同，則南北之情益無足異矣。誰將西歸，懷之好音。世諦悠悠，臨風嘆息。〔註 11〕

明明具備文武才望，然而卻不好好重用，反而「徒拾無影細事」，構造飛語，醞釀百端，致重臣於險境。這即是湯顯祖所謂的「才不爲世需」。而關於「才不爲世需」之例多不勝數，故舉以自身之例道其人情時局。所謂的「乙未之計」指的即是萬曆廿三年，湯顯祖以遂昌知縣赴京上計，時或有人中傷，幸賴南公企仲的執言。而關於「戊戌之計」，則是萬曆廿六年以遂昌知縣上計北

〔註 9〕〔明〕湯顯祖：〈答石楚陽中丞〉，徐朔方箋校：《湯顯祖全集》（北京：北京古籍出版社，1999 年），頁 1327。

〔註 10〕余英時，〈漢晉之際士之新自覺與新思潮〉，收錄於氏著，《中國知識階層史論》（臺北：聯經出版公司，1980 年 9 月），頁 321。

〔註 11〕〔明〕湯顯祖：〈復牛春宇中丞〉，徐朔方箋校：《湯顯祖全集》（北京：北京古籍出版社，1999 年），頁 1468。

京，而那次也是湯顯祖棄官旋里之年。關於吏道上的溫暖，在〈與馮文所大參〉一文中有所記載：

> 戊戌之計，明公大爲僕不平，言於使者，枳其談。而明公乃復不免。辛丑之計，僕三年杳然巖壑，不當入計中。時本寧李公大爲不平，言於吏部堂，梍其筆，而李公亦復不免。夫以明公與李公，名如日月之熒，實若鼎鈞之重，而誹俊疑傑，尚爲詬蟣不置。況如不佞，名微實輕，無足光重於世者哉！〔註12〕

朝中總有專做褻瀆民宗，重傷朝體之沉，此爲「當世之貌」，如此之世，又豈能重用「文武才望」之臣。這是如此的遭遇，因此湯顯祖對於人情時局，總能以數行道盡：

> 第我國家全任法，不全任人。〔註13〕

對於已有遠志的牛春宇，湯顯祖此言道盡天下有志之士之心：

> 知兄已爲遠志，如近事何？天下忘吾屬易，吾屬忘天下難也。〔註14〕

此語正也道盡自己不忘世情，心繫社稷最佳的證明。不過，因世棄已久，故自知已爲俗所擯，然終不能棄己，故轉而學道，爲道所容。

（二）才為世需，世需為才

正是經歷世棄，因而焦慮世才寄誰，進而思索世與才之關係。湯顯祖經危蹈險，不易其節，思及「世」與「才」之關係：

> 世實需才，而未必能需才。才與世所以長左，而嘆世憐才者相望於今昔也。如門下材度，橫絕一世，而竟爲噂遝所沉，家食里閈者且二十年，大閩固仕國，而莫相推輓者何？兩相並里，楊公之後，千載奇遘，以人事君，取才自近，舍丹山其誰也。南望興莆，曷盡眷眷。〔註15〕

首先，湯顯祖直揭世需才，卻又不用才之弔詭。也因爲這樣的弔詭性，才會

〔註12〕〔明〕湯顯祖：〈與馮文所大參〉，徐朔方箋校：《湯顯祖全集》（北京：北京古籍出版社，1999年），頁1430。

〔註13〕〔明〕湯顯祖：〈與丘毛伯〉，徐朔方箋校：《湯顯祖全集》（北京：北京古籍出版社，1999年），頁1433。

〔註14〕〔明〕湯顯祖：〈答牛春宇中丞〉，徐朔方箋校：《湯顯祖全集》（北京：北京古籍出版社，1999年），頁1469。

〔註15〕〔明〕湯顯祖：〈寄林丹山・又〉，徐朔方箋校：《湯顯祖全集》（北京：北京古籍出版社，1999年），頁1479。

導致「才」與「世」兩者之關係總是相忤相左，徒勝「嘆世憐才」者，而且古今皆如此。而這些「才不爲世所需」之人成了一群「嘆世」者，以同病相憐之姿相望，以同明月照之心相勵。是故，才若不爲世所需，儘管有橫絕一世之才，亦遭噂遝所沉，亦臨相互推輓，在無能相爲引重的情況下，才淪爲「裁」，終致嘆世憐才之途。換言之，爲世所需之才，才眞正被重用，眞的爲世所需，才得以顯，因而唯有「世之需」，才可稱爲「才」，才符合「世需爲才」之意。因此，湯顯祖才和司馬遷一樣發出「知我」之思：

> 陶潛寄聲武陵漁父，知有賢主人在也。〔註16〕

知我之賢，知我之忠，關鍵在於知賢、知忠的「賢主人」。其渴盼相知之君臣之情由此可見。

二、道緣漸熟，俗緣自淡

才不爲所用，世路不明已必然。湯顯祖將自己化身成「定風珠」，一旦化身成「定風珠」就可以非常的安靜專注，像潛到了非常深的海底，找到貝殼裡的珍珠，抵抗舉世滔滔。重新求知於天，求知於己。以下分從：（一）有用無用，乃適其分；（二）養其天機，成其天道等兩方面論述之。

（一）有用無用，乃適其分

世途瞶瞶，已無妄馳王霸之思，面對世俗的主流價值，湯顯祖欲已置之度外：

> 門下蟠根僊李，擢秀維揚。本當盛之白玉之堂，偶爾試之清風之邑。才華無敵，一洗而凡馬盡空；政事有神，四顧而全牛已解。至如不佞，一行自免，原非養望東山；再出何期，不致貽譏南嶽。分無求於聞達，寧言空谷足音；奉有斐之文章，眞是從天喜色。多儀藉璧，拜嘉惠於書詩筆墨之中；薄意未將，祈炤亮於竿牘篚筐之外。〔註17〕

無求於聞達，寧言空谷足音，正是他看透功名猶夢影，取幻爲執，傷眞害性，不足爲也。自道「功名猶是夢影」，對於經世自豪之事已了無眷戀，故在〈答謬仲淳〉一文中有言：「弟有二親，俱七十餘，無出理。留一官，止是繾人物

〔註16〕〔明〕湯顯祖：〈寄馮文所〉，徐朔方箋校：《湯顯祖全集》（北京：北京古籍出版社，1999年），頁1431。

〔註17〕〔明〕湯顯祖：〈答李淮南〉，徐朔方箋校：《湯顯祖全集》（北京：北京古籍出版社，1999年），頁15。

耳。」〔註 18〕沒有出仕的可能了，何況家有古稀之年的雙親，必須照顧，而且出仕得官，不過是帶來不必要的牽絆而已。是故，無出仕之理，言簡意賅，生命之重，不過「親情」而已。因此，也不需要在像萬曆十三年所作〈與司吏部〉洋洋灑灑表述其因，關於此，其實是可以探究的，不過避免旁出，在此打住。再者，他亦說：「平生志意，當遂湮滅無餘」〔註 19〕，曾自度清羸，不做不死之餌之事，因不願被棄置：「僕極知俗情之文必朽，而時官時人，輒干之不置，有無可如何者。然己經循省，轉念為文。其次，只要不做俗情之文，就能跳脫「秋柏之實，枯落為陳」〔註 20〕之困境。最後，提出館閣之文，害才之實：「大是以文懿德。第稍有規局，不能盡其才。久而才亦盡矣。」〔註 21〕於世不也如此，懷才不用於世之苦，湯顯祖知之甚深。

然而，湯氏雖為世所棄，卻未曾棄世；為俗所擯，卻未曾擯世。自知人生貴適志，有用無用，關鍵在其是否知其所適，志之所在，故云：

> 不佞於世何所短長，而悾悾發憤，乃與明公一麈而論乎？筌宰珍明公於席上，斷鄙人於溝中，有用無用，乃適其分。更辱來詠，引重過當，即加爵兩列，詎足為榮。恨伏枕未能劇吟以報也。引領爲盡。〔註 22〕

為世所棄，為俗所擯的湯顯祖以為兩人際遇不同，吳徹如在朝享有君臣之情，而自己則非如此，從「斷鄙人於溝中」可知內心傷憐之情。此語倒也沒有諷刺意味，只不過是看透君臣關係後，自繪真實情境罷了。因為對於吳徹如在他棄官後，仍眷為俗所擯的幽人湯氏，顯然是看重他的政才政能，才會有一麈而論事實發生：

> 門下沖年對日，壯節傾時。毓南國而麟趾自振，久稱君子之子；起東林而阜比獨擁，將曰聖人其人。既玉色以揚休，亦黃中而通

〔註 18〕〔明〕湯顯祖：〈答謬仲淳〉，徐朔方箋校：《湯顯祖全集》（北京：北京古籍出版社，1999 年），頁 1468。

〔註 19〕〔明〕湯顯祖：〈答李淮南〉，徐朔方箋校：《湯顯祖全集》（北京：北京古籍出版社，1999 年），頁 15。

〔註 20〕〔明〕湯顯祖：〈答李淮南〉，徐朔方箋校：《湯顯祖全集》（北京：北京古籍出版社，1999 年），頁 15。

〔註 21〕〔明〕湯顯祖：〈答李淮南〉，徐朔方箋校：《湯顯祖全集》（北京：北京古籍出版社，1999 年），頁 15。

〔註 22〕〔明〕湯顯祖：〈答吳徹如大參・又〉，徐朔方箋校：《湯顯祖全集》（北京：北京古籍出版社，1999 年），頁 1514。

理。至如不佞，放三年而兔逝，未能消積罪於公卿；偶一旦而嚶鳴，猶幸竊奉教於君子。爲俗所擯，乃時爲道所容；同病相憐，詎謂同明相照。我思公子，延陵湘、澧之間；公眷幽人，靈谷柴桑之際。〔註 23〕

「放三年而兔逝」之句，乃自述其遭遇，說的正是萬曆廿六年湯氏自遂昌知縣棄官而歸之事，三年後，又被以「浮躁」落職閒往。如今落得溝中之運，吳徹如雖爲公卿貴人，然以珍視之情相爲引重，在孤月照心之際，友誼的眷信使人生暖。於此可見兩人在朝中的地位如此懸殊，是故，「於世何有短長」顯然是湯顯祖的自謙。他對於自己所具備的影響力有其自知之明，故要吳徹如對於自己所論自行斟酌，「有用無用，乃適其分」。有趣的是，儘管湯顯祖自道「於世何所短長」，但卻有「悾悾發憤」而論，顯然不忘情於世。「悾悾」一詞，有無知之意，亦有誠懇之意。若以此來形容湯顯祖當時談論時與談論後的心情再恰當不過了。誠懇的發表總因心繫社稷而顯出的眞性情，然而對於自己如此之行又覺得無知，因爲他正是因爲抗疏失利，才讓君王「斷鄙人於溝中」。在同志益相爲引重的此刻，伏枕帶病的湯顯祖對於自己卻未能劇吟以報感到憾恨。此外，筆者以爲此書札極爲重要，它標誌著湯顯祖後來能成就《臨川四夢》非常重要的線索：

獨自循省，爲文無可不朽者。漢魏六朝李唐數名家，能不朽者，亦或詩賦而已。僕於詩賦中，所謂萬有一當。爲丈不朽者，過而異之。文章不得秉朝家經制彝常之盛，道旨亦爲三氏原委所盡，復何所厝言而言不朽？僕極知俗情之文必朽，而時官時人，輒干之不置，有無可如何者。偶而爲之，實未嘗數受朽人之請爲朽文也。然思之亦無復能不朽者。比來人才未有聽覩，才識如丈，年纔不惑，庶其圖之。僕觀館閣之文，大是以文懿德。第稍有規局，不能盡其才。久而才亦盡矣。然令作者能如國初宋龍門極其時經制彝常之盛，後此者亦莫能如其文也。習而卷之，道宏以遠。誠知且朽，猶欲逾於莫之示而無所聞者。〔註 24〕

〔註 23〕〔明〕湯顯祖：〈答吳徹如大參〉，徐朔方箋校：《湯顯祖全集》（北京：北京古籍出版社，1999 年），頁 1513。

〔註 24〕〔明〕湯顯祖：〈答李乃始〉，徐朔方箋校：《湯顯祖全集》（北京：北京古籍出版社，1999 年），頁 1409～1410。

爲政不得，故退而爲文，能夠如此轉思的關鍵在於「不朽」。無論是爲政或爲人，湯顯祖的皆以「不朽」爲終極目標，既然，爲文亦能得其不朽，便不再執著。

（二）養其天機，成其天道

在朝廷無所用，然而卻能依道而行，看似爲俗所擯，卻爲道所容。故「有用無用，乃適其分」〔註25〕，無須爲能有如此的體悟，正是經歷「毀瘠沉頓，匍匐莫逮」〔註26〕的仕宦遭遇，故對於門下之教，常以內恕孔悲，以仁存心勉勵，對於世俗之得，顯然在爲俗所棄之後，湯顯祖亦已棄俗，而在徐聞、遂昌體悟的貴生在於學道愛人後，完成貴生之道後，亦已夢覺世如夢，一切不過黃粱南柯。故轉而向性命之道，洞澈生死，達成自性之覺，完成轉化之意義。而內恕孔悲，以仁存心正是養其天機，成其天道之法：

> 今夫浮梁之茗，聞於天下，惟清惟馨，係其揉者。浮梁之瓷，瑩於水玉，亦係其鈞，火候是足。然則無清英之意者不可以及遠，鮮陰陽之力者不可以致用。故夫通人學士，坐進此道。〔註27〕

湯顯祖以「茶」喻「道」。以爲茶之清馨，關鍵在於「揉者」，國之道昌，關鍵在於「掌政者」，而浮梁之瓷，比水晶還要剔透晶瑩，能夠如此，關鍵在於「火候」。內質之馨香，外相之剔透，兩者強調的都是「本質」的重要。通人學士是否能夠看透「本質」，掌握「本質」，活用「本質」，是講學之道，亦是進學之道。故欲達此道，必須當涵養「清英之意」，當致用「陰陽之力」，而所謂的「陰陽之力」即是「太極」，也就是《中庸》所謂的天下之大本。《中庸》道：「中也者，天下之大本也。」「中」也就是座標軸上的中軸點。沒有這個中軸點，便失去了相吸相斥，相對絕對這些作用力與反作用力的思考。名聞天下者，必重內質與外緣，而湯氏一生所追求不外乎此。在〈浮梁縣新作講堂賦有序〉一文中即蘊藏著他「擬日用於仁智，轉天機於釋玄」的思想闡釋：

> 鑿户牖以爲室，則思其人以居之；觀埏埴以爲器，則思其人以儀之。

〔註25〕〔明〕湯顯祖：〈答吳徹如大參・又〉，徐朔方箋校：《湯顯祖全集》（北京：北京古籍出版社，1999年），頁1514。

〔註26〕〔明〕湯顯祖：〈與蔡質凡郡伯〉，徐朔方箋校：《湯顯祖全集》（北京：北京古籍出版社，1999年），頁1515。

〔註27〕〔明〕湯顯祖：〈浮梁縣新作講堂賦有序〉，徐朔方箋校：《湯顯祖全集》（北京：北京古籍出版社，1999年），頁1023。

> 必且撰杖履，儕衣冠，診同文，發更端，舉聞見而歷落，依性命以盤桓。珠無燧而不引，響有叩而必還。蓋將以暎發於天人之際，流連乎師友之間。濟濟祁祁，便便反反。課規程而測美，執文句以攻堅。講太極而中隱，賞良知而物捐。是皆擬日用於仁智，轉天機於釋玄。等擬虛而借實，鮮遺邊而遇全。體用合而理正，粗妙函而事安。惟尊經而正業，得在意以酬詮。〔註28〕

既爲講堂而作，此講堂之文含蘊湯顯祖「天機之養」的思想，以下分述之。

首先，湯顯祖以《老子》之典：「三十輻，共一轂，當其無，有車之用。埏埴以爲器，當其無，有器之用。鑿戶牖以爲室，當其無，有室之用。故有之以爲利，無之以爲用。」言戶牖空虛，人得以出入觀視，室中空虛，人得以居處，是其用，利物也。取物之用，利於形用，器中有物，室中有人，虛空可納萬物，虛無能制有形。道者，空也。衍伸而思，湯顯祖在論「道用」之理。

「道」在日常之間，俯拾皆是。道亦如物，當取之其用，也就是說，物之有用在於它被用於適當之處。而學道在於是否實踐道的日常性，使書本上的有形之道化爲日常實踐成無形之道。此外，道之道，正在於它的虛無性，所謂的虛無性，即像戶牖、埏埴之物般，存在是爲容納，而道的存在，是爲實踐。因此湯顯祖拋出的道用之學，即是要這些通人學士思考如何從這些器物的空間之用轉化成人身/生之用。還有，道亦有它的無限性。若將道視爲客觀物質，也就是說，並沒有一定悟道成道的方法，但必有外在事件的考驗「道」在「主體」身上發酵反應的過程，道是否能顯現，就在於「主體」是否把握住「道」的特性。除此之外，日常生活落實以仁智，然而無法得其圓滿之刻，必當以佛法轉其危機，勘透此機，即能轉機，此時危機已轉，轉念一成，契機便生，此即「天機」之奧祕所在。

天機不可授，所言之意在於：天機在於「主體」本身如何實踐上。天機當然可以傳授，只是所傳授之機，當得「主體之悟」，然而若是主體無以悟，便成無用。也就像是已有戶牖可居，然而卻不知其居處之用，已有埏埴可用，卻不知如何善用。然而，若主體已悟，「主體之機」便已啓動，涵養之過程正是湯顯祖所謂：「珠無燧而不引，響有叩而必還」。如何響有叩而必還，關鍵

〔註28〕〔明〕湯顯祖：〈浮梁縣新作講堂賦有序〉，徐朔方箋校：《湯顯祖全集》（北京：北京古籍出版社，1999年），頁1023～1024。

在於「崇經重道」，其目的在於忠孝之節，故說「尊經而正業」：

> 道有隆夷，性無粗妙。尚有典刑，惟忠惟孝。雍雍者祠，有槐有柳，桃李蘭蓮，春秋户牖。其西崇功，其東惠後。俟其來巡，載笑飲酒。我歌不忘，貞於孔阜。〔註29〕

> 講院發氣色於流峙，備體勢於規隨，於以居賢來章，遹所未有。盛美不宜無以照炤於後。〔註30〕

然而，能得其堂奧者少之又少，實爲難傳之意，良爲難行之道，故嘆：

> 慨學人之多致，攡堂奧以良難。有同聲而響隔，有殊風而意傳。嘿則神而有信，辨且存而勿論。將樂羣兮攻玉，豈譁眾以連環。或風以雩，或遊於觀。度楹以几，適館而餐。式飲食兮庶幾，亦歌舞兮笑言。則必助流〈雅〉、〈頌〉之化，肆廣〈中和〉之篇。佇孔容而徙倚，矚周道以迴旋。戴濯於溪，乃挹其源。紫莖屏風，紋紆以漣。菡萏始華，被以秋蘭，幽香杳靄，清華嬋娟。庶懷虛而會遠，足抱素以明蠲。若夫燕息橋梁之上，光陰魚鳥之前。見漁樵之莞爾，覺士女之悠然。君子既愛其日，小人亦愛其年。悔聞道兮不早，返端居兮景賢。賦陳其志，歌詠其言。〔註31〕

正是厚積薄發，此中甘苦節度，何人知之，湯顯祖有「非死數度不能生，非生數度不能死」之悟，以爲「此中甘苦節度，誰能證之？」〔註32〕然後人能證之，其生命漸次之變化反應在作品的成熟度上：

> 臨川清遠道人，自泥天灶取日膏月汁，烘燒五色之霞，絕不肯俯齊州掄煙片點，於是「四夢」熟而膾炙四天之下。〔註33〕

> 臨川湯奉常之曲，當置法字無論，盡是案頭異書。……至《南柯》、《邯鄲》二記，則漸削蕪類，俛就矩度。布格既新，遣辭復俊。其

〔註29〕〔明〕湯顯祖：〈浮梁縣新作講堂賦有序〉，徐朔方箋校：《湯顯祖全集》（北京：北京古籍出版社，1999年），頁1024。

〔註30〕〔明〕湯顯祖：〈浮梁縣新作講堂賦有序〉，徐朔方箋校：《湯顯祖全集》（北京：北京古籍出版社，1999年），頁1022。

〔註31〕〔明〕湯顯祖：〈浮梁縣新作講堂賦有序〉，徐朔方箋校：《湯顯祖全集》（北京：北京古籍出版社，1999年），頁1024。

〔註32〕〔明〕湯顯祖：〈答李沬山〉，徐朔方箋校：《湯顯祖全集》（北京：北京古籍出版社，1999年），頁1427。

〔註33〕〔明〕王思任：〈十錯認春燈謎記序〉，毛效同編：《湯顯祖研究資料彙編》，下冊，（上海：上海古籍出版社，1986年9月），頁661。

> 掇拾本色，參錯麗語，境往神來，巧湊妙合，又視元人別一谿徑。
>
> 技出天縱，匪由人造。
>
> 使其約束和鸞，稍閑聲律，汰其賸字累語，規之全瑜，可令前無作者，後先來喆，二百年來，一人而已。〔註 34〕

參化天道，作繭爲文，轉思而悟，故有「夢覺」之思想漸蘊而生。

第二節　夢覺思想的建構歷程

湯顯祖以「繭翁」爲名，以名表志，有斷絕世事之意，亦有自癒自養之意。達觀禪師〈心經說〉之言，或可與湯顯祖此境之狀態相爲補充：「夫昏毒，即五蘊。爲萬苦根株，千殃之本，眾生未能空此，故縈纏苦厄，如蠶作繭，於百沸湯中，頭出頭沒，絲無斷日。」以繭翁爲名，便見湯氏轉化之跡。

佛教之宗旨唯在不染世累。明朝初期「心學」伊始，其創始人是王陽明，而王則是一個親佛主義者。心學創立之後，士大夫文人傾向佛學日眾，特別是萬曆以後，晚明「四大高僧」的出現，此種傾向更加突出。當此之時，正因爲佛學界高僧的化引、士大夫的親趨，使嗜禪談佛成爲一時盛尚，而且也直接給文藝界帶來生機，以及儒者面對佛教對心識的深入反省。湯氏所創作的「兩夢」——《南柯記》、《邯鄲記》便是他在紅爐烈焰的塵世中千錘百鍊後的反思歷程，展現他對於佛法在人間，不離世間覺的折衝與思辯。此外，湯氏所著的〈夢覺篇〉寫於萬曆廿七年（1599），產生的時間正好介於《牡丹亭》後一年，《南柯記》前一年。關於湯氏「夢覺」思想的蘊生過程亦可由此建構。〔註 35〕

以下分從：一、夢覺思想之蘊生；二、夢覺思想之內涵；三、夢覺思想之創作實踐等三方面論述之。

一、夢覺思想之蘊生

〈夢覺篇・有序〉寫於萬曆廿七年（1599），在臨屆知命之年時，痛失愛兒，

〔註 34〕〔明〕王驥德：〈曲律〉，毛效同編：《湯顯祖研究資料彙編》，下冊，（上海：上海古籍出版社，1986 年 9 月），頁 656。

〔註 35〕《牡丹亭》寫於萬曆廿六年，（1598），《南柯記》寫於萬曆廿八年（1600），《邯鄲記》廿九年（1601）。除了湯顯祖外，同時代的黃省曾（1490-1540）也曾著有〈夢覺篇〉，「夢覺一體」觀在某種程度上可視爲晚明的時代風氣。

不久，達觀禪師到訪，一路的行歷，皆有詩爲證。在離別之際，興發人世煙花之感，夢中一事，表徵其「夢覺」思想已漸次蘊生。

> 戊戌歲除，達公過我江樓，弔石門禪，登從姑哭明德先生反。己亥上元，別吳本如明府去棲罏峯，別予章門。予歸，春中望夕寢於內，後夜夢床頭一女奴，明媚甚。戲取畫梅裙著之。忽報達公書從九江來，開視則剞成小冊也。大意本原色觸之事，不甚記。記其末有大覺二字，又親書海若士三字。起而敬志之。公舊呼予寸虛，此度呼予廣虛也。
>
> 花朝風雨深，同人醉三市。尋常獨眠睡，此夜興偶爾。雞鳴牀帳前，何得小皓齒？瘦生巧言笑，青衣乃裙綺。窺帷映窗旭，歷皪如可喜。忽忽堂上音，云是達公使。有書似剞劂，印以金粟紙。裝縹若禪夾，璘瓅字盈指。牀頭就披盥，開讀不及几。似言空有眞，並究色無始。送末有弘願，相與大覺此。向後指輪筆，自書海若士。如癡復如覺，覽竟自驚起。達公今何處，宛自宮亭止。起念在一微，九江有千里。達公雖心通，何得便飛耳！感此重恩念，淚如花蕊墜。中觀誠淺悟，大覺有深旨。瓶破鳥須飛，薪窮火將徙。骷髏半百歲，猶自不知死。頂禮雙足尊，回旋寸虛子。〔註 36〕

從其此文之「序言」可推敲出其創作因緣：據其「序言」可推敲出其幾個脈絡：

第一、與羅汝芳有關：「戊戌歲除，達公過我江樓，弔石門禪，登從姑哭明德先生往反。」何以見羅汝芳之墓後淚眼橫生？哭而返之？

第二、夢與色觸之事，以及達觀禪師之書信有關：「予歸，春中望夕寢於內，後夜夢床頭一女奴，明媚甚。戲取畫梅裙着之。」又「忽報達公書從九江來，開視則剞成小冊也。大意本原色觸之事，不甚記。記其末有大覺二字，又親書海若士三字。起而敬志之。公舊呼予寸虛，此度呼予廣虛也。」不過，湯顯祖卻以「骷髏半百歲，猶自不知死。頂禮雙足尊，回旋寸虛子。」婉拒了達觀禪師之度化。

在這兩個關鍵脈絡中究竟寓涵「夢覺」中的「大覺」深旨，可歸納出兩個方向：第一、哭明德先生之因在其悔其「失仁」；第二、從婉拒達觀禪師度

〔註 36〕〔明〕湯顯祖：〈夢覺篇有序〉，徐朔方箋校：《湯顯祖全集》（北京：北京古籍出版社，1999 年），頁 564。

化之行可推敲其「度化解脫」之思想。

以下分從：(一) 泮渙失仁，生悔愧情；(二) 自迷自悟，度化之道等兩方面論述之。

(一) 泮渙失仁，生悔愧情

文中所載：「戊戌歲除，達公過我江樓，弔石門禪，登從姑哭明德先生反」，不禁要問，湯顯祖爲何而哭？首先，從〈太平山房集選序〉可見其「失仁」之悔愧：

> 蓋予童子時從明德先生遊，或穆然而咨嗟，或熏然而與言，或歌詩，或鼓琴。予天機泠如也。後乃畔去，爲激發推蕩歌舞誦數自娛。積數十年，中庸絕而天機死。〔註37〕

有「失仁」悔愧之情，並當源於初始並不以「仁」爲性命之核，而有「去仁」之意。曾謂：「余素無老子之恍惚，兼乏孔子之中庸。」〔註38〕明指其氣性既不尙道亦不尙儒，所尙乃是能遊於「俠」、「儒」之間的狂斐之章。此外，湯顯祖所謂的「天機」指的其實是「仁」：

> 中庸者，天機也，仁也。去仁則智不清，智不清則天機不神。〔註39〕

據此可知，中庸者，具備天機，其天機之內涵則是「仁」與「智」，兩者缺一不可。智，爲度身之法門。故云：「度其身常智」〔註40〕。換言之，童子時期的湯顯祖可謂有其赤子之靈機，明「仁」爲心，「智」爲骨，成其中庸者，乃兼備仁、智之天機。湯顯祖何以離去？乃因流宕詞賦間：

> 予弱冠舉於鄉，頗引先正錢、王之法，自異其伍。已輒流宕詞賦間。〔註41〕

其〈秀才說〉道盡「幾失其性」之歷程：

> 嗟夫，吾生四十餘矣。十三歲時從明德羅先生遊。血氣未定，讀非

〔註37〕〔明〕湯顯祖：〈太平山房集選序〉，徐朔方箋校：《湯顯祖全集》(北京：北京古籍出版社，1999年)，頁1097。

〔註38〕〔明〕湯顯祖：〈二周子序〉，徐朔方箋校：《湯顯祖全集》(北京：北京古籍出版社，1999年)，頁1116。

〔註39〕〔明〕湯顯祖：〈太平山房集選序〉，徐朔方箋校：《湯顯祖全集》(北京：北京古籍出版社，1999年)，頁1097。

〔註40〕〔明〕湯顯祖：〈湯許二會元制義點閱題詞〉，徐朔方箋校：《湯顯祖全集》(北京：北京古籍出版社，1999年)，頁1160。

〔註41〕〔明〕湯顯祖：〈湯許二會元制義點閱題詞〉，徐朔方箋校：《湯顯祖全集》(北京：北京古籍出版社，1999年)，頁1160。

聖之書。所遊四方，輒交其氣義之士，蹈厲靡衍，幾失其性。中途復見明德先生，嘆而問曰：「子與天下士日泮渙悲歌，意何爲者，究竟於性命何如，何時可了？」夜思此言，不能安枕。久之有省。知生之爲性是也，非食色性也之生；豪傑之士是也，非迂視聖賢之豪。〔註 42〕

在離去之後的數十年間，湯顯祖覺悟到他以往昔以「激發推蕩歌舞誦數自娛」，卻也是「自誤」，他的自娛，導致「中庸絕而天機死」之自誤。失仁，即失天機，失天機，則無以全「仁智」兼備之「眞」，無以臻至中庸之道。是故，從「予童子時從明德先生遊，或穆然而咨嗟，或熏然而與言，或歌詩，或鼓琴。予天機泠如也。」與「積數十年，中庸絕而天機死。」之歷程中凸顯「保全其性」與「幾失其性」的「出走」與「回歸」的兩難命題。故《南柯記，俠概》之下場詩所云：「一生遊俠在江、淮」、「寥落酒醒人散後」，而《邯鄲記》之盧生的「情癡自誤」，何嘗不可視爲湯顯祖回顧少年泮渙之時「意迷心恍」與「意解心悟」的經歷投射。

在離開羅汝芳後，歷經誤悟相錯的泮渙歷程，其詩作〈移築沙井〉道出了他自悟亦自迷，自誤亦自覺的感發：

亦自知津亦自迷，新歸門逕草淒淒。閒遊水曲風迴鬢，夢醒山空月在臍。家近金堤田負郭，巷連沙井汲成泥。幽遷不到嚶鳴得，大向春來百鳥啼。〔註 43〕

此詩作於萬曆二十六年（1598），根據黃莘瑜〈論湯顯祖《南柯記》之佛教觀點的展現〉一文中所言：「南柯故鄉既是湯顯祖出發尋夢的始點，亦是距離夢想遙遠的涯際。仕途中斷是他必須接受的局限，但該循何方向安頓身心，尋回活潑的春意？便成其賦歸後最感切身的問題。而由「津」、「迷」兼舉的表述，可見湯氏而於撰寫《牡丹亭》期間，未始不存「二夢」對於求道的關切。」〔註 44〕不過，或可從其詩末中推敲其「津」、「迷」之感更爲深沉的因素。詩末所云：「幽遷不到嚶鳴得，大向春來百鳥啼」，正是「嚶其鳴矣，求其友聲」

〔註 42〕〔明〕湯顯祖：〈秀才說〉，徐朔方箋校：《湯顯祖全集》（北京：北京古籍出版社，1999 年），頁 1228。
〔註 43〕〔明〕湯顯祖：〈移築沙井〉，徐朔方箋校：《湯顯祖全集》（北京：北京古籍出版社，1999 年），頁 554。
〔註 44〕黃莘瑜：〈論湯顯祖《南柯記》之佛教觀點的展現〉，收入《國際學術研討會》，2008 年，頁 304。

不得，故「閒遊水曲風迴鬢，夢醒山空月在臍」，在孑然一身的孤寂狀態中，遂有了「夢醒山空月在臍」之若夢浮生之感。正如湯顯祖在〈懷恩念賦有序〉一文所表：

> 我有心兮誰與言？我有悲兮誰與寤？或留處於君王，或追隨於世父。急忠孝於茲行，肯爲予之延佇。〔註 45〕

正有〈芳草〉之詩：「何如薄世務，又欲求知音」〔註 46〕之深旨。又〈紫釵記題詞〉中云：

> 曲成，恨帥郎多病，九紫、奧祥各仕去，耀先、拾芝局爲諸生倅，無能歌樂者。人生榮困生死何常，爲歡苦不足，當奈何。〔註 47〕

帥郎即指帥機，其卒於萬曆廿三年（1595），人生榮困生死何常，爲歡苦不足，是故，對於求道的關切，來自於幽遷之際頓失嚶鳴之友，而後有的「慎獨」體驗。

不過，湯顯祖終歸能自我轉化，既然無法有志同道合、同氣相求的朋友相持相濟，固然有寂寥之感，然心念一轉，轉向大地聽百鳥鳴啼，以自然爲友。在現世有所失落的，便也投射在創作中，故《南柯記》中有懷忠踐義的「氣義之士」蕭嵩。湯顯祖以「一忠」爲字號，便有稟義懷忠，不爲權赫利誘所逼而失氣節，正因他的大節，故能在最終之時爲盧生化冤解屈。湯顯祖〈青雪樓賦有序〉中曾云：「有情而有望」，直指有忠義之情者，必然也能夠成爲他人落難時的希望，有其「信美」之仁德，才能有所託，也才不會負所託。是故，忠義信美之仁德，則爲「至情」之表徵。

（二）自迷自悟，度化之道

所謂「世道多戲論，僞儒病最深。」從湯顯祖安排「仙」、「佛」爲度脫者的角度來看，無非是諷刺長安道上的傳統儒生的典型形象：得志的時候是儒家，失志的時候就是道家或佛家。無論是南柯一夢，還是黃粱一夢，只因一夢就度化，皈依仙佛的邏輯探究，湯顯祖揭露出的實際上是落魄儒生的逃避心理與現象。

〔註 45〕〔明〕湯顯祖：〈懷恩念賦有序〉，徐朔方箋校：《湯顯祖全集》（北京：北京古籍出版社，1999 年），頁 1028。

〔註 46〕〔明〕湯顯祖：〈芳草集題詞〉，徐朔方箋校：《湯顯祖全集》（北京：北京古籍出版社，1999 年），頁 1163。

〔註 47〕〔明〕湯顯祖：〈紫釵記題詞〉，徐朔方箋校：《湯顯祖全集》（北京：北京古籍出版社，1999 年），頁 1158。

> 孔子的儒家思想，立基於「仁義禮教」，專注於人與人之間，階級與階級之間的道德安排，冀圖讓每一個人都能像和諧的音樂一般，每個音符各安其所，各在其位，和諧中庸而共譜儒家大同世界的樂章。但是人性逼著儒生們，都想要做樂章中最重要的音符，沒有人甘心願意做樂章中鬱鬱不得志的休止符，所以儒生們最重要的一件事，就是出仕作官，讓自己的生命在整個儒學意識型態中，可以有個最高的依托，而不致失落。但不是每個儒生都有機會作官，很多在仕途不得志的儒生，便開始了進入佛家和道家的法門中遊戲，以求心態的平衡。〔註48〕

失意儒生進入佛家道家門牆，並不是眞心要窮究佛法，也不是眞心要精研道法；更不是眞心抱著佛道濟世救人的胸懷，而進入佛道門牆。他們只是要在佛道思想中，爲自己在儒家的失意生命，尋找一個合理活下去的藉口而已。替自己身爲儒生，卻無法成功致仕；替自己身爲儒生，卻遊戲於佛道的形爲舉止作辯護。揭示出是否能夠不執迷於「功名利祿」才是覺醒的關鍵，而非以何教爲依歸。此外，通過揭露日常世界（世俗）的內在結構，空義（第一義諦）才能夠得以開顯。

首先，倘使我們以達觀禪師的影響，去解釋《牡丹亭》和「二夢」間的歧異，乃先預設劇作旨趣和作者思想間，就時間上來說，存在著一種平行的連繫；但如將湯氏同期詩文作較爲全面的梳理，便會發現「歧異」、「變化」外的其它面向。例如在給鄒光弼的信裏，湯氏寫道：

> 二《夢》記殊覺恍惚。惟此恍惚，令人悵然。無此一路，則秦皇、漢武爲駐足之地矣。兄以廉吏作客，未便作饒客也。〔註49〕

此外，湯顯祖將夕寢於內，夜夢女奴一事與忽有達公書一事並至而論，所欲揭示的即是佛法所謂的「緣起法」：其定義是「此有故彼有，此生故彼生」，說明依待而存在的法則。緣起十二支：「無明緣行，行緣識，識緣名色，名色緣六處，六處緣觸，觸緣受，受緣愛，愛緣取，取緣有，有緣生，生緣老病

〔註48〕劉易齋：〈儒佛兩家「生命管理」義諦的淑世意涵〉，《華梵大學第七屆儒佛會通學術研討會論文集》，2003年09月，頁95～122。

〔註49〕〔明〕湯顯祖：〈寄鄒梅宇〉，徐朔方箋校：《湯顯祖全集》（北京：北京古籍出版社，1999年），頁1462。

死」而世間一切流轉即由此始。「似言空有眞，並究色無始」〔註 50〕則爲達觀禪師書信主要談及的觀點：有與空皆是眞實狀態，而一切世間皆從「色」識開始。故若要體證空有爲眞，就必須探究色觸之事無始劫。此外驚悟：「起念在一微，九江有千里。」

一念起，萬相生，一念執起，愛染即縛，苦根即纏。所言：「中觀誠淺悟，大覺有深旨」，即指在洞察全體之際，不落空有的兩邊，換言之，先要能不落有無之兩邊，也才能達到洞察全體之可能。一悟一驚，悟得：「瓶破烏須飛，薪窮火將徙」。一驚：「骷髏半百歲，猶自不知死」，所指的即是自己已過半百，卻未覺死生之事。故「生何所爲，死何所爲」，便成爲湯顯祖在「千秋萬歲後」所欲思考的「人生大事」。若於覺時，一切時決定，一切處決定，皆如夢等，唯有識者。夢中皆唯有色，從夢中顯理，如在夢中，此覺不轉，從夢覺時，此覺乃轉。

其次，歷來研究，多將〈調象菴集序〉中的「情致所極，可以事道，可以忘言」視爲「情至」之所由。然而筆者以爲，此論猶待商榷。商榷之因在於，斷章取義所導致的誤讀。若將此文羅列而出，便能辨明一二：

> 萬物當氣厚材猛之時，奇迫怪窘，不獲急與時會，則必潰而有所出，遯而有所之，常務以快其慉結，過當而後止，久而徐以平，其勢然也。是故衝孔動楗而有厲風，破隘蹈決而有潼河，已而其音泠泠，其流紆紆，氣往而旋，才距而安，亦人情之大致也。情致所極，可以事道，可以忘言，而終有不可忘者，存乎詩歌序記詞辯之間。固聖賢之所不能遺，而英雄之所不能晦也。〔註 51〕

此序始言一理：：「情致所極，可以事道，可以忘言，而終有所不可忘者，存乎詩歌序記詞辯之間」，所強調情之珍貴即在「不可忘者」，正因「情不可忘」，故將不可忘之情寄託於創作，藏存於作品。湯顯祖情至之論其關鍵點在於「不可忘之情」，而那些不可忘之情皆保存在「創作」中，而這些莫可或忘的眞情才是聖賢英雄無法隱藏遺忘的，是故，筆者以爲，〈調象菴集序〉雖可視爲湯顯祖「立情之論」，但不能依此斷爲「情至」論之根本。儘管付出的代價在當

〔註 50〕〔明〕湯顯祖：〈夢覺篇有序〉，徐朔方箋校：《湯顯祖全集》（北京：北京古籍出版社，1999 年），頁 564。

〔註 51〕〔明〕湯顯祖：〈調象菴集序〉，徐朔方箋校：《湯顯祖全集》（北京：北京古籍出版社，1999 年），頁 1098。

時被人所鄙，或有所惑，不過，探索與試煉，正是個人轉化必經的過程。如此便能明白，論情的湯顯祖，論情係為了袪除理本身的偏狹性與桎梏性。

還有，對於念佛一事，湯顯祖不以為然，以為此舉有無知之意，抱持的態度乃以窮困末途，無所希望之為：

秀才念佛，如秦皇海上求仙，是英雄末後偶興耳。〔註52〕

又反駁了「生天成佛」之論，〔註53〕據此，可探究出他的「度化」觀。度化之道在其以道心自悟自修。「二夢」中以「仙」、「佛」為度化因緣之可能，然而並非究竟法，故云：

與學道人酬答，常治其偏至。言修，曰必有以悟；言悟，曰必有以修；言悟修，曰必有其中有眞而後可。蓋學道人言多出乎是。〔註54〕

湯顯祖直指學道人有「偏至」之病，言下之意，便是學道人亦有「執其一端」之弊。既然如此，度化解脫之事，必也落入佛家所言之「有漏」。故《南柯記》最終以「佛禪」之理為「救贖之泉」，開啓了「度化」可能的因緣，而《邯鄲記》最終以「道仙」之理為「救贖之泉」，開啓了「度化」可能的因緣。無不透露出湯顯祖的「度化解脫」觀：度化解脫之可能，當回到「道心」之自悟自修才成其可能，否則終究只是「亦自知津亦自迷」罷了。

二、夢覺思想之內涵

古來聖賢據包羲氏所作的「八卦」原理，來「通神明之德」，進而「類萬物之情」，即象徵著肯定了「人」以外的生命多維性及尊重生命多元的包融意涵。〔註55〕以下分從：（一）戲論為累，故生夢覺；（二）不昧往因，復歸自性；（三）攝情歸性，轉情之機；（四）夢覺之理，以戲度化等四方面論述之。

〔註52〕〔明〕湯顯祖：〈答王相如〉，徐朔方箋校：《湯顯祖全集》（北京：北京古籍出版社，1999年），頁1492。

〔註53〕〔明〕湯顯祖：〈南柯夢記題詞〉客曰：「所云情攝，微見本傳語中。不得有生天成佛之事。」予曰：「謂蟻不當上天耶，經云，天中有兩足多足等蟲。世傳活萬蟻可得及第，何得度多蟻生天而不作佛。夢了為覺，情了為佛。境有廣狹，力有強劣而已。」徐朔方箋校：《湯顯祖全集》（北京：北京古籍出版社，1999年），頁1157。

〔註54〕〔明〕湯顯祖：〈太平山房集選序〉，徐朔方箋校：《湯顯祖全集》（北京：北京古籍出版社，1999年），頁1097。

〔註55〕劉易齋：〈儒佛兩家「生命管理」義諦的淑世意涵〉，《華梵大學第七屆儒佛會通學術研討會論文集》，2003年09月，頁97。

（一）戲論為累，故生夢覺

回顧往昔，險阻的仕宦之途讓他心生憤慨，哀憤天之弄人：「天短之，然又與其所長，何也？」〔註 56〕不過，歷經世險之後，有了「世法相牽，戲論爲累」之體悟：

> 讀仁兄〈宗通序〉，道味悦心，似有投於夙好；禪關娱老，或不昧於往因。未嘗不欣言獨笑，氣味同然。顧以世法相牽，戲論爲累，終不能如吾兄拈性相以横陳，表宗經而直上也。〔註 57〕

戲論，乃爲佛教用語，指稱的似於離言默識。其旨在於勘破「言語的過度擴張」。龍樹在《中論》卷四〈觀涅槃品第二十五〉第二十四頌中說到：

> 諸法不可得，滅一切戲論，無人亦無處，佛亦無所說。〔註 58〕

佛曰：「不可說」並不是不可以說，而是不應說。〔註 59〕不應說的原因在於眾生如聾若盲，在根機未熟之刻，以不說爲說的教法，正是最契機的，目的係爲了避免眾生因不能接受或領會而產生更多不必要的煩惱。除此，所言「諸法不可得，滅一切戲論」即指出該論之思想核心即在破一切戲論之染執，爲了破除、止滅諸見之用。〔註 60〕在大乘佛教的語言觀裏，認爲語言是對指涉對象的一種假名施設，本身並無實在性。「假名」、「戲論」和「世俗諦」雖肯定語言具有使用層次的功能意義，但認爲此種語言終究無法與所指涉的離言眞理（空性、勝義諦）等同，故而雖以世諦的假名進行對眞理的描述，但此種語言終必被掃除滌蕩，唯有在離言的實踐默識中才能與離言的眞理體性相冥契。〔註 61〕

〔註 56〕〔明〕湯顯祖：〈感士不遇賦〉，徐朔方箋校：《湯顯祖全集》（北京：北京古籍出版社，1999 年），頁 152。

〔註 57〕〔明〕湯顯祖：〈寄曾金蘭〉，徐朔方箋校：《湯顯祖全集》（北京：北京古籍出版社，1999 年），頁 1393～1394。

〔註 58〕《大正藏》，第 30 冊，頁 36 中。

〔註 59〕林建德：〈龍樹語言策略之哲學詮解〉：「其中的『不可説』（na vaktavyam/unspeakable），梵文顯示爲義務分詞，在《般若燈論》裡譯爲『不應説』。而如此的『不應説』或『不可説』，亦可説是破除、止滅諸見之用；而且在遮遣、否定的同時，也表達出在掃蕩一切後，最後那「言語道斷，心行處滅」的境界。」《法鼓佛學學報》第二期，2008 年，頁 50。

〔註 60〕李幸玲：〈語默之間：戲論 卮言以及默然〉：「中觀哲學偏重實踐面的直觀，不同於部派時期的繁瑣的經院哲學，又回歸到原始佛教時期的實效主義立場。」，《東亞漢學研究》，創刊號，2011 年 5 月，頁 61。

〔註 61〕李幸玲：〈語默之間：戲論 卮言以及默然〉，《東亞漢學研究》，創刊號，2011 年 5 月，頁 59。

是故，「離言」即是此種「不欲說」之說，此種演說法亦是一種佛說法，起因在於此外，這種止息知性分析思維的進行，係爲了停止語言不斷自我區分「延異」的特性，因爲人們因爲不能理解語言乃來自於使用溝通之方便施設，因無明的支配而過度擴張語言，又依於自身對世界的認識與見解的錯誤，而構造出虛妄顛倒愛染癡迷的世界觀。〔註 62〕強調佛陀的說法目的在於對治對諸法的執著、破斥錯誤知見、止滅煩惱之苦，透過止息知性分析思維，則是爲了實踐透過直觀的方式直接冥契於自身的空性。〔註 63〕此外，對於「戲論」，林鎮國曾如是定義：「此慾望的語言（戲論）是世俗世界構成的全部，而慾望語言的止息即是涅槃。」〔註 64〕他將語言（戲論）視爲世俗世界所以形成的結構，而其根源即來自日常語言中的「欲望」，吉藏據青目釋對「戲論」有更深入的解釋，認爲「愛染」與「命題」兩者是構成世界圖像的來源。〔註 65〕據此可知，湯顯祖顯然對中觀學派（龍樹）積極勘破「戲論」有所薰修，故所言以「戲論爲累」之中心思想概可等同觀之。於此，亦可察覺湯氏再次的生命轉向，有著他對語言存在的意義思考與反省，而這種「語言」與「默識」的轉向反省，也代表了佛教的語言觀對他的影響，顯現出他與佛教友或深或淺的影響。這種阻斷言說的直線性化思維，爲的就是不落入言詮，而湯顯祖則是透過「夢」作爲「不說之說」、「無言之言」，達到禪宗在思辨上的機鋒。

是故，「臨川四夢」作爲實踐，以「夢」作爲「默識」最好的表現形式，如《邯鄲記》呂洞賓對於度化盧生時自言「此非口舌能動也」，正說明了語言的侷限性，亦是勘破「戲論」的落實：

> 貧道即從人中觀見盧生相貌，精奇古怪，眞有半仙之分，便待引見而度之。則爲此人沉障久深，心神難定。因他學成文武之藝，未得售於帝王之家。以此落落其人，悶悶而已，此非口舌所能動也。〔想介〕則除是如此，如此，纔有個醒發之處。〔註 66〕

〔註 62〕萬金川：《龍樹的語言概念》（南投：正觀出版社，1995 年），頁 121～216。

〔註 63〕李幸玲：〈語默之間：戲論 卮言以及默然〉，《東亞漢學研究》，頁 60。

〔註 64〕林鎮國：〈龍樹傳與慾望詮釋學〉，《空性與現代性》（臺北：立緒文化事業有限公司，2004 年 9 月），頁 225～226。

〔註 65〕〔隋〕吉藏：《中觀論疏》卷 1〈因緣品〉：「又就〈觀法品〉明戲論有二：一者愛論，謂於一切法有取著心；二者見論，於一切法作決定解。」《大正藏》，第 42 冊，頁 12 中下。

〔註 66〕〔明〕湯顯祖：《邯鄲記・入夢》，徐朔方箋校：《湯顯祖全集》（北京：北京古籍出版社，1999 年），頁 2454。

而這個讓盧生得以醒發之法即是「夢」，作爲語言的一種替代、補充。湯顯祖藉由呂洞賓度化盧生的情節所透露的無非是冀求一種能夠詮釋「道」的理想語言的原型，凸顯他對於「語言即道」的思維提出思辯。此外，《南柯記》特以禪師爲人物，禪宗言頓悟，佛法論空，都無法只藉助語言，甚至那是必須破除語言，這也更透露出他思想的改變。

（二）不昧往因，復歸自性

萬曆四十四年（1616 年），已六十七歲的湯顯祖寫了一首五言絕句〈負負吟〉：「少小逢先覺，平生與德鄰。行年逾六六，疑是死陳人。」在這首詩的「序」中，他道明何以「志愧」之原委：

> 予年十三，學古文詞於司諫徐公良傅，便爲學使者處州何公鏜見異。且曰：「文章名世者，必子也。」爲諸生時，太倉張公振之期予以季札之才，婺源余公懋學、仁和沈公楠並承異識。至春秋大主試余、徐兩相國、侍御孟津劉公思問、總裁餘姚張公岳、房考嘉興馬公千乘、沈公自邠進之榮伍，未有以報也。四明戴公洵、東昌王公汝訓至爲忘形交，而吾鄉李公東明、朱公試、羅公大紘、鄒公元標轉以大道見屬，不欲作文詞而止。睠言負之，爲志愧焉。〔註 67〕

從其序文可知，自小湯顯祖便以文才卓異受長輩賞識，其穎異不群的「神童」之質在長輩眼中是可造之才，往後以文章名世並非難事。使人見異之處，對於湯顯祖而言，卻成了他的光環，也成了他的絆腳石。何有此言？自小享有「盛名」，備受青睞，這對於少小的湯顯祖而言或許一種鼓勵，然而隨著經歷的成長，接觸的人事物的不同，他的內心開始產生了矛盾，而這個矛盾便是來自「世俗價值」的「主流成就」與「非世俗價值」的「自性成就」，以及家族的期待與個人的展望兩者之間的歧異。然而，他將自性的渴望壓抑下來了，不負眾望的他成爲聞名海內外的舉業大家。然而，在完成大家的期望，登上世俗價值認定的高峰以後，其內心的渴盼再次呼喚：難道一輩子就以此爲滿足？他開始思考是否將舉業文章作爲人生大業，於是開始傾聽自性的呼喚，所謂「才情偏愛六朝詩」〔註 68〕。故在中舉之後，便轉向六朝詩賦之文，精

〔註 67〕〔明〕湯顯祖：〈負負吟有序〉，徐朔方箋校：《湯顯祖全集》（北京：北京古籍出版社，1999 年），頁 714。

〔註 68〕〔明〕湯顯祖：〈初入秣陵不見帥生，有懷太學時作〉，徐朔方箋校：《湯顯祖全集》（北京：北京古籍出版社，1999 年），頁 213。

研《文選》。幾經轉折的經歷，表明湯顯祖重視「自性成就」大於「主流成就」。他並不以文才聞世爲滿足，故轉以「大道見屬」，擴展他人生的可能。據此，對於湯氏由「文」至「道」的轉向則能推論出這是他的「自性復歸」，以及「意識擴展」這兩方面的意義：

第一、人終其一生，都在「世俗價值」的「主流成就」與「非世俗價值」的「自性成就」的兩端尋求安身立命，在不斷地擺盪之中，終歸都該涵蘊「主人之才」的長養，堅定「主人之才」的意志，而後聽命於「主人之才」的歸向。此外，湯氏「從文至道」不僅透露出他歷經「轉化」的階段，更彰顯出在轉化階段「自性復歸」的命題，以及「主人之才」實踐的終極意義，是故，「臨川四夢」的創作，正是湯氏有意識的紀錄，他爲鋪展出個體一生對於自性的追尋與復歸的歷程。除此，《牡丹亭》中的杜麗娘，《南柯記》中的淳于棼，《邯鄲記》中的盧生，皆在入夢的歷程中開啓他們的自性追尋與復歸。而他們入夢後的夢之結構即是：入夢——→遊夢——→知夢——→覺夢。透過「入夢」的歷程，而得其「夢覺」之感，在「入夢」與「夢覺」中間發生的故事，才是「夢」爲何存在的最關鍵原因，也正是他何以以「夢」作爲媒介的主因。以「夢」作爲形式，將「夢」視爲之「存在」的希望，賦予「夢」自身最重要的意義。若是理解湯氏對於「夢」的創作理念，便能明白他的戲劇創作爲何都以「夢一生」作爲啓蒙的形式。醒後而知夢爲夢，因而覺夢之情而了情，夢的存在，是爲了讓作夢者明白自己生命之情執，覺情以後，也才能了情。因此，在完成這段歷程之後，「自性復歸」也才可能開始。

第二、從「作文詞」至「行大道」的轉向也代表意識的擴展，他不僅安於在書案之前，更欲有走出書案之外的企圖，完成生之不朽。承續前論，從「作文詞」至「行大道」的轉向係爲完成三不朽之「立功」的內在渴望，故在徐聞、遂昌之歷皆有建設，得其志發之樂。只是，他終歸明白性之所歸，不習於吏，故棄宦而歸，然而也嘗盡速貧之苦，經歷肉體與精神的折磨，治生與治學無可平衡的窘況：

> 某少壯時即妄意此道，苦無師傅。至博士爲郎南都，讀書稍暢，又以流去嶺海。幸得小縣，乃更不習爲吏，去留無所當。棄宦一年，便有速貧之嘆。斗水經營，室人交謫。意志不展，所記書亦盡忘。忽偶有承應文字，或不得已，竭蹙而成，氣色亦復何如？欲恣讀書，治生誠急。門下可謂通人。但讀書人治生，終不可得饒。世路良難，

吏道殊迫。相爲勉之。〔註 69〕

在維持物質生活與滿足精神生活之間，無論如何自苦堅持，最終還是不得不向現實的環境低頭，爲了維持基本的生活所資，不得已接下承應之文，違眞性而行，然而又可奈何，「欲恣讀書，治生誠急」，這是棄宦以後湯顯祖面對的現實考驗，也是他付出的代價。他體會了「不得去，不得死」的交逼之境，故也淬鍊出內觀的能力，故在〈與丁長孺〉一文中亦道：

弟傳奇多夢語，那堪與兄醒眼人着目。兄今知命，天下事知之而已，命之而已。〔註 70〕

「知」作爲「夢」可醒不可醒的關鍵，若知「命運」，進而「運命」，便知不得去不得去之心境，全然自造自作；而命運之事，也是轉瞬變化，故能不再執著於不得去，不得死的命運，而是覺知在「運命」之事上，故行至耳順之年後，湯顯祖對於天下事的態度，亦從「知」之邁向「耳」之「順之」之境界。從這點來看，這透露出在創作《南柯記》時的湯氏尙停留在「知」天下事的境界，有知，必有不知，尙限於一隅之中；不過，可以確定的是，著墨「功名是幻影」一事，自辯自證長安路上的盧生與淳于棼一類的人，皆是以功名爲眞，入夢以後，才明白原來「功名」亦是轉瞬變現，是無常生滅的，故特以「夢」寫「功名榮貴」的實現。接著，在夢醒之後，才知不過是殘存的夢影，而是否能從夢中而醒，醒而覺之，便是仕途上的「盧生」與「淳于棼」覺醒的關鍵。

是故，湯顯祖「臨川四夢」多夢語，無非就是要表達此種體會。此理之論可以〈寄李宗誠〉之信證之：「人生精神不欺，爲生息之本，功名即眞，猶是夢影，況僞者乎。」〔註 71〕

據此，更可確定以「主人之才」的精神爲自己的人生作出選擇而承擔，一直都是他安身立命不變的方向。因爲對於他者而言，能以文章名世，即能享譽名利之場的種種榮貴可能，然而湯顯祖卻偏偏不走安穩的道路，不走榮貴安逸的道路，他大可依憑長輩對他的「異識」而平步青雲，可是他卻從未

〔註 69〕〔明〕湯顯祖：〈答山陰王遂東〉，徐朔方箋校：《湯顯祖全集》（北京：北京古籍出版社，1999 年），頁 1394～1395。

〔註 70〕〔明〕湯顯祖：〈與丁長孺〉，徐朔方箋校：《湯顯祖全集》（北京：北京古籍出版社，1999 年），頁 1395。

〔註 71〕〔明〕湯顯祖：〈寄李宗誠〉，徐朔方箋校：《湯顯祖全集》（北京：北京古籍出版社，1999 年），頁 1337。

依賴那些「異識」而自足，又再一次證明：湯顯祖以「主人之才」行世的一貫性。因此若能明白湯氏所有的行爲都是出自於他的「自覺」，也就是「主人之才」的發揮，對於他拒絕張居正便有了不同的觀看視角，而有了不同的推論。是故，筆者以爲，正是湯顯祖自造「險阻」人生，而他的「險阻」人生正是一種通向天命的過程，而他的天命正是完成《臨川四夢》。因爲當時若是湯顯祖接受了張居正的結納，那麼今天或許便不可能有「湯顯祖」了。此外，張居正的結納事件反而是凸顯湯顯祖的「眞實性情」，問題的聚焦點應該放在湯顯祖的「行爲」所凸顯出的「性情」，如此對於理解他何以拒絕張居正的心理層面則能較有準確的掌握。

（三）攝情歸性，轉情之機

語言作爲一種傳遞情感思想的載體，有其表述的局限性，此種觀念不只表現在自古以來「文以載道」的文學觀念裏，也表現在常言常名無法完全表述「道」體眞實內容的哲學思維當中。若以此爲線索觀之於佛道兩家之語言觀，其對語言使用的深刻反省中，吾人可以發現佛道兩家認爲語言對道體或眞理的描述，有其相對局限而不足以完整體現「言無慮絕」的絕對眞實，因此，採取遮撥的方式，以語言的自我消解來提點其所指向的眞實。此種對語言自身的反思，正是「後設語言」的特徵。莊子採用「三言」敘事以指點道體之渾然圓融，然亦以語言具有「揭露」與「隱蔽」的雙重性爲「弔詭」終必自我消解；佛教則認爲言說雖具有世諦的必要工具性，但終究是「戲論」。〔註72〕而湯顯祖回顧往昔，確實體悟「世法相牽，戲論爲累」，故無能見自性。於此連涉達觀禪師度化之事，勢必包含與達觀禪師交游之時的佛理之思辨，因而揭示出湯顯祖在「世出」與「世入」的性命之思中以爲「攝情歸性」，則爲轉情之機。

王思任：〈批點玉茗堂牡丹亭敘〉中言及：「其立言神旨：《邯鄲》，仙也；《南柯》，佛也；《紫釵》，俠也；《牡丹亭》，情也。」〔註73〕若是分析此評，則可以發現，前二夢，則以戲曲中出現的宗教角色爲主，何獨《牡丹亭》則以「情」？這兩者完全是屬於不同的範疇。據此，關於《牡丹亭》「主情」之

〔註72〕李幸玲：〈語默之間：戲論 卮言以及默然〉，《東亞漢學研究》，頁54。
〔註73〕〔明〕王思任：〈批點玉茗堂牡丹亭敘〉，毛效同：《湯顯祖資料彙編》（上海：上海古籍出版社，1986年），下冊，頁857。

說，筆者以爲此論尚有探究的空間。〔註 74〕此外，《南柯記》與《邯鄲記》二齣之以「夢」爲形式之手法卻和《牡丹亭》不同。前二者之夢，都是夢醒之後，即成虛幻；而後者則是夢中所見，醒來之後成眞。這是否尚寄寓著湯顯祖其他之創作意旨，亦是可留情而思的佇思而論的。

關於何取唐人傳奇《南柯太守傳》、《枕中記》？從其「劇目」探究其思想，得其《南柯記》以「情」爲旨，從「情著」至「轉情」達至「情盡」，以「無情蟲蟻」寫盡「有情人間」之浮世因緣。揭示世間多癡人，癡人相纏，故能成就「一點情千場影戲」〔註 75〕。癡人情生，相纏難斷。一念生則萬相生，一念滅則萬相滅。一念生則成執，一念執則成貪，一念貪則成毀。念頭之生滅，彷若因緣之生滅，一念之起則攀緣，攀緣之起則業將隨生。故云：「都則是起處起，教何處立因依？」〔註 76〕是故，湯顯祖從「著情──→執情──→了情──→滅情」之歷程建構了《南柯記》「夢了爲覺，情了爲佛」的思想脈絡。當「情滅」之際，必是「情盡」之時，亦是「覺情」之機，若能從「生滅相續」的因緣中「覺情」本爲影戲，本爲空，一切都只是緣起緣滅。若此，便能明白浮生因緣不過是「緣境起情，因情作境」〔註 77〕。故能從其「情生」至「情滅」中「覺情」而使「情了」。是故，湯顯祖所欲表彰的是情轉之機不在「佛」，而在「自家心田」。「覺情」而後，則能「轉情」，在「轉情」之機正在於「攝情歸性」，即「人心與道心合一。」若此，便能了悟「情盡」之旨：

> 人間君臣眷屬，螻蟻何殊？一切苦樂興衰，南柯無二。〔註 78〕

是故，從此方向探究其立言神旨，或可更貼近湯顯祖創作《南柯記》之動機與思想內涵。

此外，從湯顯祖〈南柯夢記題詞〉可所言之「情攝」可知，他在與客一

〔註 74〕筆者以爲：《牡丹亭》之機在其「遊」，遊園而「驚夢」。何以驚訝如此，正是「夢」並不如影，所夢之人──柳夢梅，如活生生的眞實之人。一反《南柯記》與《邯鄲記》以夢爲虛而寫實。

〔註 75〕〔明〕湯顯祖：《南柯記・情盡》，徐朔方箋校：《湯顯祖全集》（北京：北京古籍出版社，1999 年），頁 2435。

〔註 76〕〔明〕湯顯祖：《南柯記・情盡》，徐朔方箋校：《湯顯祖全集》（北京：北京古籍出版社，1999 年），頁 2435。

〔註 77〕〔明〕湯顯祖：〈臨川縣古永安寺復寺田記〉，徐朔方箋校：《湯顯祖全集》（北京：北京古籍出版社，1999 年），頁 1185。

〔註 78〕〔明〕湯顯祖：《南柯記・情盡》，徐朔方箋校：《湯顯祖全集》（北京：北京古籍出版社，1999 年），頁 2435。

問一答中，表達了其創作心跡：

昔人云：「夢未有乘車入鼠穴者」，此豈不然耶？一往之情，則爲所攝。人處六道中，嚬笑不可失也。〔註79〕

「一往之情，爲情所攝」此說正可解答何以湯顯祖傳奇多夢語之疑。其實，他所欲凸顯的正是在人物之萬途中有著各式各樣、無邊無盡之情，而能涵納此無有邊界之情的唯有「夢」。世上之人眾，如紛紛之蟻群，可想而知，而情之紛繁錯雜，亦若是，而夢則能廣納一切錯綜離奇，故湯氏以爲：唯夢，可收攝世間之情。接著，客以「玄象示儆」表達是否以此恐怖示儆，使人望而生懼：

客曰：「人則情耳，玄象何得爲彼示儆。」此殆不然。凡所書祲象不應人國者，世儒即疑之，不知其亦爲諸蟲等國也。蓋知因天立地，非偶然者。〔註80〕

然客之意，非也。湯顯祖以爲，並非「以象示儆」，而是若不以「夢」演示，則無以感知而生其「覺」。因爲如果所書不祥之象不符合人間可見之象，世儒必有所疑，疑者不信，於是便無法直指本心，知覺到其實他們汲汲營營之態實與蟻國無異。

客曰：「所云情攝，微見本傳語中。不得有生天成佛之事。」予曰：「謂蟻不當上天耶，經云，天中有兩足多足等蟲。世傳活萬蟻可得及第，何得度多蟻生天而不作佛。夢了爲覺，情了爲佛。境有廣狹，力有強劣而已。〔註81〕

末尾，湯顯祖以「夢了爲覺，情了爲佛。境有廣狹，力有強劣而已」再次以齊物的觀點闡釋「夢了爲覺」與「情了爲佛」其實並無二致，將「覺」與「佛」並置而觀，一方面表明「生天成佛」並非眞正的覺悟之途，故有生天爲兩足多足蟲，不作佛之例破除「生天成佛」之宗教救贖，反駁了「生天成佛」之論，以爲不該以此爲盲目的追求，另一方面，「夢了爲覺，情了爲佛」之說點

〔註79〕〔明〕湯顯祖：〈南柯夢記題詞〉：「昔人云：『夢未有乘車入鼠穴者』此豈不然耶？一往之情，則爲所攝。人處六道中，嚬笑不可失也。」徐朔方箋校：《湯顯祖全集》（北京：北京古籍出版社，1999年），頁1156。

〔註80〕〔明〕湯顯祖：〈南柯夢記題詞〉，徐朔方箋校：《湯顯祖全集》（北京：北京古籍出版社，1999年），頁1156～1157。

〔註81〕〔明〕湯顯祖：〈南柯夢記題詞〉，徐朔方箋校：《湯顯祖全集》（北京：北京古籍出版社，1999年），頁1156～1157。

出其差別之處在「境界」與「力道」，並不需要以此比較，夢覺之意不在成佛，而在於將人心與道心合一，其「攝情歸性」之意在此。

（四）夢覺之理，以戲度化

《邯鄲記》則以呂洞賓「度世」，盧生「入夢」展開「知夢遊醒」之歷程。勾勒黃粱夢中享受「酒色財氣」之「極欲」的物質世界後，終歸面臨生死大事。死之不可避，故有延壽之渴，延壽不得，面對一切化爲烏有，則生驚怖。夢覺小生死，生死夢大覺。是故，湯顯祖將中論的有無觀落實到了《邯鄲記》中：

> 《中論》整體的論述範疇，可以說是就佛教的重要概念或法義所進行之申論，也由於是核心概念或法義，因此所作的申論都是重要而基本的。這些重要概念，如僅就漢譯的品名來看，例如：因緣、來去、六根、五蘊、六界、本住、本際、苦、行、有無、業、時、因果、成壞、如來、四諦、涅槃、邪見等等，皆是佛教思想中的基礎性概念。而從這些概念的探討中，也可展示出佛教本身的形上學與世界觀。例如以因緣的生滅、不生不滅來說明事物的形成，以不來不去闡釋運動現象，以五蘊六根說明有情身心的構成，以六界解釋組成世間的原初要素，以及探討生死是否有最初的源頭或終點（觀本際），其他如時間、因果關係、有無成壞、涅槃等終極性問題的回應，皆直接或間接與其「存在」思想相關聯。〔註82〕

從湯顯祖的「夢覺」思想中，可探究出他「有情無情，豁破兩邊」之因緣觀、「自修自悟」的度化觀，以及「以夢模道，以戲顯道」的「戲夢」觀。度化之道在其以道心自悟自修。「二夢」中以「仙」、「佛」爲度化因緣之可能，然而並非究竟法，故云：

> 與學道人酬答，常治其偏至。言修，曰必有以悟；言悟，曰必有以修；言悟修，曰必有其中有眞而後可。蓋學道人言多出乎是。〔註83〕

〔註82〕上野順瑛之《中論・因果の論理的構造》以因果論理構造與無我解脫爲主軸，將《中論》的二十七品，區分成不同課題作論述，其中與「存在」相關的，包括「存在的規定」、「存在與時間」及「存在的本質」三節，共涵括了《中論》的十二個品。見上野順瑛，《中論・因果の論理的構造》（京都：平樂寺書店，1971年）。轉引自林建德：〈《中論》有無觀之哲學詮解〉，《玄奘佛學研究》，第十期，2008年11月，頁45。

〔註83〕〔明〕湯顯祖：〈太平山房集選序〉，徐朔方箋校：《湯顯祖全集》（北京：北京古籍出版社，1999年），頁1097。

湯顯祖直指學道人有「偏至」之病，言下之意，便是學道人亦有「執其一端」之弊。既然如此，度化解脫之事，必也落入佛家所言之「有漏」。故《南柯記》最終以「佛禪」之理為「救贖之泉」，開啓了「度化」可能的因緣，而《邯鄲記》最終以「道仙」之理為「救贖之泉」，開啓了「度化」可能的因緣。無不透露出湯顯祖的「度化解脫」觀：度化解脫之可能，當回到「道心」之自悟自修才成其可能，否則終究只是「亦自知津亦自迷」罷了。其創作者的自覺顯露無遺：

> 要求一個人堅強起來對抗自憐，暗示著在技術上必須以全然的警覺去對抗任何知識張力的鬆懈，並消除開始使作品（或寫作）僵化或怠惰地隨波逐流的任何事物，這些事物在早期也許像閒話一樣會產生有利於成長的溫暖氣氛，但現在則被擱在後面，乏味且陳腐。結果，作者不被允許在他的作品中存活。〔註84〕

是故，王思任所言：「其立言神旨：《邯鄲》，仙也；《南柯》，佛也；《紫釵》，俠也；《牡丹亭》，情也。」〔註85〕可以確定的是：《牡丹亭》以情為核無誤，然而，《南柯記》、《邯鄲記》亦是。其實三者皆以「情」為主，只是立情之焦點不同。《南柯記》之夢，其情之核在——朋友之情，其機在「轉」；《邯鄲》之夢，其核在——君臣之情，其機在「覺」。而《牡丹亭》之夢，其核在——男女之情，其機在「驚」。而「悟」成了轉化之機得以啓動的關鍵按鈕：

> 文學活動作為一種心靈體驗，無論是個體性的創作生涯，還是群體性的歷史進程，其主體性的歷史性展開，必然要達到「無法」的階段。……「悟」作為心靈體驗、心理活動的過程以及經由這一過程所達到的境界，大量地出現在藝術活動中；因而，「悟」範疇，在中國古代文學理論中亦占有舉足輕重的地位。〔註86〕

無所覺謂之迷，有所覺謂之悟。湯顯祖藉「夢」言「覺」，藉「覺」論「性命之學」，言「大人之學」。經歷寵辱得喪，生死離別是他人生的大變化，然就長遠的角度而觀，確是關鍵的轉折點，亦是創作的高峰點。湯顯祖在所承受

〔註84〕〔英〕艾德華・薩依德（Edward W.）著，單德興譯：《知識份子論》（臺北：麥田出版，2004年3月，2版2刷），頁96。

〔註85〕〔明〕王思任：〈批點玉茗堂牡丹亭敘〉，毛效同：《湯顯祖資料彙編》（上海：上海古籍出版社，1986年），下冊，頁857。

〔註86〕葉太平：《中國文學之美學精神》（臺北：水牛圖書出版事業有限公司，1998年7月），頁232。

的經歷中找到意義，而這個意義便是戲曲的創作，「臨川四夢」便是。雖在此中有出現不同意見，而湯顯祖以幽默應之：

> 讀之，謂弟著作過耽綺語。但欲弟息念聽於聲元，倘有所遇，如秋波一轉者。夫秋波一轉，息念便可遇耶？可得而遇，恐終是五百年前業冤耳。如何？二《夢》已完，綺語都盡。敬謝眞愛，不盡。〔註87〕

對於羅匡湖希望他當回歸本色，莫再作夢語而有耽溺綺語之危，此信語之婉轉，然而眞正之心跡在其〈溪上落花詩題詞〉得見，文末有云：

> 世云，學佛人作綺語業，當入無間獄。如此，喜二虞入地當在我先。又云，慧業文人，應生天上。則我生天亦在二虞之後矣。〔註88〕

其實此乃湯顯祖表不白之志之外，更是對於將傳奇視爲生綺語之業者的反駁。又以虞僧孺爲例，綺語業不妨礙悟道，亦不傷及道心，綺語之業並無所危：

> 僧孺故拙於姿，然非根力不具者。以學佛故，早斷婚觸，殆欲不知天壤間乃有婦人矣。而諸詩長短中所爲形寫幽微，更極其致。如〈溪上落花〉詩：「芳心都欲盡，微波更不通。」「有艷都成錯，無情乍可依。」不妨作道人語。至如〈春日獨當壚〉：「卓女盈盈亦酒家，數錢未慣半羞花。」僧孺不近壚頭，何知羞態？〈七寶避風臺〉：「翠纓裙帶愁牽斷，鎖得斜風燕子來。」僧孺未親裙帶，何知可以所燕？〈燕姬墮馬〉：「一道香塵出馬頭，金蓮銀凳緊相鉤。」僧孺未曾秣馬，何識香尖？〈春閨怨〉：「乳燕春歸玳瑁梁，無心顚倒繡鴛鴦。」僧孺未經催繡，安識倒鍼？當是從聲聞中聞，緣覺中覺耶？無亦定中慧耳。〔註89〕

據此可知，湯顯祖並不以爲自己耽溺於夢語，更對於以綺語看待他創作「二夢」一事，以爲不盡如此，以幽默之思反駁此論。正是這樣的經歷，讓湯顯祖觀書自悟，不過當了一角南柯太守，作了一場黃粱之夢，不僅如此，亦讓

〔註87〕〔明〕湯顯祖：〈答羅匡湖〉，徐朔方箋校：《湯顯祖全集》（北京：北京古籍出版社，1999年），頁1401。

〔註88〕〔明〕湯顯祖：〈溪上落花詩題詞〉，徐朔方箋校：《湯顯祖全集》（北京：北京古籍出版社，1999年），頁1159。

〔註89〕〔明〕湯顯祖：〈溪上落花詩題詞〉，徐朔方箋校：《湯顯祖全集》（北京：北京古籍出版社，1999年），頁1158～1159。

他觸物興情，讀到巷中蚰蜒，感觸自己如蚰蜒曲折的吏道，不禁放聲大笑：

> 常讀王仲師〈九思〉至「巷有蚰蜒，邑多螳蜋，覩兹蝾賊，心爲切傷」，不覺大噱。人雖多僻，何詎如許。弟自舉子來，便遠於州縣。徒以棄赤衰微，親老子稚，未能絕情門户。兄視弟志意於世，榮落亦何有耶！貞父於弟不薄，五年之中，無一私語，謂世如夢，南柯黃粱，轉爲明顯耳。〔註90〕

夢之創作，始察其生之局限，已屆花甲之年的他可謂觀世緣流轉，看人間滄桑，透無常來去，明人生如夢。完成「臨川四夢」後，「立言」階段於個人而言，亦已完成。

> 實踐是檢驗眞理的標準，其實，時間也是檢驗眞理的標準。縱觀人類的歷史，在漫長的歲月裏，並不是以眞理爲座標來規劃自己前進的方向。找到眞理然後又喪失眞理，然後再尋找……，如此循環往復，時間往往能校正一個王朝的錯誤，同時，也可以讓某一個統治集團顛覆自己的理性。〔註91〕

在進入政治領域後只有以手段達成目的，便將離美德愈來愈遠。湯顯祖深諳此理，故拒絕讓宦途之險惡顛覆自己的理性，以夢慰此因傷而作繭之心。

第三節　膏火自煎，人生火傳

七年的蟄伏，這一段寄繭的生活，湯顯祖以繭翁自命，若是沒有這樣跌宕的政治生命，湯顯祖無法以洞澈的心靈之眼看透塵世人性的複雜與缺陷，也無法從這些生命的缺陷中感悟到生命的實相。以下分從：一、寄繭之擇，實應天命；二、遵時養晦，存性保眞等兩方面論述之。

一、寄繭之擇，實應天命

世事的矛盾與相悖，吏道的崎嶇與壓迫，一次次壓出心的裂痕，然而，卻也因爲這些裂痕的縫隙，而有了空間蘊生智慧：

> 人生之世，非人世所可盡。自非通人，恒以理相隔耳。第云理之所

〔註90〕〔明〕湯顯祖：〈與吳柏霖〉，徐朔方箋校：《湯顯祖全集》（北京：北京古籍出版社，1999年），頁1479。

〔註91〕熊召政：《看了明朝不明白》（香港：三聯書店有限公司，2007年6月），頁7。

必無，安知情之所必有。〔註 92〕

自此，湯顯祖的眼光轉向了對人生命運的探索，轉向思辯生命本身的複雜與奧秘，眞眞實實地經歷了一場戲如人生，人生如夢，夢了爲情，情了爲覺的轉化，確確實實地實踐了「爲情而死，爲情而生」的精神。因此，若是從世俗功利的角度來看，湯顯祖確實是失去了政治舞台，但若是從精神不朽的角度而論，湯顯祖卻創造出了文學詞場，成就了其思想成熟的契機。

徐渭〈臨江仙〉有云：「世界原係缺陷，人情自古刁鑽」。在這缺陷世界，在這刁鑽圈子，湯顯祖離開政治的世界，離開刁鑽的，回道臨川，回到創作，在玉茗堂完成自己的道，自己的世界，以獨致的道心智骨刻畫人物，王思任曰：「《邯鄲》，仙也；《南柯》，佛也；《紫釵》，俠也；《牡丹亭》，情也。」〔註 93〕在情在理，弭平對立的二分，回到了《易經》的生生之道。在寄繭的階段，創作，成爲居住之地。是故，寄繭之擇，回應本性，尋其天命而已：

並不是事件發生在人們身上，而是人們出現在事件中。一個人遇上了一個特殊事件，正因爲他需要這些事件，來完整實現自身的潛能。〔註 94〕

湯顯祖以寫作上疏失利一事，在某個程度上可視爲形式上的死亡。爲了經歷這一段沮喪，這段時間需要與內心深刻的傷痛與失落共處，以及悼亡，而這樣的哀悼儀式，對於陷落的生命而言是一種恩澤。因爲悲痛是協助生命在除舊佈新，送往迎來的一個新的彈性空間，是爲了讓人在這段時間徹底的哀悼，徹底的崩潰，然後可以接受，接這進入下一個新的階段。

這種轉向的重大意義在於，湯顯祖隨順其詩性智慧之意趣，對扼殺人的性命之情的八股舉業之文，產生了強烈的心靈疏離感，而回復到作爲詩意人生的靈根自由發揮和創造的世界。這實際上是人性的覺醒，自性的復歸。這與許多科舉中人終其一生，蹭蹬酸楚，也仍沒有意識到自己的生命早已被八股文所殺、所異化相比，無疑具有極強的叛逆性和人性自覺。而這樣的經歷，確實也影響到他往後「臨川四夢」之《牡丹亭》、《南柯記》、《邯鄲記》中的

〔註 92〕〔明〕湯顯祖：《牡丹亭》，徐朔方箋校：《湯顯祖全集》（北京：北京古籍出版社，1999 年），頁 1153。

〔註 93〕〔明〕岳元聲：〈湯臨川玉茗堂絕句〉，毛效同編：《湯顯祖研究資料彙編》，下冊，（上海：上海古籍出版社，1986 年 9 月），頁 699。

〔註 94〕戴恩・魯迪雅（Dan Rudhyar）：《The Astrology of Self-Actualization and The New Morality》（Lakemont Georgia C S A Press，1970 年），頁 27。

士子形象。

> 大致天之生才，雖不能眾，亦不獨絕。至爲文詞，有成有不成者三。兒時多慧，裁識書名，父師迷之以傳註帖括，不得見古人縱橫浩渺之書。一食其塵，不復可鮮。一也。乃幸爲諸生，困未敏達，蹭蹬出沒於校試之場。久之，氣色漸落，何暇議尺幅之外哉。二也。人雖有才，亦視其所生。生於隱屏，山川人物居室遊御鴻顯高壯幽奇怪俠之事，未有覩焉。神明無所練濯，胸腹無所厭餘。耳目既詧，手足必蹇。三也。凡此三者，皆能使人才力不已焉。才力頓盡，而可爲悲傷者，往往如是也。〔註 95〕

有悟必來自眞修。爲其通變，爲其存眞，不落窠臼，以跳脫科舉之弊，天下之才何其多，然而能獨絕者少矣。在眾同之中能獨絕者，惟靠「靈氣」。而「靈氣」如何可得？簡而言之，即是除讀萬卷書，更行萬里路。少年該當在「裘馬弓劍，旗亭陌道」中遊目天下，受斯靈氣，豁心紓神，則能跳脫故常，自成其文。因此，不該只是書案挑燈，寒窗苦讀，疲形焦思。湯顯祖豈不是直指靈心之根源，文心之法門，掃除舉業之弊，制義之障？以「形而上者謂之道，形而下者謂之器。」應答，獲督學奇之讚之而補邑弟子員的湯顯祖，正是明白「掏心自智」的「文心」才是「道」，「文技」只是「器」而已。正所謂：「宗眼不明，非爲究竟。」湯顯祖如此靈心洞脫，以其文心授之文眼，表明究竟。都係爲了入情之深，解人之繁，得以行世之遠，得以達其變化天下之志，亦是爲了爲涵育文心之所爲。

二、遵時養晦，存性保眞

抵抗成爲一種守其本眞，護其全性的必然，儘管孤峻的氣骨可跨越每一次的實利誘引，而贏得名聲，然而，深情於道，卻也孤絕於世，傲峰之上，「知」，成了知命之年的湯顯祖人生中最深情的表示了。悠悠天下，誰能知己？知，成了行暮之年的湯顯祖最徹底的實踐了，他以深心取其適，以「知」爲核，其思想的淵源正是《牡丹亭》中所謂：「人生之世，非人世所可盡。自非通人，恒以理相隔耳。第云理之所必無，安知情之所必有。」即使已至遲暮之年，湯顯祖仍是秉持「伉壯不阿」之本性，仍是強調靈心洞托之可貴，遵時養晦，

〔註 95〕〔明〕湯顯祖：〈王季重小題文字序〉，徐朔方箋校：《湯顯祖全集》（北京：北京古籍出版社，1999 年），頁 1134。

其目的都在於存性保眞：

> 世之假人，常爲眞人苦。眞人得意，假人影響而附之，以相得意。眞人失意，假人影響而伺之，以自得意。邊境有人，其名曰竊。大人所畏，吾得不畏哉！僕不敢自謂聖地中人，亦幾乎眞者也。南都偶與一二君名人而假者，持平理而論天下大事，其二人裁伺得僕半語，便推衍傳説，幾爲僕大戾。彼假人者，果足與言天下事歟哉！然觀今執政之去就，人亦未有以定眞假何在也。大勢眞之得意處少，而假之得意時多。僕欲門下且宜遵時養 晦，以存其眞。〔註 96〕

「眞」乃是內發而生的，顯之於外則爲「氣」，外隱而現，則爲氣節，不卑不亢，只是習以氣節自栩者，引以爲尊者，在湯顯祖的眼中，全是假。面對復古、擬古的文學氛圍，湯顯祖仍以其不隨俗之性，力圖表彰萬物皆爲落筆之材，觸筆之思的文學主張，表現出勇於突破的文學性格，亦展現了開闊的文學見解，在〈點校虞初志序〉一文中可證其說：

> 昔李太白不讀非聖之書，國朝李獻吉亦勸人弗讀唐以後書。語非不高，然未足以繩曠覽之士也。何者？蓋神丘火穴，無害山川嶽瀆之大觀；飛墓（英）秀萼，無害豫章竹箭之美殖；飛鷹立鶻，無害祥麟威鳳之遊棲。然則稗官小說，奚害於經傳子史？遊戲墨花，又奚害於涵養性情耶？東方曼倩以歲星入漢，當其極諫，時雜滑稽；馬季長不拘儒者之節，鼓琴吹笛，設絳紗帳，前授生徒，後列女樂；石曼卿野飲狂呼，巫醫皀隸從之遊。之三子，曷嘗以調笑損氣節，奢樂墮儒行，任誕妨賢達哉！讀書可譬已。太白故頹然自放，有而不取，此天授，無假人力；若獻吉者，誠陋矣！

序文一開頭，即對李太白不讀非聖之疏，李東陽勸人弗讀唐以後書之文創觀予以否定，並詳述何以未能以繩曠覽之士之由。首先，提出自然萬物，相生相因，各有其存在價値，並爲因誰存在而厭惡、而排斥，彼此相容相護，相映成趣。故說：「神丘火穴，無害山川嶽瀆之大觀；飛墓英秀萼，無害豫章竹箭之美殖；飛鷹立鶻，無害祥麟威鳳之遊棲」。既然如此，又何以說稗官小說，有害於經傳子史；遊戲墨花，有害於涵養性情耶？

其次，標舉東方朔、馬融、石延年等三人爲其例，以爲他們各以其能，

〔註 96〕〔明〕湯顯祖：〈答王宇泰太史〉，徐朔方箋校：《湯顯祖全集》（北京：北京古籍出版社，1999 年），頁 1305。

展其所才，現其所性，達其所願，如東方朔一反諫言之矩，時雜滑稽，不以爲害；而博通今古文經籍，世稱「通儒」的馬融亦不拘儒者之節，一反嚴肅教學之風，鼓琴吹笛，設絳紗帳，豐富了教學的現場，而不因爲如此，而影響其傳道授業解惑之事，因有：「馬融絳帳多英傑」之美譽。而善爲談諧的石延年對侍從說：「幸虧我是石學士，如果是瓦學士的話，豈不早被摔碎了？」可見其幽默之性。是故，湯顯祖以「曷嘗以調笑損氣節，奢樂墮儒行，任誕妨賢達」之語表達另一種廣義不拘泥傳統的文創觀，強調「人各有章」。正因爲湯顯祖自有其境遇，故能逆向思考，而不作單一順向的遵循與守護，這的確提供另一種反思的空間；此外，亦顯現出其不同於俗，骨勁直言之性情。此外，由此三人性情亦見湯顯祖所推崇的一種文學人格，一種生命情調。據吳梅〈四夢跋〉中提到關於明代士大夫可進一步了解湯顯祖此舉三人之時代意義：

> 明之中葉，士大夫好談性理，而多矯飾，科第利祿之見，深入骨髓。若士一切鄙棄，故假曼倩詼諧，東坡笑罵，爲色莊中熱者下一針砭。其自信曰：「他人言性，我言情。」又曰：「理之所必無，安知情之所必有？」又曰：「人間何處說相思，我輩鍾情似此。」蓋惟有至情，可以超生死，忘物我，通眞幻，而永無消滅；否則形骸且虛，何論勳業，仙佛皆妄，況在富貴？世之持買櫝之見者，徒賞其節目之奇，詞藻之麗；而鼠目寸光者，至訶爲綺語，詛以泥犁，尤爲可笑。〔註97〕

他人言性，湯顯祖道情，筆者以爲所反者並非「性」之一事，而是表裡不一的「言性者」。言性者矯飾一行，虛僞一事，在湯顯祖看來，無此眞氣，何有言性談理之格。是故，總是獨樹一幟、特立獨行的他，並非只是爲標新立異而標新立異，而是有其使命，有其思考，有其懷抱，有其抵抗，有其寓意的。

再者，正因湯顯祖懷抱的文學觀念，放眼的文學視角不同於主流價值，故有能「曷嘗以調笑損氣節，奢樂墮儒行，任誕妨賢達」之語。此外，以爲推衍爲讀書一事，同理可證。舉出李白作爲典範，以爲其「頹然自放」，……將李白與李夢陽對舉，有對比諷刺之意。以爲李夢陽豈能與擁有天才之能的李白相比，且以「陋」之一字突顯出庸才與天下的差別。此外，「此天授，無假人力」一語更可綰合〈合奇序〉中「自然靈氣」的文創觀。

〔註97〕毛效同：《湯顯祖研究資料匯編》（上海：上海古籍出版社，1986年），頁711。

自知爲世所棄，在「自知」不如人與「不自知」不如人之間擺盪，由此道出「知」已成爲此刻生命向內回歸觀照的契機點：

正弟居閒不如人耳，乃如來教，又忽不自知其不如人也。〔註98〕

他拋開爲宦既定的框架，官場的潛規則獨闢蹊徑。循著山路踽踽而行，體驗到的是孤絕、寂寞和恐懼。沒有地圖的指引，沒有權勢的靠山，沒有依循的典範，一步步走在自己選擇的道路上，漸次完成他所信仰的「主人之才」。

膏火自煎，淨其膏而火自恬。人生，火傳也。惜薪修祜，古有名言，念之。〔註99〕

在膏火自煎的歷程中，湯氏透過創作《牡丹亭》、《南柯記》、《邯鄲記》之「臨川三夢」中建構了自身「夢覺」的思想，亦在膏火自煎之轉化歷程中，薪傳了兼具「深情」、「智骨」、「道心」之「合道之情」，實踐他一生所欲實踐的「大人之道」。

〔註98〕〔明〕湯顯祖：〈寄傅太常〉，徐朔方箋校：《湯顯祖全集》（北京：北京古籍出版社，1999年），頁1329。

〔註99〕〔明〕湯顯祖：〈與門人余成輔〉，徐朔方箋校：《湯顯祖全集》（北京：北京古籍出版社，1999年），頁1471。

第六章　化蝶期——因夢成戲，以戲爲道

結束十五年的宦海生涯，彷佛自裁其政治生命，這是他人生的重大決定，也是生命旅程中的關鍵轉折。歸隱的決定，即是「第二個人生」的開啓。回到臨川，換舊宅，居新屋，以「清遠道人」自署，這些都具有轉變的象徵，標舉著生命開展的新方向。只是，命運從未對湯顯祖鬆手，在貧病交迫之時，又繼之以死別相續。在這個時期，他所面對的最大考驗便是至親好友的死別，無常如此地貼近，悲痛如此的徹骨。肝腸寸斷之際，念死在所難免，尤其觸及親子之情時又特別敏感，從其詩作可窺見一個父親傷子之切的悲傷形象。世間無常，而人世之情更是時常超出情識所能理解之範圍。在歷險曲折之後，漸已能忘情割愛，對於將「出世法融攝世法，以世法而波瀾乎出世之法」〔註1〕的達觀亦發思念，正是他終於能夠明白昔日不懂的佛法。詩文固然不是佛法究竟，然而爲了利益眾生，世間技藝，何嘗不是渡眾之法？文藝之創本乎情，而佛法之旨在其覺情離欲，將「夢」與「情」等同而論，不正如湯顯祖所謂「夢了爲覺，情了爲佛」的意境頗有疊合之處，據此可論，湯顯祖與達觀禪師之間確實有著思想上的傳承與轉易。

總之，是死亡之手，引領湯氏入了佛海，參悟人生禪法之深刻；是法情之眞，觸動湯氏之肺腑，自證戲夢人生之深意。而這樣的機緣正也促成湯氏戲論思想的建構：他從「爲情作使」的本能趨向擴展至「以情參禪」的夢覺思考，繼而發展成「以戲爲道」的創作實踐。因此，湯氏雖然隨與達觀出家，然而卻薪傳了他「本於人，向於道」的法情，完成了他以戲劇作爲「覺民行

〔註1〕〔明〕紫柏眞可：〈禮石門圓明禪師文〉，《紫柏老人集》，卷7，頁267。

道」的實踐，體現了「文心」與「道情」兩者互發爲功的結果。湯氏隨著世事歷練，塵情多擺落，終也在大千世界「以假修眞」、「即妄證眞」的螺旋式試煉中，有了「牢落浮生是性光」〔註2〕之悟，在「宦情」與「道情」兩端之間，也終能一笑歸眞，隨物應機。儘管對於自己的死生之事淡然，不過，死別之殤卻如磁石，深深地埋在湯氏的心底，黯傷無期，而這也深刻了他深情的人格形象。

第一節　冥王住世間，道業在宇宙

這一年以後，再一次歷經冥王土星帶來的轉變，對於湯顯祖而言，「死亡」成了這個時期非常關鍵的「轉化」，在這段時間，他彷彿進入了荒原，歷經墜落無底的深淵中，不過如何穿越「荒原五階段」，走過新的死亡打擊，正是這個階段最重要的任務。當我們站在含括生死的長遠時間向度回首過往，每個人的一生無論歷經多少風雨、領受多少光環，都只是暫存於世的脆弱生命。步入遲暮之年的湯顯祖，對生死的體會更加深刻、沉澱。他體會到無論年壽長短，全都是一日浮生，而浮生若夢，執取爲何？此心境從其〈訣世語七首〉可窺得一二。雖說湯氏是有意識地凝視死亡的幽微意義，然而，在抵抗生而爲人的限制後，〈忽忽吟〉又凸顯他因速貧久病喪親而有的厭世之心，又成了一個心結。人們對生命的探問，永無止盡。此刻的湯氏已無心亦無意爲生之事再追尋探究了。此刻的他，似乎又進入了另一層體驗矛盾與衝突的歷程中了。以下分從：一、因情成夢，緣夢成讖；二、生死當下，煉眞合道等兩方面論述之。

一、因情生夢，緣夢成讖

湯顯祖一生經歷生死交織，悲欣交集，世路果眞良難，在其晚年之時接連遭逢死亡之神的降臨，帶走至親至兒，彷如生命中的冥王時刻。在〈答羅匡湖〉中，自表益感「業力之王」土星之威力，發出哀求語：

> 弟朽人也。父母朽則朽矣。如仁丈出爲一世之重，處爲大道之宗，皆大孝事，何復遺憾。而不孝能追孝萬一耶。頹憊眩瘠，無復人形。

〔註2〕〔明〕湯顯祖：〈水月匡山結臘寄問邢來慈二首〉，徐朔方箋校：《湯顯祖全集》（北京：北京古籍出版社，1999年），頁802。

時問棲梧土星何時剋度爾。〔註3〕

湯顯祖在這段時間歷經的都是失去生命中至爲重要的人。從至親兒女到至性好友，讓他在這段時間經歷無論多麼珍貴的人事物，終歸會消失，所有存在的一切都爲消失。而這一切的意義都是爲了讓個體在回顧過往，悼念往情時挖掘創傷的所在，覺察創傷的源頭。縱觀湯氏的「悼亡」詩，幾乎都與「夢」有關。

詹秀產於詹事府，能讀書。許字吉水劉祭酒應秋兒。痘殤前一日，著紅衣，正立，拜起別先祠。七女娠，夢雙星掠喙而流，產以七夕，半期而殤。

死到明姑也不辭，要留人世作相思。傷心七歲斑斕女，解著裢紅別祖祠。古夢呑星即有靈，今當織女是何星。心知不合飛流去，淚灑蒼茫河漢青。〔註4〕

冥王逼催，因情成夢，因夢成讖。在生命殞落之前，都有一個預言之夢。夢境的意象與死亡的發生互爲印證：

朔夜中堂卜竈行，如鼾如恨徹明聲。不知是汝魂先到，還是亡荊氣不平。八月朔忽自不懌，卜竈問試事。東出聞人云：「我止有銀四分九釐。」那知是四分別久離也。過夕聞恨聲甚慘，登梯掘霤，不見來處。晨炊乃止。

黃蛇朔五隊堦前，汝夢黃蛇飛上天。恰是病來初七日，肯教人不信因緣。七月五日，玉茗庭前斃一蛇，兒便六日在南都夢黃蛇上天。七月病廨下兼瘧，驟服參术求健入試。過中元一日不起矣。

紙筆俱飛作片霞，夢餘人道好生涯。不知自在王何在？豈有文章號〈覺華〉。

兒夢一王者，名覺華自在王，借其紙筆不與。已而紙筆自飛去。後以《覺華編》名其文，讖耶？

〈覺華〉文字儘流傳，萬選精輝有半千。兩字合來成故物，夢人曾施古文錢。

〔註 3〕〔明〕湯顯祖：〈答羅匡湖〉，徐朔方箋校：《湯顯祖全集》（北京：北京古籍出版社，1999 年），頁 1401。

〔註 4〕〔明〕湯顯祖：〈平昌哭殤女詹秀七女二絕・有序〉，徐朔方箋校：《湯顯祖全集》（北京：北京古籍出版社，1999 年），頁 484。

兒夢拾古錢，故字也。〔註5〕

四個夢之異象，或說四個夢的預言，其夢境意象相關的巧合事件，讓湯顯祖都驚詫不已，以爲夢中之事皆爲士蘧亡故之徵兆。

腸斷雙親兩鬢花，春歸何忍帶烏紗。孤飛一歲喬林曉，提著噍嘵怕近家。〔註6〕

提著噍嘵怕近家，可謂結句酸楚。萬曆廿六年（1598），爲西兒殤而自痛，酒後放歌，其哀悽之情見於〈草堂〉〔註7〕一詩。萬曆卅八年（1610），湯顯祖長子湯士蘧往南京秋試途中因病而卒。其喪子之痛，摧肝斷腸，訴不盡之思念，傾不出之苦痛，唯筆墨知之。〔註8〕士蘧「原有王佐才」，有望「文心一路開」，然而卻敵不過冥王的力量。作爲一個父親，湯顯祖育子有心，而士蘧亦有聰敏，只是，都在未期遇的「倏然」間，天地變色，父子死別，在〈重得亡蘧訃二十二絕〉湯氏寫出了「無常」遭臨時，作爲一個父親的驚詫：

蘧兒原是佐王才，何得文心一路開。並道黑頭公蚤晚，那知止竟不成槐。汝從三歲識經書，八歲成文便起予。更作蘧年過六十，那堪一夢是蘧蘧。五歲三都成暗誦，終星廿史略流通。不知持此歸天上，還是同他入土中。〔註9〕

若將此詩分截成上下兩半，可見「昔」與「今」、「期盼」與「失落」的對比，在在呈顯出湯顯祖「那知」的錯愕，「那堪」的哀痛，「不知」的疑惑。當年被貶徐聞，地處嶺南，荒僻瘴癘，去者罕得生還，處於「命運」與「存在」的未知中，但自己是存活下來了，可是兒子卻病故，白髮人送黑髮人，何況

〔註5〕〔明〕湯顯祖：〈亡蘧四異〉，徐朔方箋校：《湯顯祖全集》（北京：北京古籍出版社，1999年），頁595～596。

〔註6〕〔明〕湯顯祖：〈望鄉哭弟儒祖〉，徐朔方箋校：《湯顯祖全集》（北京：北京古籍出版社，1999年），頁485。

〔註7〕〔明〕湯顯祖：〈草堂〉：「負郤臨江舊草堂，斷橋車馬向來忙。身將百里郎官隱，心爲西河愛子傷。酒後放歌難自短，花間笑語若爲長。高冠照水看何似，分付流光與鬢霜。」徐朔方箋校：《湯顯祖全集》（北京：北京古籍出版社，1999年），頁。

〔註8〕〈庚子八月五日得南京七月十六日亡蘧信十首〉、〈重得亡蘧訃二十二絕〉、〈亡蘧四異〉、〈亡蘧庚子至今十稔秋闈矣，偶檢敝篋，得其七、八歲所讀文賦，俱經厚紙黏襯，祖父前背誦再四，硃記年月重複，中有蟲蟻水跡穿爛，兩京三都斷污過半，不覺哽咽垂涕，呼蘧向中霤焚燒之，蘧有知乎？〉

〔註9〕〔明〕湯顯祖：〈重得亡蘧訃二十二絕〉，徐朔方箋校：《湯顯祖全集》（北京：北京古籍出版社，1999年），頁593～594。

士蘧爲長子，泣淚不止，其情可憫：

> 中秋先日我生辰，去歲來家賀我旬。誰料今年無彩服，江東麻布淚痕新。愁中偶見碧桃萎，勺水相滋翠立回。偏是我兒愁熱死，秋深冷露不將來。不爲雞口亦何妨，文到神奇更甚忙。自是鬼神爲瘧痢，非關參朮誤膏肓。死別彌天淚不禁，兒生只礙我人才。如何病到支離處，教弟須看禪理深。〔註10〕

而士蘧之死，亦是湯顯祖開啓佛緣之契機，「教弟須看禪理深」。達觀禪師循循善誘，引渡仍不遂，此刻便能循其本因：「苦根在子」。起向燈前索念珠，執珠念佛，來自無可援助；取經祈求，來自父親之願：

> 每道三乘是一途，就中無念亦無無。何因病得空明相，起向燈前索念珠。久不來傍見亦嗔，坐來風調覺偏親。如今滿屋無知己，解得吾狂是別人。八歲南京起大名，廿餘咄咄死南京。知爹已絕趨朝意，便道南京不忍行。我兒偏愛說哪吒，拆骨還娘骨付爺。肉到九原娘解否，要爺收取骨還家。兒常論鬼豈人爲，鬼物原開別一支。我願定依人作鬼，燈前夢裏見來時。從來亢壯少情親，宦不成遊家累貧。頭白向蘧蘧又死，阿爹眞是可憐人。〔註11〕

士蘧貼心如此，孝心至此，正是湯氏所言「兒女孝敬，自有至性」〔註12〕，也因士蘧至性如此，更添不捨，更增愧疚。「從來亢壯少情親，宦不成遊家累貧」是湯氏的悼悔，等到棄官家居，年已老邁，想要有所彌補，補償失去夫親的時光，豈料天不從人願，遭遇的竟是「頭白向蘧蘧又死」，將士蘧之死，歸咎於己，而一句「阿爹眞是可憐人」其疏離孤獨的感覺強烈，有了「汝何以拋我而去？」的傷慟，願化爲鬼魂的士蘧能在夢裡與之相見。在通過這一黑暗幽道時，其詩〈庚子八月五日得南京七月十六日亡蘧信十首〉可視爲他喪子後的之心理歷程：

> 江天捲地黑風來，報道吾家玉樹摧。驚落枕牀無淚出，重重書訃若爲開。回也死十三十二，蘧子亡時二十三。地下相逢問年歲，修文

〔註10〕〔明〕湯顯祖：〈重得亡蘧訃二十二絕〉，徐朔方箋校：《湯顯祖全集》（北京：北京古籍出版社，1999年），頁593～594。

〔註11〕〔明〕湯顯祖：〈重得亡蘧訃二十二絕〉，徐朔方箋校：《湯顯祖全集》（北京：北京古籍出版社，1999年），頁593～594。

〔註12〕〔明〕湯顯祖：〈一祈兔哭〉，徐朔方箋校：《湯顯祖全集》（北京：北京古籍出版社，1999年），頁716。

年少更難堪。劍永埋天玉永塵，會心惟有再來身。迴腸怪事書空遍，忽忽長呼若個親。空教弱冠敵才名，未到長沙聽鵩鳴。猿叫三聲腸斷盡，到無腸斷泣無聲。心包錦繡氣成霞，只作朝開暮落花。不待櫬回成報服，就中皮骨已成麻。鼻如懸膽目如瑩，促頷無肩骨太清。只道官微能下壽，令人錯相管公明。孔明屯渭旗先殞，士雅先鞭楫已摧。好似吾兒戰江左，奪營無路壯心灰。地下兒曹知識淺，人間我輩結交深。泉臺帥伯堪依止，爲道從龍一片心。後死都知文在茲，蘧廬天地一蘧兒。誰能哭向千秋裏，共要金陵立冢祠。宋朝已死王元澤，直至明殂湯士蘧。恨殺臨川隔江左，半山無路得乘驢。〔註 13〕

當湯顯祖知道士蘧之亡故的消息時，他是「驚落枕牀無淚出」，「無淚出」正是寫出人遭受重大打擊的時候的眞實狀態，等到回過神來，接受了這個消息後，便是哭到腸斷後仍繼續哭，故有「到無腸斷泣無聲」。特以顏回並舉，以死亡年齡「三十二」與「二十三」對照，更凸顯其哀痛，更以「空教弱冠敵才名，未到長沙聽鵩鳴」寫士蘧之才尙來不及顯達，便殞落，連這個機會都沒有，更別說能像賈誼一樣體會宦途之起落？悼子亦悼才。士蘧「爲道從龍一片心」，只是「奪營無路壯心灰」，最後更落得「半山無路得乘驢」。人生如木浮水，行止隨流，憾恨子之才未盡。縱使士蘧死後其文可傳，但又有何用？「誰能哭向千秋裏，共要金陵立冢祠」，再一次爲子痛惜，身亡一切逝，此生已無機，再立千秋事。

湯士蘧病故後，湯顯祖彷彿墜入「存在」的深處時，面對自己的「陰影」。在陰影中照見孤絕的空虛憂愁的自己，茫然走著徒然的路，覺得無所歸依，失去力量，看不到意義，感覺沒有希望，其實早在湯士蘧幼年顯現其早慧之態時，便已懷憂：

予時時憂二子早慧，而右武頗不爲然。謂當兩家慅勞歷落之際，而壯子能爾，殆亦荒年穀也。已而二子各厭其鄉，遊成均以去。意亦一當紓其內急耳。然而遠於嚴慈之規，骨肉之養，各以雄飛，自行其意。童孺羈旅，飲食醫餌之不時，至庚子秋七月初，蘧以就試南雍，病殢下死。〔註 14〕

〔註 13〕〔明〕湯顯祖：〈庚子八月五日得南京七月十六日亡蘧信十首〉，徐朔方箋校：《湯顯祖全集》（北京：北京古籍出版社，1999 年），頁 592。

〔註 14〕〔明〕湯顯祖：〈哭丁元禮十二絕有序〉，徐朔方箋校：《湯顯祖全集》（北京：北京古籍出版社，1999 年），頁 654～655。

懷憂又能如何？不捨又能如何？具雄才遠志，豈能阻止雄飛之能？只是世事難料，還來不及振翅雄飛便遭無常，倏然間骨肉斷離，情何以堪？因同感而能同理，因同悲而生慈，在有感其子之遭遇，對好友之子，兒子之友之心情可謂錯綜複雜：

> 逾年痛定，為壬寅春，予過右武所，見漳哥心動，而未敢言。時時語漳哥自愛，語其弟叔兼好護其兄而已。〔註15〕

於此看見湯氏對晚輩的慈悲，更可謂是「移情」作用。也正因深切體受此傷，久成陰影，幻成恐懼，於是在聽到元禮之夢，不禁驚怖湧然，因為這乃為死亡前的「預言之夢」：

> 癸卯秋，就試都下而病作歸，逾年七月初而甚，能自知死日。曰：「吾夢見其所，若一王者，將以某日享予。」如期再絕而蘇，誠三日無動，我將反，然不能待矣。嗚呼，哀哉，天乎！死而其容熒熒如生，追含猶視，有恨於子之才之不盡耶，父怨之未舒與？嗟乎，已矣！玉已折矣，劍已摧矣！兩家之痛，曷其已矣！每一斷腸，輒成絕章。〔註16〕

元禮之言，讓湯氏再度回憶起昔日士蘧所夢，皆成死亡預言一一驗證，不禁哀哉問天。湯氏經歷過玉折劍摧的心理歷程，元禮的病逝，彷彿又讓他再一次經歷失去士蘧之痛，以他人之痛為己之痛，兩家之痛，每一斷腸，輒成絕章，正是同理共振的結果。

在經歷士蘧之死後，兩年後，李贄在獄中自刎離世。萬曆三十一年（1603），達觀因妖書案下獄，絕食而逝。隔年，好友屠龍亦亡。萬曆四十二年（1614），母病亡，隔年，父亦卒。在十五年當中，湯顯祖相繼送別了生命的至親好友。可謂是遭遇「世間三大恩人」〔註17〕，創鉅痛深，無可言喻：

> 先慈之哀，繼之先嚴，創鉅痛深。加以衰羸，溢粥強杖，不能起此壞牆，何暇及硯席間事。第痛定時作千里之思，大篇高者危激，深

〔註15〕〔明〕湯顯祖：〈哭丁元禮十二絕有序〉，徐朔方箋校：《湯顯祖全集》（北京：北京古籍出版社，1999年），頁655。

〔註16〕〔明〕湯顯祖：〈哭丁元禮十二絕有序〉，徐朔方箋校：《湯顯祖全集》（北京：北京古籍出版社，1999年），頁655。

〔註17〕少年問：云何是三大恩人？師曰：極貧、多病、大苦，添上個死字，是煅煉我身心的大爐鞴，千金難買，萬劫難逢，不向此中打破關頭，巍巍堂堂做個知恩報恩頂天立地的好漢。

者淵裕，更踈豁之，於世目尤快也。〔註 18〕

儘管經驗發生的那個階段痛苦地令人難以堪受，但他還是透過創作轉化了那些必須面對的傷痛。回顧生命錯縱的生死之徑，湯顯祖自謂：「無通俗之識，空有忤物之累。」〔註 19〕據湯顯祖暮年所作〈負負吟〉詩序，他一生都躑躅於思想探索與文藝創作之間，而「道學」與「文學」都是湯氏不能忘情的人生實踐與完成。在接納各種不同的生命經驗後，〈訣世語〉七首詩已然成爲顯化他一生的總結。

二、生死當下，煉眞合道

在湯顯祖遭遇「世間三大恩人」後，對於生死之事，幾已有所超越，從其絕世前留下〈訣世語七首有序〉得見他一生「煉眞合道」的精神貫徹。萬曆四十四年（1616），湯顯祖六十七歲，其〈訣世語七首有序〉可作爲他對於生死大事的態度，以及煉眞合道的思想體現：

僕老矣。幸畢二尊人大事。苫塊中發疾彌留，已不可起。愼終之容，仍用麻衣冠草屨以襲。厝二尊人之側，庶便晨昏恆見。達人返虛，俗禮繁窒。怪之、恨之。

恐遂溘焉，先茲乞免。遂成短絕，用寄哀鳴。

生平畏聞哭聲。兒女孝敬，自有至性，不可強也。愼無倩哭成禮。

善哭已無取，倿哀非所懷。帷宮都過密，偏覺有餘哀。〔註 20〕

對於子女孝敬一事，湯顯祖抱持不強求的態度，而且何以用「哭」來盡孝？孝敬在至性，關鍵即在內發而出的眞心。而不要本末倒置，以哭的形式孝敬，這無非也點出了虛假之禮。對於請人代哭之俗禮厭惡至極，認爲那種不發自內心而做作的哭泣哀鳴，不但無法聊表情義，更是冒犯亡者。俗禮繁窒，違其本眞，湯氏去之。反觀作爲人子的湯氏又是如何侍奉雙親？蔣士銓《臨川夢自序》謂湯顯祖：「白首事親，哀毀而卒，是忠孝完人也。」〔註 21〕

〔註 18〕〔明〕湯顯祖：〈答馬稺遙〉，徐朔方箋校：《湯顯祖全集》（北京：北京古籍出版社，1999 年），頁 1540～1541。

〔註 19〕〔明〕湯顯祖：〈寄陶石簣〉，徐朔方箋校：《湯顯祖全集》（北京：北京古籍出版社，1999 年），頁 1487。

〔註 20〕〔明〕湯顯祖：〈一祈免哭〉，徐朔方箋校：《湯顯祖全集》（北京：北京古籍出版社，1999 年），頁 716。

〔註 21〕〔明〕蔣士銓著，周妙中點校：《蔣士銓戲曲集》（北京：中華書局，1993 年），頁 209。

僧舊在門下者，無煩俗七。兒輩持半偈齋僧，念心經數周足矣。

便作普渡事，都無清淨僧。灑水奉《心經》，聊爲破暗燈。〔註22〕

湯氏除了點出世之俗情總流於形式之弊，忽略了本初誠敬而失去眞情；亦點出了他對普渡一事的看法。所謂清淨僧即是能戒貪心、嗔心、癡心，能持戒力、定力、慧力，不爲境轉，能轉境者之僧者。若都爲普渡之事忙，又有何時間內修？不過，最主要的原因仍是，心誠則可，繁縟之禮可免。

肉食而鄙，六十七年於斯矣。殺業有徵，報何所底？每見牲奠，腥污塗藉，大非清虛所宜。乞哀淵遊，幸免牲命，止求蔬水見遺。非徒省穢存潔，亦大爲鄙人資冥福也。更煩屠宰到門不預乞免者，子爲不孝。

豕首高刺天，羊子墮墮地。何當魂魄前，作此不淨事？〔註23〕

若是爲了死者肉身而殺害生靈，獲是爲了合其貪饞之欲，而使生靈受到「以禮死而痛若是」〔註24〕之下場，乃爲湯氏所嚴拒的。其〈袾宏先生戒殺文序〉一文，清楚表達他戒殺之思想。認爲生長在東土的聖人，雖「習味內恕」，卻無法斷其殺生之業，以至於末流、貧士助長貪癡，乃「聖人不制之過。」幸賴佛入東土，才因機止殺，使「萬一禽魚復安，橫目之心淨矣。」〔註25〕湯氏之戒殺思想正與宋代陸游〈戒殺詩〉之不忍之心相映合：「血肉淋漓味足珍，一般痛苦怨難深。設身處地捫心想，誰肯將刀割自身。」此心正是佛家所謂「無緣大慈，同體大悲」之精神貫徹。

尊者楮幣相見，無煩金銀山錠等物。

〔註22〕〔明〕湯顯祖：〈一祈免僧度〉，徐朔方箋校：《湯顯祖全集》（北京：北京古籍出版社，1999年），頁716。

〔註23〕〔明〕湯顯祖：〈一祈免牲〉，徐朔方箋校：《湯顯祖全集》（北京：北京古籍出版社，1999年），頁716。

〔註24〕〔明〕湯顯祖：〈袾宏先生戒殺文序〉，徐朔方箋校：《湯顯祖全集》（北京：北京古籍出版社，1999年），頁1100。

〔註25〕〔明〕湯顯祖：〈袾宏先生戒殺文序〉：「夫太古食鮮，如豺獺相祭，已亂矣。中古粒食而不絕鮮。至蜂蟬蟻子，亦爲聖人所食，豈不痛哉！此亦聖人生長東土，習味內恕，不能爲之斷矣。末流至使肉食君子，肥不可動，昏不可靈。又使貧士流涎餂啖其側。此非膏脂之累，乃聖人不制之過也。幸有西方神人，因機止殺。有如萬一禽魚復安，橫目之心淨矣。」徐朔方箋校：《湯顯祖全集》（北京：北京古籍出版社，1999年），頁1100～1101。

生不名一錢，自分作窮鬼。峨峨金銀山，不如一端綺。〔註 26〕

死後才榮禮，不如死前尊生。對於世人徒以「形式」顯誠表意之觀念，湯顯祖以爲必易之，其〈續天妃田記〉則勾勒出以誤以「金」爲「誠」，而「形」已超越「意」的風氣。〔註 27〕表達徒以形式事神，非神之本心。神之本在悲憫眾生，絕非以豪華祭祀爲難眾生。究竟之法，無非是「祈道乃心恭」〔註 28〕。因此，尙薄喪的湯氏所要求的無非是「祈道以誠」罷了。

人生而僞，聞譽則悅。既反而眞，聞諛則赧。往見奠章，誇揚爛熳。長跪高誦，兩爲失體。竊不自揣，代中表門生預爲數語，無煩登軸，第書素紙，奠畢焚之，殊覺雅便。萬乞俯從。維某年某月日，某某祝曰：「惟靈歸虛返眞，顧在知遊，良伸悲悼。茲陳素筵，附於蘭菊，用妥靈心。嗚呼上饗。」不煩奠者苦，我代作斯文。昨日已陳跡，今日復何云？〔註 29〕

在面對身後名，湯氏已能忘卻。人生而僞，聞譽則悅。既反而眞，聞諛則赧。十六字短評，人性之顯影。從此訣言更見湯氏眞風仁趣，老老實實，所作所受，不增一毫一釐。至於「人生虛有夢，世界實無常」〔註 30〕，昨日之陳跡，早該忘懷，而且昨日事或已不同今日貌，何須執著如此？「昨日已陳跡，今日復何云？」這正是「活在當下」最爲貼切的註腳。也與達觀〈聽松〉一詩精神相映：「水光山色世情空，偶聽松風更不同。無夢卻遊天地外，有身豈落死生中。名高自古生心累，道在何妨徹骨窮。潁上棄瓢嫌聒耳，寧知聲是大

〔註 26〕〔明〕湯顯祖：〈一祈免冥錢〉，徐朔方箋校：《湯顯祖全集》（北京：北京古籍出版社，1999 年），頁 716。

〔註 27〕〔明〕湯顯祖：〈續天妃田記〉：「後五年，予率太常官屬視後堂，又見和所留金銀步搖花樹卮匜合注之屬艷焉。冠上花鳳流蘇玲瓏，多斷落不可檢綴。念妃者，天之貴人。氣物之內，惟虛生神。海者，地之積虛處也。故曰天牝，因以爲妃。此今時王妃，非天妃也。然聞之，神無求於人，而善悲人。悲心不除，所以止爲神也。今廟下主者，日夜供養，靈帳飾除，炳芳執燭，所以歌雩祝塞甚恭，歲常百人。而前時所藏追鈿諸飾物，又非妃所御。竊以人道事妃，當亦有所悲也。」徐朔方箋校：《湯顯祖全集》（北京：北京古籍出版社，1999 年），頁 1181。

〔註 28〕〔明〕湯顯祖：〈過洪陽先生叢桂軒望仙有作〉，徐朔方箋校：《湯顯祖全集》（北京：北京古籍出版社，1999 年），頁 727。

〔註 29〕〔明〕湯顯祖：〈一祈免奠章〉，徐朔方箋校：《湯顯祖全集》（北京：北京古籍出版社，1999 年），頁 717。

〔註 30〕〔明〕湯顯祖：〈同仲文送青田劉生還吳，有懷達公〉，徐朔方箋校：《湯顯祖全集》（北京：北京古籍出版社，1999 年），頁 645。

悲翁。」〔註 31〕正是同頻共振，神氣相通。當湯氏遭受貧病交迫時，他已有了「病王原是老醫王」〔註 32〕之體悟，因此面對肉身毀壞，葬歸何處，無所執著之情可由此而知。

化者須材，沙木堅厚爲度，崖不足眩也。至囑，至囑。

千祀同一土，隨宜集沙板。闊崖無厚質，虛花誑人眼。〔註 33〕

在面對肉身，湯氏已能安住。在佛法之中，於身心靈最有益的修爲是「安住」。安住不是與萬物疏離，而是體會到與萬物一起流轉，正如「天機常內斡，神明非外守」〔註 34〕體會「如眞如幻趣中含」 的湯氏是連土饅頭都不需要，正因死後賢愚無分，同歸塵土，也追隨達觀腳步，「達公金骨也塵沙」〔註 35〕，已看破我相。此亦與達觀〈偶成〉可互爲對照：「閱世歸來隱半峰，茅茨小結虎溪東。了知我相無安處，直得緣心當下空。花落花開成敗夢，漚生漚滅是非蹤。相逢若問平生事，坦腹高歌大塊中。」〔註 36〕此外，亦能保護環境，不傷及萬物，才眞爲貴生。

地形取遠所忌，無久留。

世故不可測，隨在便安置。借問地上人，安知地中事。〔註 37〕

一日浮生，當我們站在含括生死的長遠時間向度回首過往，每個人的一生無論歷經多少風雨、領受多少光環，都只是暫存於世的脆弱生命。參禪須以生死爲念，湯顯祖雖然未接受達觀禪師的引渡，然而觀其所思所行，皆有著達觀之精神，禪法之奧義。可見湯氏之「正念」。正念是一種心態，是自己跟自己最眞實的部分相處的態度。正可謂得其禪法之「大機大用」。如何得大機大用？覺浪道盛謂：「要到生死結交頭上，纔迫得出，亦不是預爲扭捏得來者！」

〔註 31〕《紫柏老人集》，頁 595。

〔註 32〕〔明〕湯顯祖：〈用韻水月問病二首〉，徐朔方箋校：《湯顯祖全集》（北京：北京古籍出版社，1999 年），頁 800。

〔註 33〕〔明〕湯顯祖：〈一祈免崖木〉，徐朔方箋校：《湯顯祖全集》（北京：北京古籍出版社，1999 年），頁 717。

〔註 34〕〔明〕湯顯祖：〈答陸君啓孝廉山陰有序〉，徐朔方箋校：《湯顯祖全集》（北京：北京古籍出版社，1999 年），頁 689。

〔註 35〕〔明〕湯顯祖：〈東莞鍾宗望帥家二從正覺寺〉，徐朔方箋校：《湯顯祖全集》（北京：北京古籍出版社，1999 年），頁 645。

〔註 36〕《紫柏老人集》，頁 595。

〔註 37〕〔明〕湯顯祖：〈訣世語七首・有序〉，徐朔方箋校：《湯顯祖全集》（北京：北京古籍出版社，1999 年），頁 715～717。

〔註 38〕煅去一切假物，煉成一切眞性。發眞情，當眞人。

不過，湯顯祖終忘世情否？其〈忽忽吟〉再次凸顯若在人間無情牽之樂，那活在人世亦也了無趣味：

望子孤哀子，縈縈不如死。含笑侍堂房，班衰拂蝎蟻。〔註 39〕

一念之悲，不如死去。歷落世事的湯氏，想要死去，以結束他的痛苦。鬢髮斑斑，氣力衰頹到只能趕蝎蟻的湯氏，憔悴至此，不勝其苦。而喪子之痛，對於湯氏而言是無法放下的痛：

說著亡蘧即斷腸，十年秋夢覺華王。不應天上文章府，要得人間破錦囊。蘧夢覺華王車騎而殤。歲己亥爲我作句，己酉不復見。檢其故帙，餘錦斷爛，悲之委絕矣。〔註 40〕

傷絕如此，正是父親情懷。便可原是望子成龍，盼享天倫之樂，豈料如今只能孤獨地承受思念的腸斷之哀？士蘧亡後十年，再次經歷送子之情：

忽忽垂頭雙涕垂，亡蘧剛是十年期。班、張氣焰灰塵盡，說與修文地下知。遺書出篋淚縱橫，雨滴蟲傷大絕情。垂涕送書如送子，我家天醉獨焚坑。〔註 41〕

從其詩題〈亡蘧庚子至今十稔秋闈矣，偶檢敝篋，得其七八歲所讀文賦，俱經厚紙黏襯，祖父前背誦再四，硃記年月重複，中有蟲蟻水跡穿爛，兩京三都斷污過半，不覺哽咽垂涕，呼蘧向中霤焚燒之，蘧有知乎？〉十年後，偶然翻檢書篋，昔日天倫之樂再現眼前，只是如今已不復在。更慘絕的事，「遺書出篋淚縱橫，雨滴蟲傷大絕情」，就連能夠留下來悼念的亡物，如今也必須隨亡人而去，「垂涕送書如送子」，椎心只需此，足以賺人淚。

除了喪子之斷腸之痛，速貧久病之身，不免也令人厭世：

〔註 38〕〔明〕覺浪道盛：〈示門人自看〉，釋道盛說，釋大成等校：《天界覺浪道盛禪師全錄》，卷 7，《嘉興藏》，冊 34，頁 632。

〔註 39〕〔明〕湯顯祖：〈忽忽吟〉，徐朔方箋校：《湯顯祖全集》（北京：北京古籍出版社，1999 年），頁 718。

〔註 40〕〔明〕湯顯祖：〈偶觸覺華編〉，徐朔方箋校：《湯顯祖全集》（北京：北京古籍出版社，1999 年），頁 694。

〔註 41〕〔明〕湯顯祖：〈亡蘧庚子至今十稔秋闈矣，偶檢敝篋，得其七八歲所讀文賦，俱經厚紙黏襯，祖父前背誦再四，硃記年月重複，中有蟲蟻水跡穿爛，兩京三都斷污過半，不覺哽咽垂涕，呼蘧向中霤焚燒之，蘧有知乎？二首〉，徐朔方箋校：《湯顯祖全集》（北京：北京古籍出版社，1999 年），頁 696。

一壽二曰富，常疑斯言否。末路始知難，速貧寧速朽。〔註 42〕

不刻意故作堅強，直指走到人生盡頭，遭逢貧老之苦，彷彿進入火宅，表現了不自欺的合真之道。

希臘神話裡面，布魯托（Pluto）是冥界之神，掌管地下世界的統治者，以各種形式將人拉到痛苦與死亡的深處，而這段歷程對於生命存在的本身是極關鍵的時刻，因爲在行過死亡的幽谷中，轉化又即將發生。在這段「暗化」的階段，沉重無可推卸的憂鬱感如影隨形，彷彿背著屍體到處行走。而這段「墜落暗夜」的過程，無非是一個人的荒原中產生「回顧」過往，「挖掘」傷痛，通過歷來種種象徵性的「死亡」的試煉，以達到轉化的目的。

個體化的自然循環過程最後將到達「死亡」階段，這個死亡可以是真實的死亡，也可以是心理上的死亡。從墜落黑暗到從死亡幽谷此一歷程走出，榮顯的痛苦，開啓了湯顯祖與佛禪的因緣。從冥界被釋放回來以後，還必須這段改變創造了朝向深處的行動，朝向未知的以及有威脅性的心理領域。榮格覺得這種長時間的心理旅程，可以帶領一個人去探索他存在的核心，即自性。對自性的發現，以及隨後自性在意識生活中的存在感知和引導力也逐漸穩定下來，這些都將成爲新體驗之認同與整合的基礎，而明白了自性是奠基於內在的中心，是遠超過根植於外界的那些暗示作用和強化作用，不論是來自父母形象或其他「典範」、來自文化影響與期待，或來自集體的壓力。因此，一個人能夠穿越中年轉化，走完這一切道路的好處，就是內在感受到了無我的自性，也因爲活在與自性有意識的接觸中而有了整合和完整一體的感覺。經歷寵辱得喪，生死離別是他人生的大變化，然就長遠的角度而觀，確是關鍵的轉折點，亦是創作的高峰點。湯顯祖在所承受的經歷中找到意義，而這個意義便是完成《臨川四夢》。

每種生命歷程的幽微意義卻未被死蔭所遮蔽，反而在死亡的詰問下更顯立體。當湯顯祖步入遲暮之年，對生死的體會更加深刻、沉澱，其〈訣世語七首〉可證。而在歷經第二次過渡後的轉化階段，在此階段中的「任務中隱藏的任務」正是：藉死亡之手，引入佛門，參人生禪法。

〔註 42〕〔明〕湯顯祖：〈貧老嘆〉，徐朔方箋校：《湯顯祖全集》（北京：北京古籍出版社，1999 年），頁 714。

第二節　爲情所使，以戲爲道

《南柯記》、《邯鄲記》、《牡丹亭》三者皆以「情」爲核搬演人世之事，只是立情焦點不同。而不可忽略的正是以戲劇作爲形式，而對象正是一般庶民這個關鍵點上。以「情」爲引，是最貼近，也最能觸動的主題，如此，便能明白湯氏之戲論。湯顯祖何以「爲情作使」？退出官場以後的他，便以「戲劇」作爲媒介，紓怨亦行道。而這個時期亦是他與達觀禪師往來交鋒最密契之時，與達觀禪師的五遇之緣，給出的意義正是使湯氏能以情參禪，在珍惜與達觀的法情之下，以道爲戲。而這也正是他進入轉化中的另一個歷程，完成以戲劇作爲「覺民行道」。以下分從：一、覺情返道，明情復性；二、情纏絆智，以禪覺心等兩方面論述之。

一、覺情返道，明情復性

對於湯顯祖而言，在人生的旅程中，達觀禪師彷如他的「GPS（衛星導航系統）」，他指出迷津之因，但湯氏置懷於心，不見得完全依教奉行，但也不代表湯氏置之不顧。當達觀欲引渡他入佛門，總遭婉拒，這無非也是湯氏秉性質眞使然，一點勉強不得。不過，這並不妨礙他對達觀禪師的尊重與珍惜之情。他用自己的方式走自己的路，在需要的時候，作爲他生命導航的達觀禪師，總能及時爲他「破霧」，指點迷津。正是「睿智的引導總是十分難尋。你會較常遇到爲你塑造金牛犢的亞郎（亞倫），而較少遇到引導你出谷的梅瑟（摩西）。」〔註43〕作爲引導湯氏面對死亡幽谷的心靈支持，達觀功不可沒。至於，湯顯祖與達觀之「五遇之緣」透露出的深刻意義爲何？

湯顯祖與達觀禪師締結的佛緣，起因於〈蓮池墜簪題壁〉一詩：

> 搔首向東林，遺簪躋復沉。雖爲頭上物，終爲水雲心。橋影下西夕，遺簪秋水中。或是投簪處，因緣蓮葉東。〔註44〕

究竟此詩暗含何種禪心？因而讓達觀深覺詩中主人乃是能引渡的有緣人。若究此詩而觀其關鍵正是：在遺與投之間，體得鏡花水月之雲水禪心，於秋水

〔註43〕在人們的眼中，「亞郎」與「梅瑟」這對兄弟都算得上是當時德高望重的名人、領袖、神職人員，但一個總是帶領群眾走出困局，一個卻在極關鍵時刻，帶群眾走錯了路線。

〔註44〕〔明〕湯顯祖：〈蓮池墜簪題壁二首有序〉：徐朔方箋校：《湯顯祖全集》（北京：北京古籍出版社，1999年），頁577。

中體獲眾生平等之意，正是印心佛法。能於「諸法實相」中破除對立、分別、執著，達萬物齊一之悟，此慧心靈機正是入不二法門之根器。故達觀才會道其「賦性精奇，必自宿植」，更以「受性高明，嗜欲淺而天機深，眞求道利器」〔註 45〕稱之。而達觀將此「雲水之緣」視爲「第一遇」，而這段雲水因緣可謂是「無心插柳柳成蔭」，正映合偶然一瞬的緣起。只是兩人佛緣深，塵緣淺，再會已是廿年後。〔註 46〕

萬曆十八年（1590），達觀禪師到南京訪晤鄒元標，當時罹患痢疾的湯顯祖幾乎氣絕，爲會晤達觀禪師一面，仍抱病前去。達觀禪師見到湯顯祖，即道：「吾望子久矣。」續法情之緣。對於顯祖而言，達觀彷如他心靈的廟宇，予以無限寧靜，無限力量。萬曆十九年（1591）湯顯祖大病，正是病體之苦，更感生死之迫，而念想達觀，作有〈達公過奉常，時予病滯下幾絕，七日復蘇，成韻二首〉：

> 病注如泉氣色微，看人言與病人違。不因善巧令歡喜，簾外紛披五綵衣。已分芭蕉欲蓋身，遶床心事見能仁。朱門略到須回首，省得長呼達道人。〔註 47〕

面對病注如泉的湯顯祖，達觀說的並非令病人歡喜之語，從「朱門略到須回首，省得長呼達道人」探究，透露著回頭是岸的規勸語。但在病苦中的他以爲最好的藥引即是達觀禪師，有詩〈苦瘧問達公〉、〈苦滯下七日達公來〉可爲證：

> 四海難銷熱，三焦不煖涼。自然心似瘧，何處爲藥王。〔註 48〕
>
> 未進紅罌粟，徒然青木香。精華何處舉，留散在心王。〔註 49〕

〔註 45〕〔明〕紫柏眞可：〈與湯義仍之一〉，毛效同編：《湯顯祖研究資料彙編（全二冊）》，上冊（上海：上海古籍出版社，1986 年 9 月），頁 234。

〔註 46〕達觀禪師與湯顯祖的初遇，並不是湯顯祖本人，而是緣於〈蓮池墜簪題壁詩〉。因此，萬曆十八年（1590）於南刑部鄒元標家中才是達觀禪師與湯顯祖眞正的相識。

〔註 47〕〔明〕湯顯祖：〈達公過奉常，時予病滯下幾絕，七日復蘇，成韻二首〉，徐朔方箋校：《湯顯祖全集》（北京：北京古籍出版社，1999 年），頁 325

〔註 48〕〔明〕湯顯祖：〈苦瘧問達公〉，徐朔方箋校：《湯顯祖全集》（北京：北京古籍出版社，1999 年），頁 326。

〔註 49〕〔明〕湯顯祖：〈苦滯下七日達公來〉，徐朔方箋校：《湯顯祖全集》（北京：北京古籍出版社，1999 年），頁 326。

這個時期，亦有〈高座陪達公〉〔註 50〕、〈代書寄可上人〉〔註 51〕、〈高座寺懷可上人〉〔註 52〕等詩，足見達觀禪師在湯顯祖心中的地位。

湯顯祖自萬曆十九年（1591）上疏批評時政後，官運立即下滑，被貶謫道廣東徐聞，後任職於浙江，七年之中，升遷無望，抱負不張，終棄官歸隱。萬曆廿三年（1595）達觀禪師至遂昌會晤湯顯祖，爲償渡引之宿願，遂從杭州乘水船來到龍遊縣，翻山越嶺，不辭艱險，徒步進入遂昌，有感而寫下〈留題湯臨川謠〉：「湯遂昌、湯遂昌，不住平川住山鄉。賺我千岩萬壑來，幾回熱汗沾衣裳。」此次期會，兩人還共遊唐山寺，四遇之緣，達觀禪師以爲接引時機已然成熟，但塵緣未了的湯顯祖以七律一首婉拒：

> 歸去青雲生津赤，瘦藤高笠引精神。只知題處天香滿，紫柏先生可道人。前身那擬是湯休，紫月唐山得再游。半偈雨花飛不去，欲疑日暮碧雲西。

雖是如此，亦未斷兩人之緣。萬曆廿五年，達觀禪師至遂昌，其目的便是要湯顯祖了卻塵緣，忘情人世：

> 寸虛賦性精奇，必自宿植，若非宿植，則世緣必濃。世緣一濃，靈根必昧，年來世緣，逆多順少，此造物不忍精奇之物，沉霾欲海，暗相接引，必欲接引寸虛了此大事。野人二遇於石頭時，曾與寸虛約曰：「十年後，定當打破寸虛館也。」〔註 53〕

何以達觀禪師「必欲接引寸虛了此大事」？在達觀禪師眼中，湯顯祖是「精奇之物」，他不忍此稀世珍寶沉霾欲海。於此值得討論的是：精奇之性源自於累劫之修，故有「宿植」一詞。然而關鍵已不在於宿植，而是「世緣一濃，靈根必昧」。萬曆廿六年（1598），達觀來到臨川，訪遊疎山寺與石門寺係其

〔註 50〕〔明〕湯顯祖：〈高座陪達公〉：「一切雨花地，重遊支道林。雲霞法塵影，山水妙明心。境以莊嚴寂，春當隨喜深。金輪忽飛指，江上月有華。」徐朔方箋校：《湯顯祖全集》（北京：北京古籍出版社，1999 年），頁 326。

〔註 51〕〔明〕湯顯祖：〈代書寄可上人〉：「幽棲勝處一窺臨，高座熒熒雨花濕。」徐朔方箋校：《湯顯祖全集》（北京：北京古籍出版社，1999 年），頁 326。

〔註 52〕〔明〕湯顯祖：〈高座寺懷可上人〉：「萋蕤自公暇，登眺此人同。春湛禪林上，人初佛位中。冥濛江水色，淡澹曉雲空。大地花光滿，諸天雨氣融。峨嵋開遠照，廬嶽會深衷。白月東林裡，何人笑遠公。」徐朔方箋校：《湯顯祖全集》（北京：北京古籍出版社，1999 年），頁 326。

〔註 53〕〔明〕紫柏眞可：〈與湯義仍之一〉，毛效同編：《湯顯祖研究資料彙編（全二冊）》，上冊（上海：上海古籍出版社，1986 年 9 月），頁 234。

主要目的。這時顯祖正因愛子不幸早殤，心情慘淡，達觀聞此，以爲當是因緣到：「今臨川之遇，大出意外。何殊雲水相逢，兩皆無心，清曠自足。」〔註54〕於是前至臨川看望顯祖；悲欣之情，不言可喻，〈達公忽至〉一詩正能聊表此緒：

偶然舟楫到魚灘，慚愧吾生涕淚瀾。世外欲無行地易，人間惟有遇天難。初知供葉隨心喜，得似拈花一笑看。珍重別情長憶否，隨時香飯勸加餐。〔註55〕

達觀的出現，讓湯氏有了安慰，亦讓漂泊的孤獨有了安頓之處，其〈達公舟中同本如明府喜月之作〉即表露了這樣的心情：

世外人應見面難，一燈高興石門殘。生波入檻浮春淺，細雨橫舟濕夜寒。彼岸似聞風鐸雨，此心如傍月輪安。不知天上婆娑影，偏照恆河渡宰官。〔註56〕

此時，達觀也以爲湯氏在歷險之後，深入經藏，學佛悟道的因緣成熟了：

近野人望寸虛以四大觀身，則六尺可遺；以前塵緣影觀心，則寸虛可遺。六尺與寸虛既皆遺之，則太虛即寸虛之身與心也。至此以明爲相，以勇爲將，破其釜而焚其舟，示將相於必死，拼命與五陰魔血戰一場，忽然報捷。此野人深有望於寸虛者也。〔註57〕

達觀以爲湯氏「年來世緣，逆多順少」，不忍沉霾欲海，故多次引渡。儘管從「千秋才得唄聲聞」可知當時湯氏已信受「佛法難聞」，亦體解人身難得；中土難生；明師難遇；眞道難逢之「得道四難」。只是世內之法重在有情，他終歸聽任本心，無法絕塵捨情而去。達觀終是無能等到顯祖「回首」，引渡一願，只是徒然一場。關於達觀對於湯顯祖的法情之深，以據達觀禪師〈法語〉則可有啓發更深一層的思考：

何謂順，自性而之情也。何謂逆，自情而之性也。何謂逆而順？聖人以爲我復性，而人不復則情不消，情不消則我見熾然，我見熾然，

〔註54〕〔明〕紫柏眞可：《紫柏老人集》，卷廿三，頁21。
〔註55〕〔明〕湯顯祖：〈達公忽至〉，徐朔方箋校：《湯顯祖全集》（北京：北京古籍出版社，1999年）頁561。
〔註56〕〔明〕湯顯祖：〈達公忽至〉，徐朔方箋校：《湯顯祖全集》（北京：北京古籍出版社，1999年）頁562。
〔註57〕〔明〕紫柏眞可：〈與湯義仍之一〉，毛效同編：《湯顯祖研究資料彙編（全二冊）》，上冊（上海：上海古籍出版社，1986年9月），頁234。

> 則貪暴無厭，爭鬥靡已。故以復性之教教之，使夫順者知順，則原始反終，死生之說可明矣。〔註 58〕

《中觀論·觀四諦品》載：「世俗諦者，一切法性空，而世間顚倒故生虛妄法，於世間是實；諸賢聖眞知顚倒性，故知一切法皆空無生，於聖人是第一義諦名實。」在佛法的眞理中，可分爲「俗諦」、「眞諦」和「中道第一義諦」，在這當中，「中諦」是佛法最高的境界。佛法所言「俗諦」，乃迷情所見世間之事相，是順凡俗迷情之法，偏於經驗面，世間法多屬於此；而「眞諦者」，聖者所見眞實之理性，是離虛妄，偏於超越面。由此看來，俗諦是世間法的眞理，眞諦是佛教聖者所見的眞理。而世間法都是因緣和合的有爲法，是空無自性之法，世間凡夫不明此理，將虛幻不實的事物作爲實有，而世俗之事乃多覆蔽世間的眞理。而「情之魔人，無形無聲，不識不知，或從悲慘而入；或從逸樂而入；或一念疑搖而入；或從所見聞而入。」據此可知，達觀禪師乃從佛法「二諦」的基礎上言「情」之不究竟，故主張「復性」，將「自性而之情」稱爲「順」，將「自情而之性」稱爲「逆」，兩者之別在於「情執」。我見即我執，我執熾然者則易沉霾欲海，而生五毒之緣，是故主張情消，所欲對制的正是我所執見之一切，當能去我執見，必也是情消之時。如此，便能從逆反順，順者必知自性而之情，「復性」之事則成，便能「原始反終」，此際亦能明白「死生之說」了。

達觀禪師發現眾人所追求的是情而非道，因而迷而不知返，本該以「道」爲常，只是現實狀況是「情」爲「眾人之常」。這樣的觀察確實是眞實本況，達觀禪師站在「佛法無人情」的高度而論。若此，便能明白湯氏〈寄達觀〉中所謂「情有者理必無，理有者情必無。眞是一刀兩斷語」〔註 59〕乃是他的對於佛法論情理的思辨歷程，而不當從達觀「主理」，而湯氏「主情」相對的角度論此。

達觀禪師以「寸虛」爲湯顯祖之法號，希冀湯氏能廣其心，空其欲，以生大覺爲道：

> 《楞嚴》曰：「空生大覺中。如海一漚發。」即此觀之，有形最大者，

〔註 58〕〔明〕紫柏眞可著，釋德清校閱：《紫柏尊者全集》，卷二十，〈法語〉，收錄於《卍續藏》第一二六冊、一二七冊，（臺北：新文豐出版股份有限公司），頁 999。

〔註 59〕〔明〕湯顯祖：〈寄達觀〉，徐朔方箋校：《湯顯祖全集》（北京：北京古籍出版社，1999 年），頁 1351。

天地；無形最大者，虛空。天地生於空中，如片雲點太清；虛空生於大覺中，如一漚生大海。往以寸虛號足下者。蓋眾人以六尺爲身，方寸爲心，方寸爲心，則心之狹小可知矣。然眾人不能虛，重以日夜而實之爲貴。寸虛稍能虛之，且畏實而常不自安。〔註 60〕

人心大小僅能以方寸比擬，然眾生不但日夜不停把恩怨情仇往這樣狹小的地方塡塞，以致方寸之心時時惹塵，還誤以爲如果心有堆疊世塵的情感重量，才感珍貴。殊不知俗塵積則重，歷久即蔽，蔽生則不覺。因此達觀叮囑顯祖要能「觀心」，要以心沉爲懼，更期盼他能常以四大觀身，讓方寸時時與虛空相應：

近野人望寸虛以四大觀身，則六尺可遺，以前塵緣影觀心，則寸虛可遺，六尺與寸虛既皆遺之，則太虛，即寸虛之身與心也。至此以明爲相，以勇爲將，破其釜而焚其舟，示將相於必死，拚命與五陰魔血戰一場，忽然報捷。此野人望寸虛之癡心也。又野人今將升寸虛爲廣虛，升廣虛爲覺虛，願廣虛不當自降。〔註 61〕

法號之意，含藏著達觀禪師對湯顯祖的深厚法情。願廣虛不當自降，即是曾經湯顯祖自降之舉，故以覺虛爲法號，不過，湯氏卻以「骷髏半百歲，猶自不知死。頂禮雙足尊，回旋寸虛子」〔註 62〕回應，正因尚不知死，故婉拒了達觀禪師從「寸虛」至「廣虛」的引渡。不過，在達觀離世後，湯氏已有了改變。自從萬曆廿八年（1600），湯士蘧離世，肝腸寸斷的死別之痛，讓湯顯祖對於佛法的體受便從「知識」層面落實到「實踐」層面。將禪作爲「情」組成的一部分。在〈別達公〉一詩中，亦更證明達觀禪師所言「無生法忍」之佛理，使之振聾發聵：

說到無生生便降，偶隨船影出章江。西山雨氣朝來捲，不是珠簾是法幢。〔註 63〕

〔註 60〕〔明〕紫柏眞可：〈與湯義仍之一〉，毛效同編：《湯顯祖研究資料彙編（全二冊）》，上冊（上海：上海古籍出版社，1986 年 9 月），頁 234。

〔註 61〕〔明〕紫柏眞可：〈與湯義仍之一〉，毛效同編：《湯顯祖研究資料彙編（全二冊）》，上冊（上海：上海古籍出版社，1986 年 9 月），頁 234。

〔註 62〕〔明〕湯顯祖：〈夢覺篇有序〉，徐朔方箋校：《湯顯祖全集》（北京：北京古籍出版社，1999 年），頁 564。

〔註 63〕〔明〕湯顯祖：〈別達公〉，徐朔方箋校：《湯顯祖全集》（北京：北京古籍出版社，1999 年），頁 580。

佛法所闡述的究竟之理是「無生」。滅諸戲論，言語道斷、深入佛法，心通無礙，了知諸法之相，而不住諸相，無取無捨，無得無失，不動不退、名無生法忍，此佛理有助於佛道初入佛門者。是故，湯氏道：「說到無生生便降」，無不勾勒達觀說法，湯氏聞法之景象。所說「無生法忍」降伏了湯氏了之煩惱，故以「不是珠簾是法幢」〔註 64〕象徵著佛法無量無邊，如今已能攝受。

凡夫俗子多是與世浮沉易而披髮入山難，然而對於出家人而言正好相反，係披髮入山易而與世浮沉難。達觀禪師對於湯顯祖表達了未知己意之心跡：

> 屢承公不見則已，見則必勸僕須披髮入山始妙。僕雖感公教愛，然謂公知僕，則似未盡也。大抵僕輩披髮入山易，與世浮沉難。公以易者愛僕，不以難者愛僕，此公以姑息愛我，不以大德愛我。昔二祖與世浮沉，或有嘲之者，祖曰：「我有調心，非關汝事。」此等境界，卒難與世法中人道者。惟公體之。幸甚！〔註 65〕

更以二祖調心的公案示表達即使身在紅塵，面對世間的種種：

> （二祖慧可）韜光混跡，變易儀相。或入諸酒肆，或過於屠們。或習皆談，或隨廝役。人問之曰：「師是道人，何故如是？」師曰：「我自調心，何關汝事。〔註 66〕

在某種意義來說，調伏身心，即是馴服欲望或是轉化欲望的過程。

二、情纏絆智，以禪覺心

湯顯祖棄官歸臨川的心情，在〈達公來自從姑過西山〉詩中表露無遺：

> 厭逢人世懶生天，直爲新參紫柏禪。〔註 67〕

既厭棄塵世又無法忘情人世，正是湯氏歸隱後的心情，也因爲處在這樣的矛

〔註 64〕《佛光電子大辭典》：（一）比喻佛法如幢。幢者幢幡，與旌旗同義。猛將建幢旗以表戰勝之相；故以法幢譬喻佛菩薩之說法能降伏眾生煩惱之魔軍。後凡於佛法立一家之見，即稱爲建立法幢。（二）爲說法道場之標幟。宣揚大法之際，將幢幡建於道場門前，此稱爲法幢、法旆。禪宗又轉其意，將演法開暢，稱爲建法幢。今各寺之安居結制，亦稱建法幢。

〔註 65〕〔明〕紫柏眞可：〈與湯義仍之一〉，毛效同編：《湯顯祖研究資料彙編（全二冊）》，上冊（上海：上海古籍出版社，1986 年 9 月），頁 235。

〔註 66〕《景德傳燈錄》，卷 3，頁 51。

〔註 67〕〔明〕湯顯祖：〈達公來自從姑過西山〉，徐朔方箋校：《湯顯祖全集》（北京：北京古籍出版社，1999 年），頁 563。

盾中，便開啓了參禪的契機。不過，卻又陷入了另一處的進退兩難，即是在「法緣」與「世緣」中拉鋸。湯氏因情纏擾心，達觀便以禪覺心：

> 浮生幾何，而新故代謝，年齒兼往，那堪躊躇！靜觀前念後念，一起一滅，如環無端。善用其心，則麤者漸妙；不善用其心，則妙者漸麤。妙者漸麤，麤將不妙。於不妙處，了不覺知，是身存而心死矣。所以古誌云：「乍時不到，便同死人。」夫身存而心死，則不當存者我反存之，不當死者我反死之。老氏曰：「我有大患，爲我有身。」又曰：「介然有知，惟施是畏。」即此觀之，大患當除，而我不能除。〔註68〕

人之有識，在其覺。覺若在，其心存；不覺者，其心死，徒以身存，不過是行屍走肉的活死人。故達觀主張復性，即是回復本然之眞性，不增不減的本妙眞心。若心存，其修行之法在於「善用」其心。何以「善用」？惟在心定則理明，理明則心清，心清即理清，理清則能破除癡妄執無知，故云理清情消：

> 眞心本妙，情生即癡，癡則近死，近死而不覺，心幾頑矣。況復昭廓其癡，馳而不返，則種種不妙不召而至焉。至人知其如此，惟施是畏。顏子隳肢體，得非除大患乎？黜聰明，得非空癡心乎？大患除而癡心至，則我固有法身，本妙眞心，亦不待召而至矣。曹溪聞應無所住而生其心，則根塵迥脫，妙心昭然。故溈山曰：「靈光獨露，迥脫根塵。體露眞常，不拘文字。」至此則麤者復妙矣，遠者習近矣。人爲萬物之靈，於此不急而他急，此所謂不知類者也。〔註69〕

「大患」即身，「我」即「心」。大患已除，然心頑固若此，即爲無知。對於屢次引渡湯顯祖不遂，達觀禪師自我反思，終「覺」乃爲「瞞心」所誤：

> 野人久慕疎山、石門，並龍象禪窟，冒雨犯風，直抵石門。黎明入寺，然寺有名無實。故址雖存，草萊荊棘，狐蛇淵藪。四顧不堪，故不遑拋瓣香，熏圓明而行。圓明，山谷最敬之；每歎東坡不遑一面。然圓明最敬東坡，不在山谷之下。今石門狼狽至於此，使東坡、

〔註68〕〔明〕紫柏眞可：〈與湯義仍之一〉，毛效同編：《湯顯祖研究資料彙編（全二冊）》，上冊（上海：上海古籍出版社，1986年9月），頁231。

〔註69〕〔明〕紫柏眞可：〈與湯義仍之一〉，毛效同編：《湯顯祖研究資料彙編（全二冊）》，上冊（上海：上海古籍出版社，1986年9月），頁231。

> 山谷有靈，亦其所不堪者也。大都眞人大士之遺跡，乃眾生開佛知見之旗鼓也。蓋旗能一目，鼓能一耳。耳目即一，目即耳可也，耳即目可也。目可以爲耳，則旗非目境；耳可以爲目，則鼓非耳境。旗鼓固非耳目之境，而耳目之用不廢，此謂六根互用也。然以一精明爲君，六和合爲臣，臣奉君命，無往不一。無往不一，謂之獨來獨往。獨來獨往，此即妙萬物而無累者也。此意悼西兒名序中，亦稍泄之。嗚呼！野人與寸虛必有大宿因，故野人不能以最上等人望寸虛，謂之瞞心。〔註 70〕

此乃對其「五遇」之反思。第一次相遇，可謂「情不知所起，一往情深。」以爲湯顯祖「受性高明，嗜欲淺而天機深，眞求道利器」〔註 71〕，故以上根器之人看待湯氏，如今了悟，其引渡之心不輟正因「瞞心」所致。因瞞心之故，無法洞澈「相待不覺」，若是再這樣下去，引渡不成，其「相待不覺」的瞞心將如「三毒五陰」，在不明眞境的狀況下迷失。其「相待」之意，即指達觀禪師以「單方面」的等待之法，此法之誤，故引渡不成，舉以黃庭堅引渡人之例說明「反常合道」的「適情」之法：

> 昔有貴人以上妙素帛，求黃魯直書平時得意之詩。魯直曰：「庭堅亦凡夫耳，詩縱得意亦不妙。」遂書此偈遺之，且囑之曰：「七佛偈乃禪宗之源。今天下黑白譁然，望流迷源。庭堅旁觀，不禁書之贈公。願公由讀而誦，由誦而持，由持而入，由入而化；則自在覺在公日用，而不在此偈也。」〔註 72〕

於此，達觀引用黃庭堅之典自省引渡之法仍待思量。當時黃庭堅寫了毗舍浮佛的四句偈語「假借四大以爲身。心本無生因境有。前境若無心亦無。罪福如幻起亦滅」，並且告訴這個人，這四句偈語才具有最上妙的意趣，凡夫詩歌有得意之作，但不可能寫出毗舍浮佛這樣的最上妙偈語。達觀禪師在此處特別強調黃庭堅所說「七佛偈乃禪宗之源」，並在信中苦口婆心、鄭重其事的提醒湯顯祖在日常生活中持誦「七佛偈」可得大化自在，生命可因此而獲得解

〔註 70〕〔明〕紫柏眞可：〈與湯義仍之一〉，毛效同編：《湯顯祖研究資料彙編（全二冊）》，上冊（上海：上海古籍出版社，1986 年 9 月），頁 233～234。

〔註 71〕〔明〕紫柏眞可：〈與湯義仍之一〉，毛效同編：《湯顯祖研究資料彙編（全二冊）》，上冊（上海：上海古籍出版社，1986 年 9 月），頁 231。

〔註 72〕〔明〕紫柏眞可：〈與湯義仍之一〉，毛效同編：《湯顯祖研究資料彙編（全二冊）》，上冊（上海：上海古籍出版社，1986 年 9 月），頁 232。

脫，作爲對佛法的修持，定能受益匪淺。只是這是黃庭堅入佛修禪之法，非湯顯祖適合之徑。黃庭堅以「反常合道」的方式引渡「日用之道」，如今達觀禪師亦了然引渡之法在「心」，在「情」。如此才能達到從外流入內，入內而化而覺情體道的眞正實悟。從達觀禪師引山谷之例即知：他明白自己引渡湯顯祖的方式並不適合湯顯祖，故云：

> 山谷楚人，寸虛亦楚人，玆以楚人引楚人則似易。倘吳人引吳人，則楚人以謂吳人似不知楚人也。若相續假以因成，錯過本來面目，便將錯就錯。不惟不知因成之前，心本獨立，初非附麗，即其照無中邊之光，初不夢見，彼照而應物；偶然忘照，流入因成。以不知是因成，復流入相續，相續流入相待。相待是何義？謂物我對待，亢然角立也。嗚呼！相待不覺，則三毒五陰，亦不明而迷矣。故知「能由境能」，則能非我有；能非我有，豈境我得有哉！此理皎如日星。理明則情消，情消則性復，性復則奇男子能事畢矣，雖死何憾焉？仲尼曰：「朝聞道，夕死可矣！」爲是故也。〔註73〕

如今達觀禪師覺之「瞞心」之迷，覺之「相待」何義？若「相待不覺」，最終只會陷入「不明而迷」的險境。達觀禪師的「眞悟」，體現了「理明則情消，情消則性復」的境地。也因爲有了從「不明而迷」到「理明則情消，情消則性復」的眞實體道，此種悟道之喜悅，正是死也無憾，此刻亦能完完全全，眞眞實實，深深切切地體會孔子所謂的：「朝聞道，夕死可矣」的至深體受。此外，對於自己的「迷而知返」，正在於他洞觀到了「聖人之常」與「眾人之常」的分判：

> 如生死代謝，寒暑迭遷，有物流動，人之常情。眾人迷常而不知返，道終不聞矣；故曰：反常合道。夫道乃聖人之常，情乃眾人之常，聖人就眾人而言，故曰「反常合道」耳。據實言之，眾人之常，豈果眞常耶？〔註74〕

聖人之常在道，情乃眾人之常，達觀禪師洞澈到「角度」造成了引渡上的困難，而這也正是他能夠看見自己「瞞心」的原因。對於聖人「住心的道」，在

〔註73〕〔明〕紫柏眞可：〈與湯義仍之一〉，毛效同編：《湯顯祖研究資料彙編（全二冊）》，上冊（上海：上海古籍出版社，1986年9月），頁232～233。

〔註74〕〔明〕紫柏眞可：〈與湯義仍之一〉，毛效同編：《湯顯祖研究資料彙編（全二冊）》，上冊（上海：上海古籍出版社，1986年9月），頁233。

常人眼中「毫無所感」，然而在常人「絆心的情」，在聖人眼中卻「微不足道」。在洞澈這點以後，達觀禪師再以「聖人之道」觀「眾人之常」，他所言之：「據實言之，眾人之常，豈果眞常耶？」之論正道破「情之無常易變」之特質，豈能以此爲常？作爲求道的達觀禪師，言簡意賅的道出聖人與常人在「情」與「道」之間所面臨的眞實處境。

達觀對湯氏用心之深不言可喻。雖然湯顯祖與出家無緣，無法成爲達觀親承印記之人，共爲同唱斷金之侶，然而湯氏「以戲爲道」的創作實踐也算是以文字語言而傳心報恩，是另一種道情的延續。

第三節　澄情覺路，以戲爲道

何謂「情」？何謂「有情」？何未「無情」？若當時湯顯祖聽了達觀的話，落髮出家，便是究極「有情」而臻至「無情」之境了？還是，帶著一種明白自己無法入佛門的知己之情而「無情」地拒絕達觀，但其生命卻一直體會實踐達觀傳法的眞諦，以自己的深情實踐，以自己的方式理情，終其一生，未曾或忘達觀之法情。這種情，究竟是「無情」還有「有情」？明代靜嘯齋主人在〈西遊補答問〉中有云：「悟通大道，必先空破情根：空破情根，必先走入情內；走入情內，見得世界情根之虛，然後走出情外，認得道根之實。」〔註 75〕對於爲情作使的湯顯祖，必須走進情內，也才能走出情外，認得道根之實。筆者想，達觀應該不是不了解，只是老婆心切罷了。以下分從：一、因情悟禪，因夢成戲；二、澄情覺路，以戲覺世等兩方面論述之。

一、因情悟禪，因夢成戲

萬曆二十六年（1598）三月，湯顯祖棄官歸故里，迎面而來的是一連串的生離死別。接二連三的打擊，讓湯顯祖心力交瘁，然而，在歷經世間人情坎坷的遭遇後，切身體會世界之無常，是以勘破如眞如幻之世間，有了藉情悟禪的契機。「逢場作戲禪家風」，儘管湯氏未隨達觀剃度出家，然而何嘗不可解作湯氏以其道衍其禪法精神。

〔註 75〕〔明〕靜嘯齋主人：〈西遊補答問〉，董說：《西遊補》（北京：文學古籍出版社，1995 年），頁 1。

明末清初「人生如戲」之思維當道。〔註 76〕對於當時的佛教叢林而言，戲曲顯然是個十分親近的藝術形式，其因在於禪法與戲曲在本質上有其相通之處。〔註 77〕在鄒迪光〈觀演戲說〉一文中道：

此一戲也，瞿曇氏之謂幻，漆園氏之謂夢，子輿氏之謂假。〔註 78〕

其實湯氏之戲論，並非獨創，乃是當時的風潮，如：前有王陽明云：「處處相逢總戲場，還如傀儡夜登壇。」〔註 79〕更有以世界爲戲場，人爲戲子：

蓋世界是箇戲場，盡世界人物是個戲子，盡世界人物倏而生、倏而死、倏而幼、倏而老、倏而端顏醜惡、倏而榮富困窮，種種奇詭，種種變幻，總是箇戲譜。〔註 80〕

王陽明云：「處處相逢總戲場，還如傀儡夜登壇。」此老自是活佛出世，點化世間，惜乎知恩者少耳。固以冷眼看來，盡乾坤大地是個戲場，男女人物是一般子弟，古今興亡治亂，貧富貴賤於中離合悲歡，是一本作不了的傳奇，奈何世人無慧眼，看不破是戲。從無始至今，將身心世界件件認以爲實，而輪轉是中，無有底極，可不悲哉！故我佛特愍斯輩云，離兜率，降王宮，至有遊國四門，見生老病死，一旦感激，頓捨國城、妻子而發心出家，然後成道，說法利生也，只爲一番點化世人耳。以是知靈山一會，亦戲場也。然做戲者將千百年事攝在旦夕，令人看之，宛如《法華》云：「五十小劫，如坐食頃」而較之無異。然則豈非人人可以現證法華三昧也歟？故述是語以警策夫信者。〔註 81〕

〔註 76〕「人生如戲」的觀念固然淵源流長，但宋代與明清之際顯然是最集中體現的時代，特別是明清之際的文學思想家對此作了極深入精彩的闡發。

〔註 77〕關於戲曲美學與佛教之間的關係，可參看姚文放：《中國戲劇美學的文化詮釋》（北京：中國人民大學出版社，1997 年），頁 175～189。

〔註 78〕〔明〕鄒迪光：〈觀演劇說〉，《鬱儀樓集》，卷 42，《四庫全書存目叢書·集部·別集類》，冊 158（臺南：莊嚴文化事業公司，1997 年），頁 763。

〔註 79〕〔明〕王陽明〈觀傀儡次韻〉：「處處相逢總戲場，還如傀儡夜登壇。繁華過眼三更促，名利牽人一現長。稚子自應爭詫說，矮人亦復浪悲傷。本來面目何曾識，且向尊前學楚狂。」《王陽明外集》卷 1，《王陽明全集》（上海：上海古籍出版社，1992 年），頁 711。

〔註 80〕〔宋〕百癡行元：〈示梨園眾善友〉，釋行元說、釋超宣等編：《百癡禪師語錄》，卷 18，《嘉興藏》冊 28，頁 93。

〔註 81〕〔明〕淨現說，淨癡等錄：《象田即念禪師語錄》，卷 3，《嘉興藏》，冊 27，頁 174。

這無非是「世總爲情，情生詩歌，而行於神」的象徵。只要能夠表現出「天下之聲音笑貌大小生死」，便可謂「行於神」，而戲劇正是能將此神搬演而出之形式。它兼具「憺淡人意，歡樂舞蹈」之能，其戲台亦能展演出「悲壯哀感鬼神風雨鳥獸，搖動草木，洞裂金石」之效。〔註 82〕情致所極，可以事道，可以忘言。〔註 83〕

自從湯士蘧離世後，湯氏之詩便時常言夢，他如此關注「夢境」，正是因爲夢境後皆成眞。正因喪子的切深之痛，在歷經斷腸之情傷，讓他不得不信因緣，讓他不得不發出「有夢魂驚」〔註 84〕之懼，故而有了「道途傷淺蒂，匍匐見深慈」〔註 85〕之觸受，「厭逢人世懶生天，直爲新參紫柏禪」〔註 86〕之轉變，更說：「應須絕想人間，澄情覺路，非西方蓮社莫吾與歸矣。」〔註 87〕由此觀之，湯氏對於佛法的理解已從膚觸的因緣進入到骨髓的因緣。換言之，此時湯顯祖與佛法的關係有了轉變，從「骷髏半百歲，猶自不知死。頂禮雙足尊，回旋寸虛子」〔註 88〕到「香聞隨近遠，甜至失中邊。慚愧愚生晚，參承達老禪」〔註 89〕，不難看出湯氏漸已信入佛海。然而，講究合道之情的湯氏，終究無法悖離本心，無法欺騙自己。他明白「出世之難」，前賢如淵明、康樂者皆無能超拔，〔註 90〕何況「自惟素尚淺於淵明，雜心廣於康樂」，豈敢

〔註 82〕〔明〕湯顯祖：〈耳伯麻姑遊詩序〉，徐朔方箋校：《湯顯祖全集》（北京：北京古籍出版社，1999 年），頁 1110～1111。

〔註 83〕〔明〕湯顯祖著，徐朔方箋校：〈調象庵文集序〉，《湯顯祖全集》（北京：北京古籍出版社，1999 年），頁 1098。

〔註 84〕〔明〕湯顯祖：〈送葉梧從嶺海歸獨山〉，徐朔方箋校：《湯顯祖全集》（北京：北京古籍出版社，1999 年），頁 597。

〔註 85〕〔明〕湯顯祖：〈達公來自從姑過西山〉，徐朔方箋校：〈寄呂麟趾三十韻有序〉，《湯顯祖全集》（北京：北京古籍出版社，1999 年），頁 603。

〔註 86〕〔明〕湯顯祖：〈達公來自從姑過西山〉，徐朔方箋校：《湯顯祖全集》（北京：北京古籍出版社，1999 年），頁 563。

〔註 87〕〔明〕湯顯祖：〈續棲賢蓮社求友文年〉，徐朔方箋校：《湯顯祖全集》（北京：北京古籍出版社，1999 年），頁 1221。

〔註 88〕〔明〕湯顯祖著，徐朔方箋校：〈夢覺篇有序〉，《湯顯祖全集》（北京：北京古籍出版社，1999 年），頁 564。

〔註 89〕〔明〕湯顯祖：〈送謝曰可吳越遊〉，徐朔方箋校：《湯顯祖全集》（北京：北京古籍出版社，1999 年），頁 605。

〔註 90〕〔明〕湯顯祖：〈續棲賢蓮社求友文〉：「昔遠公之契劉遺民等，十八賢爲上首。而康樂高才，求與不許；淵明嗜酒，而更邀上。名跡既遠，勝事遂遠。至趙宋省常昭慶之社，虛有向、王二相國名，隱跡不著，亦足致慨於出世之難矣。」徐朔方箋校：《湯顯祖全集》（北京：北京古籍出版社，1999 年），頁 1221。

「擅嗣盟以滓前哲」〔註 91〕？自知眞實如此，自然就不能勉強，違背本性。「非有同心，安能久處」〔註 92〕，樂愚所言，正是澄情覺路之語。是故，既知出世之難，便坦然接受自己的塵緣甚深，因而不能故作清高，淪爲道貌岸然之人。

> 法王以眾生爲田，吾聖王亦以人情爲田。禪以禪悅食，儒以儒悅食。裁彼賦此，亦天下通義也。〔註 93〕

法王以眾生爲田，聖王以人情爲田，眾生即爲有情之人，無論前者或後者，皆以「人道」爲田，在此間耕耘。

達觀的來訪，讓湯顯祖有了安慰，亦讓漂泊的孤獨有了安頓之處，詩題一「忽」字，暗藏著因緣巧妙的意義。此時湯氏已六十五歲，〈續棲賢蓮社求友文〉一文正是他在「情」與「思」的觀照，正是他「澄情覺路」的歷程呈現：

> 歲之與我甲寅者再矣。吾猶在此爲情作使，劬於伎劇。惟情轉易，信於痎瘧。時自悲憫，而力不能去。嗟夫，想明斯聰，情幽斯鈍。情多想少，流入非類。吾行於世，其於情也不爲不多矣，其於想也則不可謂少矣。隨順而入，將何及乎？應須絕想人間，澄情覺路，非西方蓮社莫吾與歸矣。〔註 94〕

因此，中年的轉化及危機，帶來重要的轉折，讓人們的取向從原來的人格面具成功地轉向自性。這個轉折對整個個體化過程而言是關鍵之所在，因爲透過這種改變，一個人才得以擺脫家庭與文化的層層影響，從而在他所擁有的內在與外在因素與影響中得以獲得某種程度的獨特性。追尋、召喚、離開、受挫、尋獲、回到出發點、分享，而後再次踏上另一追尋的旅程。經歷一段「見山是山、見山不是山、見山又是山」的人生歷程。歸鄉臨川，其俯仰自得之態，可見其他以文史狼籍自足可知，曾謂：「築小室藏其書史，嘗指客：「有此不貧也。」不過，可以進一步的推究，這該是行過浪頭以後以退爲安的立命之法，若是當

〔註 91〕〔明〕湯顯祖：〈續棲賢蓮社求友文〉，徐朔方箋校：〈續棲賢蓮社求友文〉，《湯顯祖全集》（北京：北京古籍出版社，1999 年），頁 1222。

〔註 92〕〔明〕湯顯祖：〈續棲賢蓮社求友文〉，徐朔方箋校：《湯顯祖全集》（北京：北京古籍出版社，1999 年），頁 1222。

〔註 93〕〔明〕湯顯祖：〈臨川縣新置學田記〉，徐朔方箋校：《湯顯祖全集》（北京：北京古籍出版社，1999 年），頁 1179。

〔註 94〕〔明〕湯顯祖著，徐朔方箋校：〈續棲賢蓮社求友文〉，《湯顯祖全集》（北京：北京古籍出版社，1999 年），頁 1222。

年未「乘興偶發一疏」，未得罪當朝，是否還能夠以書史爲富？不能說是違心之論，但是卻可視爲暮年的湯顯祖已知天道，得天命之理。

> 所居玉茗堂，文史狼籍，賓朋雜坐，雞塒豕圈，接跡庭户，蕭閒詠歌，俯仰自得。〔註95〕

世道在變化，回顧所來徑，深刻體驗「時有所不可致，道有所不可期」〔註96〕，道在萬物之奧中，非一時可明白箇中因緣，非肉眼可及深層本質，「委時順道，屈伸其情」〔註97〕，一切順之應之，要懂得放手與臣服，不過分干預，順其自然之變，才是君子明道之途。湯顯祖在耳順之年體會變化的世道，已沒有少年之時「一誓無所傾」的氣魄了此，多的是智骨的瀟灑了。

> 某少壯時即妄意此道，苦無師傳。至博士爲郎南都，讀書稍暢，又以流去嶺海。幸得小縣，乃更不習爲吏，去留無所當。棄官一年，便有速貧之嘆。斗水經營，室人交謫。意志不展，所記書亦盡忘。忽偶有承應文字，或不得已，竭蹶成之，氣色亦復何如。欲恣讀書，治生誠急。門下可謂通人。但讀書人治生，終不可得曉。世路良難，吏道殊迫。相爲勉之。〔註98〕

此番體會眞法言也。這封尺牘彷彿是湯顯祖的微電影，精略一生的體會：首先，湯顯祖道出離開羅汝芳的眞正原因：「某少壯時即妄意此道，苦無師傳。」再者，有意此讀書治世此道的他，卻一直顛簸地走在曲折的吏道，無以施展抱負。自覺己身「不習爲吏」，總在去留之間搖擺不定。等到決心棄官，才遭受現實眞正的壓迫，嘗到速貧之窘迫。其次，原本非常抵制承應文字，棄之若敝屣的他，爲了生活，迫不得已，也要偶爾爲之。想要恣意自在讀書，顯然成爲難得的夢想了。最後，以「讀書人治生，終不可得曉。世路良難，吏道殊迫」作爲餘思，令人嘆息三分。〈答黃金宇文學〉乃是湯顯祖在邁入古稀之年對於「道」與「藝」的抉擇，可觀見湯氏「棄小儒之文」轉以「領大乘之教」的自我回顧：

〔註95〕〔明〕錢謙益：〈湯遂昌顯祖小傳〉，毛效同編：《湯顯祖研究資料彙編》，上冊（上海：上海古籍出版社，1986年9月），頁86。

〔註96〕〔明〕湯顯祖：〈高致賦並序〉，徐朔方箋校：《湯顯祖全集》（北京：北京古籍出版社，1999年），頁1029。

〔註97〕〔明〕湯顯祖：〈高致賦並序〉，徐朔方箋校：《湯顯祖全集》（北京：北京古籍出版社，1999年），頁1029。

〔註98〕〔明〕湯顯祖：〈答山陰王遂東〉，徐朔方箋校：《湯顯祖全集》（北京：北京古籍出版社，1999年），頁1394～1395。

大江以西乃有黃先生。載籍極博，發天苞地絡之文；才思殊腴，倒珠海瑤山之筆。奏牘可以三千，而無緣索長安之米；對策幾乎六十，而不獲奉賢良之詔。人無足與之語，天有所不可謀。良怖其才，深悲其遇。不佞蚤策步於先醒，晚垂精於後死。踰六望七，委筆墨以頹唐；越陌度阡，嘆知遊之契闊。忽承駢語，喜溢新知。何今茲而始來，及佳人之遲暮。恐愛之而莫助，感捐佩以何言。聞將棄小儒之文，業已領大乘之教。割塵情於綺語，發妙想於靈心。然則此中所爲麗藻雲霞，正彼岸爲空花陽燄。敢因愧謝，竟此願言。所謂伊人，安得褰裳以往。逝肯適我，猶堪秉燭而遊。〔註99〕

老年的湯顯祖心腑相示。在深悲其遇的同時，亦婉拒其求，婉拒之因在於性命之考量。他將自己「棄儒轉佛」的轉折的心緒道明，特別可以注意的是：湯顯祖在此言：「聞將棄小儒之文，業已領大乘之教。」以小儒、大乘對舉，以文、教對照，揭示他「割塵情於綺語，發妙想於靈心」的現階段生活重心。而爲何有如此轉向，正因曾以文爲道的他體悟：在世間所爲之文中被視爲麗藻雲霞的珍貴之物，在出世的彼岸觀來，只不過是空花陽燄，不足爲貴。湯顯祖從「入世之深」至「出世之切」，其中的核心轉變正是來自於「無緣索長安之米」，「不獲奉賢良之詔」之遭遇，而也因爲這番際遇，讓他理解體悟生命不過是一場虛空幻影，所有的興衰美痛都將如「空花陽燄」如此短瞬，無以永恆。正因「悟」此「空性」，故婉拒黃金宇之請，故言：「愛之而莫助」。是故，老年的湯顯祖其心志已從儒轉向佛，從案上的愛染塵情的綺語之言轉向內省的妙想靈心之教，其思想之轉向可證。

中國佛教的一個共同主題就是超脱瑪亞（maya），瑪亞通常被解釋爲「幻象」，但它還有一個比較隱微的意思。瓦茲表示，在梵文裡這個字的根源與度量、分別有關。我們所經驗的世界受到界線與度量的影響而失了眞，這些智性理論的副產品投射出去的世界成了我們經驗的世界。如果我們見證的是這個投射的現實，我們就無法眞實體驗這個世界。所以，瓦茲說：「瑪亞學指出，第一、以語言和概念這種智性思維，去洞悉眞實的世界是不可能的。第二、思想試圖界定的形態其實隨時都在變化。……覺悟到世界的無常，正是佛教的

〔註99〕〔明〕湯顯祖：〈答黃金宇文學〉，徐朔方箋校：《湯顯祖全集》（北京：北京古籍出版社，1999年），頁1456～1457。

根本教義。」〔註100〕

世路人情，大非昔比，連做官人皆嘗失勢之苦，何況是原本就清貧的出家人，對於化緣不遂的現世景象，湯氏不免悲心自鳴：

> 此時世路人情，大非昔比。做官人失勢，出遊亦難如意。況衰颯老僧，數百里外，向朱門求嚫，能悲施者幾何人？安之矣。兩貴人俱無報書，亦無庸相報也。蓮社文久附去，遠公有靈，世豈無具龍象大力者，成此勝事，不必隱向雞鶩索食也。〔註101〕

其悲鳴更深在於如今以無如龍象之威猛能力，能摧怨敵的有德高僧。所謂「欲爲佛門龍象，先作眾生馬牛。」能爲眾生馬牛的有德已不復存，故如今僅能卑微地化緣。

二、澄情覺路，以戲覺世

晚明叢林論夢談夢之風盛極一時，同時，晚明叢林復興的重鎮憨山德清與紫柏眞可亦常言夢。憨山德清有《憨山大師夢遊全集》，其中〈夢覺銘〉側重在工夫歷程，而紫柏眞可則從性相融合的視角對夢的成因給予高度的關注，論夢之細密度較憨山德清略勝一籌。而湯顯祖有〈夢覺篇〉，有「因情成夢，因夢成戲」之說，此思想不能說毫無關係。此外，湯氏「情有者理必無，理有者情必無。眞是一刀兩斷語。使我奉教以來，神氣頓王。」〔註102〕之論，實是源自達觀〈禮石門圓頂禪師丈〉一文：

> 戒賢，即唐奘師得法師也，戒賢傳彌勒之宗，其宗謂之法相宗。若天臺、清涼，西土馬鳴、龍樹皆謂之法性宗。法相如波、法性如水。後世學者各專其門，互相排斥。故波之與水，不能通而爲一。此曹皆以情學法者也，非以理學法者也。殊不知凡聖精粗，情有而理無者也，凡聖精粗所不能盡者，理有而情無者也。〔註103〕

〔註100〕麥基卓（Jock McKeen）、黃煥祥（Bennet Wong）著，傅馨芳譯：《存乎一心：東方與西方的心理學與思想》（臺北：張老師文化事業股份有限公司，2014年1月），頁303～304。

〔註101〕〔明〕湯顯祖：〈答樂愚上人〉，徐朔方箋校：《湯顯祖全集》（北京：北京古籍出版社，1999年），頁1533。

〔註102〕〔明〕湯顯祖：〈寄達觀〉，徐朔方箋校：《湯顯祖全集》（北京：北京古籍出版社，1999年），頁1351。

〔註103〕〔明〕紫柏眞可：〈禮石門圓頂禪師丈〉，《紫柏老人集》，《嘉興藏》，冊22，卷7，頁266。

達觀之論表述出「情」與「理」正如「法相」與「法性」，互融合一，偏一不可。世間種種差別來自「情」與「理」的對立分別，然而，這正是各專其門之弊。唯有穿越種種分別對待，無所分別，等同而觀，才得以入佛法大海。換言之，在〈禮石門圓頂禪師丈〉一文中達觀所表達的「情理」之論，並未特別排斥情的存在，也亦非主張理的存在，他所持者乃是兩者互爲融攝。因此，只是以「情有者理必無，理有者情必無」便分判湯顯祖「主情」的論述，實有不妥之處。

> 情有者理必無，理有者情必無。眞是一刀兩斷語。使我奉教以來，神氣頓王。諦視久之，並理亦無，世界身器，且奈之何？以達觀而有癡人之疑，瘧鬼之困，況在區區，大細都無別趣。時念達師不止，夢中一見師，突兀笠杖而來。忽忽某子至，知在雲陽。東西南北，何必師在雲陽也？邇來情事，達師應憐我。白太傅蘇長公終是爲情使耳。〔註 104〕

這一刀兩斷語的佛理，予湯氏的震撼，不僅使其「神氣頓王」，更爲此「諦視久之」，其論甚明。此外，據湯氏所言「爲情使耳」，顯然是他雖明其「二諦」，然而仍無法做到「莫爲情使」，並援引白居易和蘇東坡作爲例證。在湯顯祖的人世觀察中，凡「異奇」者必爲「至情」者，故云：「古忠臣孝子不過鍾情之至。故凡異，皆生於情。」〔註 105〕世外之法追求無情，但人生而有情，「世外之心，固非世內人盡了。」〔註 106〕然而，達觀以爲：「大概立言者，根於理不根於情，雖聖人復出惡能駁我！」〔註 107〕不過，湯顯祖又何以如此「執情」？

左東嶺先生認爲湯顯祖所說的「情」，從「文學思想」上講，此情是指文學產生的原動力以及感化人心的藝術力量，它是文學得以產生並傳之久遠的決定思想因素，同時也是它能夠發揮教化百姓、和諧社會的根本原因。〔註 108〕其實，無論是達觀禪師，抑或是湯顯祖，兩人皆是深情於道，前者願意爲道

〔註 104〕〔明〕湯顯祖：〈寄達觀〉，徐朔方箋校：《湯顯祖全集》（北京：北京古籍出版社，1999 年），頁 1351。

〔註 105〕〔明〕湯顯祖：〈寄達觀〉，徐朔方箋校：《湯顯祖全集》（北京：北京古籍出版社，1999 年），頁 1351。

〔註 106〕〔明〕湯顯祖：〈答阮堅之〉，徐朔方箋校：《湯顯祖全集》（北京：北京古籍出版社，1999 年），頁 1441。

〔註 107〕〔明〕紫柏眞可：《紫柏尊者全集》，《卍續藏經》，第 126 冊，（臺北：新文豐出版股份有限公司，1994 年），頁 1008。

〔註 108〕左東嶺：〈陽明心學與湯顯祖的言情說〉，《文藝研究》，2000 年，頁 98～105。

抛頭顱，以「斷髮已如斷頭，今更有何頭可斷」之弘願救世，後者願爲道劬於伎劇，以戲覺世。

第四節　悟情之限，轉識成智

行至遲暮之年的湯顯祖明白如今面對天下事只要：知之、順之，從容觀世，晦以待明即可，而這些都是涉險之後，歷劫歸來的體悟。以下分從：一、洗心退藏，內聽眞息；二、更衍眞風，益深仁趣；三、正己心者，知天之命；四、自知制世，自適適世等四方面分述之。

一、洗心退藏，內聽眞息

爲政之時，必要有涉世良箴，否則將有「危政」之殃，命危之險。到了暮年，心境亦轉，湯顯祖回顧所來徑，多是自省，在朝廷，他有其爲政涉世之法；在修身，他有安身養心之道，而這些都是涉險之後，歷劫歸來的體悟。以下分從：（一）道人寄世，耳之順之；（二）道人成道，在其直心等兩方面論述之。

（一）道人寄世，耳之順之

行至遲暮之年，從容觀世，晦以待明，虛以居之，待之又待，此爲靜全之理，亦是爲政的生存之道：

> 弟傳奇多夢語，那堪與兄醒眼人着目。兄今知命，天下事知之而已，命之而已。弟今耳順，天下事耳之而已，順之而已。吾輩得白頭爲佳，無須過量。長興饒山水，盤阿寤言，綽有餘思。視今閉門作閣部，不得去，不得死，何如也。〔註 109〕

對於，了豁於心儘管湯顯祖明白如今面對天下事只要：知之、順之，便好，無須再出頭，只求白頭終老，安享天年便好，雖是體悟語，亦是憤怨語，因結句之「視今閉門作閣部，不得去，不得死，何如也。」可見湯顯祖因量移遂昌，不得重返朝廷，仍有化不開的瘀。

> 辛丑之計，門下獨於銓部堂中，淵洄山立，亹亹於不肖，若恐其一日去國。此所謂得一人知己爲已足也。伊人一水，那得一葦航之。

〔註 109〕〔明〕湯顯祖：〈與丁長孺〉，徐朔方箋校：《湯顯祖全集》（北京：北京古籍出版社，1999 年），頁 1395。

感念恩私，悵焉何極。〔註 110〕

萬曆廿九年，李維楨之屬吏遂昌知縣湯顯祖議斥，李維楨至以去就爭之。不能得，幾乎墮淚。

> 戊戌僕堅求去官，而明公垂念不置。僕即從闕下西歸，未嘗一日之任，而竟以辛丑計去。明公力援，翻爲削迹之本。然所留所去之賢佞，乃留人去人者之賢佞也。明公曾目僕爲有關係人數，何得言去。夫世已忘懷，惟感知無盡。一十七年，纔吐此音。南北紛如，曷盡西方之思。〔註 111〕

回想過往，人事交織的悲喜，湯顯祖道：「世已忘懷，惟感知無盡」，體得「仁愛不如自愛也」〔註 112〕的他，如今不再涉世，只以感懷無盡之心寄世。而寄世近七十載，觀人無數，歷世無數，以爲「世局紛呶，正坐人生有欲」：

> 門下爲大道主盟，雖千里之駕，已及途窮，而秉燭之光，猶晞日莫。脩然德音，良深感幸。承問一日千古，其事何在。無欲主靜，談學所宗。千古乾坤，銷之者欲。有能一日，仁壽在斯，第槩觀斯人，有欲於世者未必能動，無欲於世者未必能靜。就中消息，詎可詳言。至於世局紛呶，正坐人生有欲。世棄已久，世寄爲誰？或笑或歌，總未敢爲輸音之報耳。〔註 113〕

只是湯顯祖所謂的人生有欲，重點不在有無之分判對立，正如情理之關係一般，故說：「有欲於世者未必能動，無欲於世者未必能靜」。正與《牡丹亭》之「人生之世，非人世所可盡，自非通人，恒以理相隔耳。第云理之所必無，安知情之所必有」的一脈思想相承，由此可見，道明「道者萬物之奧」的湯顯祖，確實通透其理其情。一再陷入困境，寸步難行，無力改變吏道迫疎的命運，逃脫不了現實速貧的窘境，回望吏道生涯，都能找出理由譴責、控訴，揪出歷史的罪人，只是歲月磨練出淡泊明志的胸懷，鍛鍊出陰陽出於一的道

〔註 110〕〔明〕湯顯祖：〈寄李本寧〉，徐朔方箋校：《湯顯祖全集》（北京：北京古籍出版社，1999 年），頁 1394。

〔註 111〕〔明〕湯顯祖：〈寄李本寧〉，徐朔方箋校：《湯顯祖全集》（北京：北京古籍出版社，1999 年），頁 1394。

〔註 112〕〔明〕湯顯祖：〈答陸景鄴〉：「門下之才，自爲世需。第世實需才，亦實憎才。願時虛中以鎮之。人愛不如自愛也。」徐朔方箋校：《湯顯祖全集》（北京：北京古籍出版社，1999 年），頁 1438。

〔註 113〕〔明〕湯顯祖：〈答高景逸〉，徐朔方箋校：《湯顯祖全集》（北京：北京古籍出版社，1999 年），頁 1439。

之體會，沒有絕對的好也沒有絕對的壞，這份歷史責任是誰該擔負？罪責又該歸咎於誰？對於花甲之年的湯顯祖而言，這樣對立的批判以漸次弭平，因爲走長了歲月，路上的風景也看得多了，於是也就能拉出一段距離，不再迫近而觀，而是遠望全貌，漸次看見眞實，太過逼近，終究只得一隅，有失眞之處，儘管世道良難，吏道迫竦，這些曲折之路，卻凝練出老年的智慧：

> 昨讀〈後寶晉齋記〉，寮戾綿延，出人語度之外。至云：「春秋三十有一，周旋百端，出罕素交，入徧室適」，公孫何其多恨也。晉王述三十年不爲其從子所知，山簡三十年不爲巨源所知。以君之才氣凝郁如是，交遊內外，豈遂無足知子者耶！淡以明之，寬以居之，何知公孫不復爲公也。〔註 114〕

> 「不二生不測，所性匪安置。無欲所不欲，有欲天下庇。」來詩可謂照用俱全。末云：「羲、孔臨師保，乾坤爲家舍。」則幾乎大矣。五十以往，拜惠殊深。敬謝。〔註 115〕

湯顯祖所謂「無欲所不欲，有欲天下庇」，重點不在有無欲望，而在於所欲者爲何。永遠不要做出空洞的姿式，一個人是通過眞實來成長的，無以背離合眞之道，從年少至暮年，湯氏從未忘懷本然初心。不過，歷經生命的大起大落後，終也有了回顧過往，醒覺昨非之觀照，因此億懷上疏一事，此刻之回顧，覺知壯年氣烈，失之謹愼，有自不量力之慨：

> 身爲男子，高步中原，他更何論。不佞割雞而傷，況其大者。新舊之間，久成局段，豈可爲哉？〔註 116〕

所謂「割雞焉用牛刀」，在此湯顯祖以「割雞而傷，況其大者」而比，所言之傷應是上疏失利一事，壯年氣直義正，思考問題的核心尚缺周延，因爲當時的他並未體解到「新舊之變，久成局段」〔註 117〕的現實困境，只憑正氣，根本無以挽救頹勢，是故，「豈可爲哉」之嘆正是他回顧後的自省。而此言之深，亦是他用來惕警彭魯軒的深心。故在面對辜吾友時剖心談往事時，亦有覺昨

〔註 114〕〔明〕湯顯祖：〈與孫令弘〉，徐朔方箋校：《湯顯祖全集》（北京：北京古籍出版社，1999 年），頁 1454。

〔註 115〕〔明〕湯顯祖：〈答章斗津〉，徐朔方箋校：《湯顯祖全集》（北京：北京古籍出版社，1999 年），頁 1487。

〔註 116〕〔明〕湯顯祖：〈寄彭魯軒侍御〉，徐朔方箋校：《湯顯祖全集》（北京：北京古籍出版社，1999 年），頁 1528。

〔註 117〕〔明〕湯顯祖：〈與朱象峯〉：「昨譚江陵以下諸相，各成局段。」，徐朔方箋校：《湯顯祖全集》（北京：北京古籍出版社，1999 年），頁 1532。

非之慨：

至如不佞，傷昔年之製錦，敢言大邑大官；仰今日之鳴琴，足辨任人任力。〔註 118〕

在〈寄彭魯軒侍御〉尺牘中所表明的心跡或可視為他棄官歸隱的情懷之一，對於今昔「隱几」心態之別的諷喻：

先儒云，收放心，即可記書不忘。足下靜坐存想，數月來讀書，覺有光景，不似往日。此如苦行頭陀忽然開齋，瀾香千偈，不足為也。今之隱几者，豈昔之隱几者耶？〔註 119〕

回首來時路，宦學之歷，曲折多舛，湯顯祖回顧自己何以拒絕張居正，其因正緣於他「明其自性」、「自知其才」，在〈與趙南渚計部〉尺牘中即道盡本心：

初試政時，極承知遇。倉卒南去，自知才非世需，不敢求通於長者。後益淪落。〔註 120〕

剛從政時，對於張居正多次的招睞，對此，湯顯祖係以「知遇」喻之，可見他對於張居正對他的賞識，乃存「知遇之情」，只是後來他並沒有將此「知遇之情」發展成「知遇之恩」。然而如今回想，當初實在是行之過衝，言之過快，淪落如此，有志卻身錮，有才卻力絀，遺憾之中總有悔恨，故云：

每讀大疏，軍國平章，千里之外，宛如聚米。國體民生，於焉是賴。而忽來旁及之論，遂成遠引之思。豈有維縶之誠，徒滯近關之跡。詩云：「雖無老成人，尚有典刑。」每詠斯言，恨身已錮，不能出一言為明公發其悃愊。〔註 121〕

儘管棄官而去，心繫國體民生，身懷浩然之氣卻未有稍減。在〈答牛春宇中丞〉尺牘中道：「天下忘吾屬易，吾屬忘天下難也。」〔註 122〕眞是披甘瀝膽之語。因此，對於初入仕途的後輩，他是既欣喜又驕傲，不過不免也有提醒：

〔註 118〕〔明〕湯顯祖：〈答遂昌韋友吾〉，徐朔方箋校：《湯顯祖全集》（北京：北京古籍出版社，1999 年），頁 1531。

〔註 119〕〔明〕湯顯祖：〈與余成輔〉，徐朔方箋校：《湯顯祖全集》（北京：北京古籍出版社，1999 年），頁 1531。

〔註 120〕〔明〕湯顯祖：〈與趙南渚計部〉，徐朔方箋校：《湯顯祖全集》（北京：北京古籍出版社，1999 年），頁 1462。

〔註 121〕〔明〕湯顯祖：〈與趙南渚計部〉，徐朔方箋校：《湯顯祖全集》（北京：北京古籍出版社，1999 年），頁 1462～1463。

〔註 122〕〔明〕湯顯祖：〈答牛春宇中丞〉，徐朔方箋校：《湯顯祖全集》（北京：北京古籍出版社，1999 年），頁 1469。

> 聞孺德成進士，殊快。以孺德恂恂孝友，他日當不負此科名也。吾輩初入仕路，眼宜大，骨宜勁，心宜平。勿乘一時意興，便輕落足，後費洗祓也。顧僕一生拙宦，而教人宦乎？然亦以拙教也。〔註 123〕

「勿乘一時意興」，正是湯顯祖切膚之痛經驗談。上疏一事，如今回首，他覺照當時氣太盛，心過剛，如此而已。

（二）道人成道，在其直心

在〈陰符經解〉一文中，湯顯祖如是詮釋「聖人」的精神內涵，應世之法及安身立命之道：

> 夫使天機者，外事不可入。性有巧拙，可以伏藏。伏藏爲機，伏藏爲巧。盜洩吾機，常在九竅。伏藏爲眞，流露爲邪。能知三要，則可動靜。三要者，三盜也。三盜者，五賊也。木中有火，火出則木死。國中有奸，身中有邪。知而煉之，火爲我用，賊爲我禽，謂之聖人。聖人何知，知天之道。生以殺之，天道自然也。故天地以五賊盜萬物，萬物以五賊盜人，人以五賊盜萬物。一氣混成，三才互呑，以成宇宙，以生萬物。〔註 124〕

行深智慧之處，照見五蘊皆空。如露亦如電，如夢幻泡影。是諸法空相，不生不滅，不垢不淨，不增不減，在此階段的他對於國家政治，臣子之節已有不同的看法：

> 邪而有餘，不若正而不足。爲子之節已終，何必求餘也。〔註 125〕

「求餘」，來自於眷戀，貪執，不甘心，有遠離內觀之疑，貪取外在之累，如此反覆，終墮輪迴，不得疎豁。是故，在邪而有餘的政壇上，當問是否已善盡爲子之節，若己身已盡其責，節慨已盡，一切足矣，就當瀟灑歸去，莫再戀棧「爲子之節」的種種義務責任。若執意「臣子之節」，那多餘的都只是貪戀而已，最後只會落得「貪負名德，未能固辭」〔註 126〕的失節之舉。

〔註 123〕〔明〕湯顯祖：〈寄李孺德〉，徐朔方箋校：《湯顯祖全集》（北京：北京古籍出版社，1999 年），頁 1444。

〔註 124〕〔明〕湯顯祖：〈陰符經解〉，徐朔方箋校：《湯顯祖全集》（北京：北京古籍出版社，1999 年），頁 1271～1272。

〔註 125〕〔明〕湯顯祖：〈答門人李實夫〉，徐朔方箋校：《湯顯祖全集》（北京：北京古籍出版社，1999 年），第四十九卷〈玉茗堂尺牘之六〉，頁 1540。

〔註 126〕〔明〕湯顯祖：〈答顧伯欽〉，徐朔方箋校：《湯顯祖全集》（北京：北京古籍出版社，1999 年），頁 1539。

儘管「世路之難，吏道迫殊」，湯顯祖仍是行路不輟。萬曆廿一年（1593）被量移浙江遂昌知縣，堅信某些意義所產生出來的力量，會支持我們再接再勵，如果能夠在長期的困頓中容忍，並且找到一些意涵，關聯或目的，使這些挫折的事件產生出意義，那麼以比較理性，具有建設性的態度回顧連結這些事件背後所隱含的意義，那麼就有了扭轉危機，創造奇蹟的機會。然而無可更易的正是合眞之道，即爲直心，係爲眞心：

直心是道場。道人成道，全是一片心耳。〔註127〕

赤眞者知止，知止者合道，故眞者合道。爲了獨行其是，負俊氣遊江湖間，以廣其意，爲了存在保眞，先忘身後而貴生，如此才能存眞。存眞之法，在其損益之拿捏，損益之間，湯顯祖以損得益，以益爲損。棄官以後，雖面臨速貧之苦，仍究不願委蛇郡縣，正如他和兒子開遠所道：「寶精神則本業固」〔註128〕，湯顯祖「自遠」之因，其來有致：

來教令僕稍委蛇郡縣，或可助三逕之資，且不致得嗔。宇泰意良厚，第僕年來衰憒，歲時上謁，每不能入，且近蒞吾土者，多新貴人，氣方盛，意未必有所挹；而欲以三十餘年進士，六十餘歲老人，時與末流後進，魚貫雁序於郡縣之前，卻步而行，伺色而聲，誠自覺其不類，因以自遠。至若應付文字，原非僕所長，必靡肉調飴，作衕衕中扁食，令市人盡鼓腹去，又竊自醜，因益以自遠，其以遠得嗔，僕固甘之矣。所幸雞肋尊拳，長人者或爲我一吷耳。然因是益貧，田可耕，子可教，利用安身，僕亦有以觀頤也。趙眞寧書亦語及此，種種情事，悦之兄能爲兄詳言之，總非楮筆能盡。〔註129〕

王宇泰勸挽湯顯祖，不如委蛇郡縣，如此可紓經濟之困，亦可不惹人嗔怨。湯顯祖自知其意良厚，但仍拒之其意，並述其不得不自遠之因。自遠之因有二：

第一、道不可期，業不可意遂，無能折其性而遷就之。湯顯祖以年來衰憒，上謁不若新貴凌人盛氣，儘管有三十多年進士的資歷，所言之意也未必

〔註127〕〔明〕湯顯祖：〈答諸景陽〉，徐朔方箋校：《湯顯祖全集》（北京：北京古籍出版社，1999年），頁1439～1440。

〔註128〕〔明〕湯顯祖：〈與男開遠〉，徐朔方箋校：《湯顯祖全集》（北京：北京古籍出版社，1999年），頁1539。

〔註129〕〔明〕湯顯祖：〈答王宇泰〉，徐朔方箋校：《湯顯祖全集》（北京：北京古籍出版社，1999年），頁1306。

被重視，一個六十歲的老人，面對末流後進如魚貫鴈序蜂湧在郡前，觀其行，聞其語，自覺道不同，無能相類。

第二、一向「出不能忘於心，入不能忘於口」以眞者自居的湯顯祖，無論少年，抑或老年，以主人之才的獨致之行行合眞的大人之道從未更易。

> 昔人云，未聞以宦學也。然而從學於宦，其學愈滋。山川風物，國憲官常，恣其采拮，或不在區區佔畢閒也。〔註130〕

在「宦途」中體會「道途」，才能道出「從學於宦，其學愈滋」之眞理。不執著在一個點上，而是在這個點上不斷地經歷，反覆輪迴的過程中，便能不斷擴充自性，於是在「山川風物，國憲官常」之中「恣其采拮」，已不再執著於表象之「區區佔畢間」，而能保固精神，核心已固，本業當堅，高志當全。

二、更衍眞風，益深仁趣

湯顯祖道：「壽非眞人之所愛」〔註131〕，眞人所愛者乃行「合道」之事，而合道之事即爲「眞」。富貴雙齊，於世無所付出，於世又有何用？由此可知湯顯祖對於「壽」的定義甚爲嚴格。其實對於「福」、「祿」、「壽」有其深刻的體悟，因爲此刻湯顯祖已經歷了從「自我」——「自性」的歷程發展。

> 這個在中年所展開的心理改變之關鍵經驗，以及最能明白地宣告其特殊性並爲它帶來最深層意義的元素，是清楚地理解到死亡是個別生命所無法逃避的結局。〔註132〕

正因爲如此，湯顯祖透過這些長壽的長者辯析「道」與「壽」之關係，而其思辯過程與結論皆通過一系列的祝壽文：〈壽方麓王老先生七十序〉〔註133〕、〈章本清先生八十壽序〉〔註134〕、〈張洪陽相公七十壽序代〉〔註135〕、〈李敬

〔註130〕〔明〕湯顯祖：〈答門人萬可權〉，徐朔方箋校：《湯顯祖全集》（北京：北京古籍出版社，1999年），頁1541。

〔註131〕〔明〕湯顯祖：〈壽方麓王老先生七十序〉，徐朔方箋校：《湯顯祖全集》（北京：北京古籍出版社，1999年），頁1053。

〔註132〕莫瑞・史丹（Murry Stein）著，魏宏晉譯：《中年之旅——自性的轉機》（臺北：心靈工坊文化事業股份有限公司，2013年11月），頁173。

〔註133〕〔明〕湯顯祖：〈壽方麓王老先生七十序〉，徐朔方箋校：《湯顯祖全集》（北京：北京古籍出版社，1999年），頁1053。

〔註134〕〔明〕湯顯祖：〈章本清先生八十壽序〉，徐朔方箋校：《湯顯祖全集》（北京：北京古籍出版社，1999年），頁1054。

〔註135〕〔明〕湯顯祖：〈張洪陽相公七十壽序代〉，徐朔方箋校：《湯顯祖全集》（北京：北京古籍出版社，1999年），頁1056。

齋先生七十序〉〔註136〕、〈壽趙仲一母太夫人八十二歲序有歌〉、〈賀馬母王恭人六十壽序有歌〉等道壽之文展開了「道壽之辯」。有道者明乎道性之存有必先有眞，故湯顯祖謂：「言修，曰必有以悟；言悟，曰必有以修；言悟修，曰必其中有眞而後可。〔註137〕」生之可貴，在其得修、得悟，在悟修之間體道、行道，使道性能夠發揮之、影響之的關鍵特質即是「眞」。湯顯祖所謂「眞則可以合道」，合道之精神核心在於「眞」，眞人者，所行一切皆有益於世，有功於人，乃是與天下者多之人，故能清心無欲，而何以能無欲，關鍵即在於：覺「聖人之心盡於經」，悟「天下之變無窮」，因此不在「過與不及」中糟蹋身體，折磨精神，其行爲舉止皆合道，故能淡化物質生活的需求以滋養精神生活，故云：

> 凡道所不滅者眞，王公，眞人也。眞則可以合道，可以長年。蓋食淡者不渝其恬，行敦者不泄其情。壽非眞人之所愛，而人之所愛於眞人也。〔註138〕

眞者合道，故眞人愛其道，非其愛其長壽，如此，湯顯祖以爲，眞人爲人所敬愛正在此。故對於「壽命」長短的界定非以長短而定，而是以有無益於世而論，故云：

> 夫天下之生多矣。世所知必不可使壽者，害世人也。有其人可而必不可壽者，有可以壽者，有必不可不壽者。〔註139〕

從「益世」的角度將「壽」之於人的關係分成三等：第一，有不可壽者，即害世人者，不該有壽；第二、有可以壽者，或長或短，影響不大者；第三、益於世者，不可缺之，即是不可不壽者。壽分三等之區分標準在於「眞」：

> 可以壽者，鄉里之行，科條之材也。有必不可壽而其人可者，非眞人也，世所謂通人長者是也。或壽之，而名不全。必不可不壽者，眞人也。孝則眞孝，忠則眞忠，和則眞和，清則眞清，進而有社稷之役，大，爲可恃之臣，其次不失爲可信之臣。能則行，不能則退

〔註136〕〔明〕湯顯祖：〈李敬齋先生七十序〉，徐朔方箋校：《湯顯祖全集》（北京：北京古籍出版社，1999年），頁1058～1059。
〔註137〕〔明〕湯顯祖：〈太平山房集選序〉，徐朔方箋校：《湯顯祖全集》（北京：北京古籍出版社，1999年），頁1097～1098。
〔註138〕〔明〕湯顯祖：〈壽方麓王老先生七十序〉，徐朔方箋校：《湯顯祖全集》（北京：北京古籍出版社，1999年），頁1053。
〔註139〕〔明〕湯顯祖：〈壽方麓王老先生七十序〉，徐朔方箋校：《湯顯祖全集》（北京：北京古籍出版社，1999年），頁1053。

而修先王之業，紬性命之心。入其通理，出其疑義，傳書其子孫與其人，將使後之學者得以窺瞻廣意爲所獨容也。〔註140〕

眞人者，無論居於何處，皆有所益。此類人「無所害於人，而有功於人；取天下者少，與天下者多〔註141〕」，在時之所需，力有所能之際，便進而行大事益社稷，若此，則成可恃之才；若時不我予，力有所未逮之時，則退而修先王之業，紬性命之心，著書立德，正是「若猶不得存其身，且可因而存其言。言而從，即其身爲之。」這種以立言不朽的形式，正是不可不壽之因。

湯顯祖一生「貞於孔阜」，援引孔子爲例論道與壽之關係，論富貴與壽、以及貧賤之關係：論壽，孔子壽至七十，壽及此，已到了「從心所欲，不踰矩」的境界，然他不以高壽爲樂，而是以能學《易》爲樂，以貧賤爲樂，由此可知孔子對於富、貴、壽的詮釋，而他一生所重者卻非此三者，而是聞道與否。然而，湯顯祖卻以爲七十歲的孔子志之所向確實是侷限了，不該僅以從心所欲不踰矩爲終，而當有行於天下之雄心壯志：

夫所望以《易》終者，得五十而可，而乃天幸至七十，得以不踰矩，孔子之樂且壽宜何如。然且憒然而慨曰：「甚矣吾衰也，久矣吾不復夢見周公。」然則其所志學，豈止七十其身之不踰矩而足哉？蓋將有所行於天下。在《易》之「觀」，上九，象曰：「觀其生，志未平也。」言其志非所以觀九五之生而已。世有孔子之年，而無周公之夢，雖富且貴何如哉？〔註142〕

在此當進一步探究的是，何以湯顯祖憒然而慨？其關鍵在於湯顯祖明白孔子胸懷之志尚未實現，這也就是爲何以《易經》之「觀」象：「觀其生，志未平也。」比之的緣故。

古之人曰，得道者壽。或曰，壽而後可以得道。予頗疑之。豈今之人則必有異於古之人耶。生而爲儒不一，惟先生之道，敎倪胥疏，無所志以就焉，而悵悵然稱長老於世者，亦既不少矣。則云壽而後可以得道者，固亦不必然矣。雖然，壽者不必得道，而常在乎得道。

〔註140〕〔明〕湯顯祖：〈壽方麓王老先生七十序〉，徐朔方箋校：《湯顯祖全集》（北京：北京古籍出版社，1999年），頁1053。

〔註141〕〔明〕湯顯祖：〈壽方麓王老先生七十序〉，徐朔方箋校：《湯顯祖全集》（北京：北京古籍出版社，1999年），頁1053。

〔註142〕〔明〕湯顯祖：〈李敬齋先生七十序〉，徐朔方箋校：《湯顯祖全集》（北京：北京古籍出版社，1999年），頁1058～1059。

> 得道者不必壽，而常在乎壽。子言之：「一陰一陽謂之道。」「顯諸仁，藏諸用。」「知者見以爲知，仁者見以爲仁。」建於形容仁智，而分其樂水樂山。曰智者以動樂，而仁者以靜壽。然則凡有見於道之一者，皆有以行其世而善其躬。陰陽之道，坎爲水，天下之勞卦也，行天下之險阻，而不失其信；艮爲山，天下之止處也，藏天下之險阻，而不忘其愛。兩者皆根乎西北，而放乎東南。其行止也必以際。故曰，仁知者，合外內之道也。〔註 143〕

得道者必壽？得壽者必得道？古人所謂：得道者壽。或曰，壽而後可以得道。對此，湯顯祖以爲惑，所惑在於「道」與「壽」並不存在因果率：

> 古之人曰：得道者壽。或曰，壽而後可以得道。予頗疑之。豈今之人則必有異於古之人耶。生而爲儒不一，惟先生之道，敎倪胥疏，無所志以就焉，而倀倀然稱長老於世者，亦既不少矣。則所云壽而後可以得道者，固亦不必然矣。雖然，壽者不必得道，而常在乎得道。得道者不必壽，而常在乎。〔註 144〕

壽者有得道者，亦有未得道者；得道者，有長壽者，亦有非長壽者，兩者之間存在的是無可捉摸的悖反，並不能將「道」與「壽」論之爲因果相生的關係。爲了破除「壽者不必得道，而常在乎得道。得道者不必壽，而常在乎。」之迷思，即以孔子之言論之：

> 子言之：「一陰一陽之謂道。」「顯諸仁，藏諸用。」「知者見以爲知，仁者見以爲仁。」建於形容仁智，而分其樂山樂水。曰智者以動樂，而仁者以靜壽。然則凡有見於道之一者，皆有以行其世而善其躬。陰陽之道，坎爲水，天下之勞卦也，行天下之險阻，而不失其信；艮爲山，天下之止處也，藏天下之險阻，而不忘其愛。兩者皆根乎西北，而放乎東南。其行止也必以際。故曰：仁知者，合外內之道也。〔註 145〕

《易》之本質，在於善推天道，明人事，當讀《易》。湯顯祖於此處指出：無

〔註 143〕〔明〕湯顯祖：〈章本清先生八十壽序〉，徐朔方箋校：《湯顯祖全集》（北京：北京古籍出版社，1999 年），頁 1054。

〔註 144〕〔明〕湯顯祖：〈章本清先生八十壽序〉，徐朔方箋校：《湯顯祖全集》（北京：北京古籍出版社，1999 年），頁 1054。

〔註 145〕〔明〕湯顯祖：〈章本清先生八十壽序〉，徐朔方箋校：《湯顯祖全集》（北京：北京古籍出版社，1999 年），頁 1054。

論樂山樂水，智者仁者，皆合道者。而此合道者皆是「行其世而善其躬」之人，即爲「眞人」。是故，眞人合道，所合之道的內涵即爲「仁智」，而行仁智，其實質表現乃是懂得「行藏」之理。換言之，眞人行事，懂得何時行之，何時止之，仁者知行，智者知止，所爲皆合於外內之道，而正也是眞人之所愛眞人者之因在此。

三、正己心者，知天之命

對於「天命」的詮釋，正也決定了他是如何看待「個人富貴」，以及對於命運之於個人的作用，了然於此，故能不妄，心不妄，則性明，性明者，則可掌天命：

> 《中庸》推言君子之心，一性命於素而不妄也。夫素者，性之易也。居易而命隨之矣，所以獨爲君子歟。《中庸》推言君子素位而行之心至此，若曰：位之所居屢變也，似非己之所能盡；居之所行殊値矣，似非正己之所能盡。君子常以正己爲素，而無外心者何也？其有見於性命之際歟。蓋天命之謂性，其流行之不已處常也，而推移之偶値者變也。自其常者而觀之，則謂之命矣，而其中有幸焉。自其變者而觀之，則謂之幸矣，而其中有命焉。命若往若來，可以俟也。而素之所存，則居之也易矣。幸倏往而逑來，不可以徼也。而素之所不存，則行之也險矣。故君子者得易簡之理，而位天地之宗；知險阻之機，而待陰陽之正。〔註146〕

湯顯祖推衍《中庸》「素位而行」，將能行之所當行，止之所當止，活在當下之「位」者稱之爲「素者」，以爲素者之性簡易樸實，正因簡易樸實，故能知止，知止則明乎進退之道，命之所隨，在於是否能「居於素性」，以「正己」爲日常工夫，能以正己爲素的君子，便得「性命」與「天命」的關係。因此，進而闡釋君子對於「天命」的看法：天命之謂性，性有迴環不已，周而復始的「固然」性，爲其「常」；亦有瞬間推移的「偶然性」，係爲「變」。

是故，若從它固常的角度而觀，「命」中注定以外尙有「偶然出現」之「幸」，如何從其「幸」中參詳天命，則爲「幸中之有命」，而君子之所以可以等待「偶然之幸」降臨的原因便在於明白以「正己爲素」的易簡之理，在此湯顯祖道

〔註146〕〔明〕湯顯祖：〈故君子居一節〉，徐朔方箋校：《湯顯祖全集》（北京：北京古籍出版社，1999年），頁1556。

明「正己」正是君子轉化命運的根源。能「正己」之功，以「正己爲素」爲天命者，必知險阻之機，在其將「幸」視爲「偶然」、「或然」，並不會爲了得此「幸」而行險術，涉險道。在「命」與「幸」中，君子明白天人之有定，性命之無違也，因此看見的是「命」之所當爲，而非爲了「命中有幸」而「乘變」。然而，小人反之：

> 若夫小人之腹，固非君子之心。常於力命之間，妄意天人之際，如上有所行於下也而陵之，非險道乎？小人曰：吾嘗試以陵之，庶幾其受我而陵也，則幸而已矣；即陵其下不獲，而繼以危亡，勿悔也。下有所行於上也以而援之，非險術乎？小人曰：吾姑且援之，庶幾其受我而援也，則幸而已矣；即援其上不獲，而隨之僇辱，恬如也。〔註 147〕

君子見幸中之有命，故不在力命之間費心思，他明白「位」之所居變動不已，故君子明於知止，並善用其思，不行險術，不涉險道，接受命運給出的光明與黑暗，以「履常而常」的情懷等待「陰陽之正」，所謂「君子者得簡易之理」，即是陶養「正己之德」，以爲「陰陽有時」，故「居易而命隨之」。然而，小人則相反。是否會因行險術而受辱，涉險道而危命，並不是他們所思考的關鍵點，他們以爲正因「位」變動不已，故需要「姑且一試」，得之即幸，不得之，亦恬如無悔。於此，湯顯祖一針見血地劃分了君子與小人面對「幸」之於「命」兩種不同的思維與態度。

其次，若從其變動不居的角度而論，偶然得之的謂之「幸」，然而長遠來看，「幸」之可得，涉乎「命」，不可力強而至，並非「等待」就能得之。「位」，屬「變」，無能「常」矣，故云：「幸倏往而逑來，不可以徼也。」。此外，湯顯祖道出「偶然之幸」帶有「險」之危，因爲平日若不以「正己爲素」者，則會涉險之道，行險之術，根本無以居易，所言「素之所不存，則行之也險」其旨在此。因而「正己」的獨有特性正在於這是內在之德的培養，在道德意志指引的培養下，「正己」之力量便可無限擴張，影響其性，導致其命。循此脈絡推論，君子的「天命」正在於「正己」，「正己」爲君子以爲的「固然」，所必行之「常然」，至於命中之「幸」，對於君子而言，那只是「偶然」，不能依賴的「或然」而已。最後，湯顯祖以「履常」和「乘變」

〔註 147〕〔明〕湯顯祖：〈故君子居一節〉，徐朔方箋校：《湯顯祖全集》（北京：北京古籍出版社，1999 年），頁 1556～1557。

來分判君子與小人：

> 是故，圖安者之所動色，抵危者之所甘心，待化者之所參詳，偷天者之所萬一。蓋君子見幸之有命，故履常而常；小人見命中有幸，故乘變而變。〔註 148〕

君子以爲能夠得「幸」者乃命中之固然，不可力強而致，循規蹈矩面對命運的變化，故能「甘心抵危」、「參詳待化」，在危機之中總是細膩面對命運的變化，參悟箇中的道理，命中之「幸」，不可貪求。反之，小人以爲被君子視爲偶然、或然的「幸」，乃爲命中之「固然」、「宜然」，消極地等待，不如積極地行動，幸枝是否能得，在於是否得夠見「機」而「變」，乘「機」而「動」。因此，小人以爲「幸」是機率問題，該如何爲自己爭取的命中之「幸」，才是他們思考的首位。

四、自知制世，自適適世

「天人合一」的觀念，作爲一項哲學分析的範疇，天、人兩極對舉也在先秦諸子思想中取得了中心的位置。所以《莊子》中經常提及天、人之間的微妙界線究竟應如何劃分的問題，譬如〈大宗師〉開頭便說：「知天之所爲，知人之所爲，至矣。」此時湯顯祖已建構出「天人合一」的思想觀，爲自性找到了安頓之所。

已入花甲之年的湯顯祖，對於明朝建學立師，提出其見：

> 予三讓不敏，而乃晉學官諸生於庭，曰：嗟夫，士知所以學乎。三代養士皆有法。周衰法壞，而宋爲近之。仁義道德，上下所以相成，其法一出於是。故宋之君子醇正詳雅，履規蹈繩。平居則相與談詩藝，談禮樂，以觀先王之風，存聖人之澤。至於遠徙流離，從容就之，而無激無怠。是非上有以宿養，下有以自得而能耶。我國家建學立師，養士之法，繼三代而軼宋。〔註 149〕

在君臣相交上，湯顯祖推崇的是唐代，然而在建學立師上，他推崇的則是宋代。推崇的原因在於：宋之君子交遊之時，總談詩藝禮樂，以此以觀先王之風，存聖人之澤，待至無常亂離發生之際，則能有宿席累積的內德厚力可抵

〔註 148〕〔明〕湯顯祖：〈故君子居一節〉，徐朔方箋校：《湯顯祖全集》（北京：北京古籍出版社，1999 年），頁 1557。

〔註 149〕〔明〕湯顯祖：〈新建汀州府儒學記代李太守作〉，徐朔方箋校：《湯顯祖全集》（北京：北京古籍出版社，1999 年），頁 1175～1176。

抗外在之困厄，不至激怠失節。不知此祕理，故建學立師，獨遺宋代，爲此惋惜。以爲人文地氣，尚有擴充之需，若是能「臻皇宋之舊規」，便得有「相與歡樂」〔註150〕之誼了。眞正的救贖，並不是廝殺後的勝利，而是在苦難中找到生命的力量和心靈的安寧。湯顯祖已經歷那向內走，蛻變自己內心的階段，回顧前程往事，體出不同以往的滋味，悟出從生命內發而出的道音。

> 僕少於文章之道，頗亦耳剽前識，爲時文字所縻。弱冠乃倖一舉，閉户閱經史幾遍，急未能有所就。倖成進士，不能絕去雜情，理成前緒。亦以既不獲在著作之庭，小文不足爲也。因遂落拓詩歌酬接，或以自娛，亦無取世修名之意。故王元美、陳玉叔同仕南都，身爲敬美太常官署，不與往還。敬美唱爲公宴詩，未能仰答。雖坐才短，亦以意不在是也。海內人士，乃稍有好僕文韻者。或以他故相好，或其智意未能遠絕，因而借聲。何至如門下所許，過其本情萬萬耶？然至士人談此道者，欣然好之，盛欲有所稟承，嘗以衰病捐去。章門邂逅，得如門下英姿遠意，出乎文字之外，欲相盺夕，顧無閒期。昔先師甚矣其衰，猶思斐然之士。迂愚未敢托於斯義，庶其謂之耳。〔註151〕

細思前塵，遺悔有之。遺憾其「智意短陋」，無能「絕去雜情，理成前緒」，成不朽之大業；怨悔受「舉業之耗，道學之牽」，無能遂己之志，落得以詩歌酬接。湯顯祖獨省當時雖以《紅泉逸草》、《雍藻》、《問棘郵草》名蔽天壤，然如今卻以爲那只是「耳剽前識，爲時文字所縻」。係爲酬恩親恩，以取世修名爲志，於是成進士後，閉戶閱經，校訂《冊府元龜》，重修《宋史》，體驗「在著作之庭」的使命感：

> 承問，弟去春稍有意嘉、隆事，誠有之。忽一奇僧唾弟曰：嚴、徐、高、張，陳死人也，以筆綴之，如以帚聚塵，不如因任人間，自有作者。弟感其言，不復厝意。趙、宋事蕪不可理，近芟之，《紀傳》而止。《志》無可如何也。〔註152〕

〔註150〕〔明〕湯顯祖：〈新建汀州府儒學記代李太守作〉，徐朔方箋校：《湯顯祖全集》（北京：北京古籍出版社，1999年），頁1175。

〔註151〕〔明〕湯顯祖：〈復費文孫〉，徐朔方箋校：《湯顯祖全集》（北京：北京古籍出版社，1999年），頁1398～1399。

〔註152〕〔明〕湯顯祖：〈答呂玉繩〉，徐朔方箋校：《湯顯祖全集》（北京：北京古籍出版社，1999年），頁1301。

湯顯祖長於史學，於宋史尤有心得，然因達觀以直心妙語照破其盲而停止：「陳死人也，以筆綴之，如以帚聚塵，不如因任人間，自有作者。弟感其言，不復厝意。」由於無法絕去雜情，理成前緒，因此在著作之庭所作之小文也不足以觀，現實條件如此，只好將胸懷大志暫擱一旁，以詩歌酬接為意，完全無法靠此「取世修名」。

> 臨川詩集獨富。自謂鄉舉後乃工韻語，詩賦外無追琢功。於中萬有一當，能不朽如漢、魏、六朝、李唐名家。其教人則云：學律詩必從古體始；從律始，終為山人律詩耳。學古詩必從漢、魏來，學唐人古詩，終為山人古詩耳。臨川於詩賦有獨詣，乃反覆詳攬有不然者。全詩贈送酬客，不能無揚詡慰恤，而揚詡慰恤不能切着，於是有沈稱休文，揚稱子雲之類。稱名之不足，則借夫樓顏榭額以為確然；而有時率意率筆，以示確然，未能神來情來，亦非鄙體野體，徒見魔劣。……全詩非無風藻整栗、沉雄深遠，高逸圓暢者，而疵累既繁，聲價頗減。〔註153〕

湯顯祖自知如此，因此關於沈際飛提出的評價，也只是印證湯顯祖的自知之明罷了。儘管湯顯祖惋惜：「年來衰憒，無能為少俊鼓舞耳。」〔註154〕然仍是遵以《禮》所謂寬身之仁，或鼓勵，或安撫，或啓迪後學門人：

> 任公托末契而為客，子美思述作以同遊。裁理酬情，今昔無睽。寧當僕不求公履，而公履不求僕耶？當時序已佳，平心定氣，返見天性。可為良言。僕直望公履轉縱轉深，才情更稱。少年人不在平心定氣，而在讀書能縱能深，乃見天則爾。〔註155〕

在宦途十五年，終於明白屈伸進退之道，不得如虎急躁，當靜如龍，虛居待時：

> 明公渡江急不得見。不知明公更得渡江否？虎以懆虧，龍以靜全。花以上披，根以下存。名不可以多取，行不可以纍危。虛以居之，

〔註153〕〔明〕沈際飛：〈玉茗堂詩集題詞〉，毛效同編：《湯顯祖研究資料彙編》（上海：上海古籍出版社，1986年9月），頁384～385。

〔註154〕〔明〕湯顯祖：〈答門人黃元常〉，徐朔方箋校：《湯顯祖全集》（北京：北京古籍出版社，1999年），頁1471。

〔註155〕〔明〕湯顯祖：〈答鄒公履〉，徐朔方箋校：《湯顯祖全集》（北京：北京古籍出版社，1999年），頁1442。

可以待時。〔註 156〕

此書完整地寓藏湯顯祖「官場現形」之「悟」，用以詮釋他在遂昌是如何自處是極爲貼切，有其代表性之能。以「渡江」喻之，言水有載舟覆舟之兩面性，亦談急之虧與靜之全的兩端性。從動、植物之特性言其保全之道，凡事當行中道，不得太過，否則禍將臨身，故道：「名不可以多取，行不可以纍危」，此涉世良箴，大概也是湯顯祖對於自己上疏一事，以及明朝歷位首輔遭遇的反思之悟罷。然而，末句以「虛以居之，可以待時」作結，濟世之心當如柴薪，尚未棄絕。

嗟夫，上相得其書，味之可以容天下士，成其去就之致；主爵尚書至郎得其書，亦可以婉，可以經（徑）。少贊上相得士，成救時之功，固非傅會小言，爭出處小節而已也。〔註 157〕

由此可知，湯顯祖對於當時士人之「傅會小言，爭出處小節」之徑不予苟同，因爲「其言之不能用」，而又不喜他人「痛辱之」，不似大人。大人者，該是「直而衍，雅而威」，有「才氣雄遠」之質，「善讀昔人之書，知今時之務」，其言「無横厲峭覈之音」，有「大臣節度」〔註 158〕。

嘗謂世之有事於君子者，厚於養而薄於修，皆未有以察性命之所謂也。是故知性之所爲，知命之所爲者幾矣。吾茲辨焉。

縱使低迴世路，仍一念好賢，點出君子厚養薄修，說的正是他們缺少實踐的行動力。不以實際行動證道者，根本無法明白性命之學的深義何在。

見石積學敦行，何妨爲六月之息。來使云，見石且就選，如以爲色養，則捧檄亦佳事也。〔註 159〕

在寫給門人的尺牘中，以慎默自愛，和恕自力，勉以自愛，勸以自力。

利器不可以示人。節侯文字有金石聲，幸益自愛。〔註 160〕

〔註 156〕〔明〕湯顯祖：〈別沈太僕〉，徐朔方箋校：《湯顯祖全集》（北京：北京古籍出版社，1999 年），頁 1294。

〔註 157〕〔明〕湯顯祖：〈溪山堂草序〉，徐朔方箋校：《湯顯祖全集》（北京：北京古籍出版社，1999 年），頁 1629。

〔註 158〕〔明〕湯顯祖：〈溪山堂草序〉，徐朔方箋校：《湯顯祖全集》（北京：北京古籍出版社，1999 年），頁 1629。

〔註 159〕〔明〕湯顯祖：〈寄門人饒見石〉，徐朔方箋校：《湯顯祖全集》（北京：北京古籍出版社，1999 年），頁 1540。

〔註 160〕〔明〕湯顯祖：〈與余節侯〉，徐朔方箋校：《湯顯祖全集》（北京：北京古籍出版社，1999 年），頁 1537。

某猥薄無所底，門下乃褒其纖介，先車騎而顧之，復喻以無毀，導以有言。薄陳梗概，獲受淵弘。東國之下白屋，西河之過曲巷，未足儷其沖洽也。委頓荒沉，未敢再奉光塵。夢寐天人，邈焉河嶽。承示台懷，中原無黨。三門湍急，砥柱誠難。諸惟門下自力。〔註 161〕

對於「世」與「才」的關係，一直是湯顯祖關切的思考焦點。他以爲當朝之世對於「人才」的態度是處於「需才」與「憎才」的兩端，暗諷著當朝之世無法「惜才」的事實，而這樣的觀察，正也綰合他所謂的「才」究竟是被「重用」，抑或是被「利用」的「主人之才」之理念。因此對於入都榮選而上的陸景鄴他予以的警惕多於鼓勵，故以「虛中以鎭之」覆之：

門下之才，自爲世需。第世實需才，亦實憎才。願時虛中以鎭之。人愛不如自愛。〔註 162〕

而「人愛不如自愛」一語，更是「主人之才」之論，成就「大人之學」最佳的證明。此外，湯顯祖重道，其道必合眞，其眞必涵仁智，其仁智必有調玄幹世，賞氣成務之能：

門下德心醰粹，道履貞固。躋之玄纁之秩，専以羹醴之任，必以調玄幹世，賞氣成務。而細人難與達觀，敦士未即大受，乃如來教。豈非因心爲量者由乎我而自知，緣器爲功者存乎世而靡必哉。〔註 163〕

在爲政之際，發揮「擬日用於仁智」之儒者情懷，然而陷落之際，便「轉天機於釋玄」超拔困頓。正因如此，創作「臨川四夢」時，故能「疑虛而借實，遺邊而遇全。體用合而理正，粗妙函而事安。」

儒家《孝經》中說，「夫孝，德之本也，教之所由生也」。講孝道是道德的根本，教化必須從教孝開始，是古聖先王和諧天下的佛家《華嚴經》上也說「教人孝敬，冥益萬方」至德要道。

明朝中葉自陽明提倡良知說以來，整個知識分子的思維方式即環繞著陽明心學爲主軸而展開。陽明學說強調自省功夫，以自省吾心之

〔註 161〕〔明〕湯顯祖：〈答楊景歐大行〉，徐朔方箋校：《湯顯祖全集》（北京：北京古籍出版社，1999 年），頁 1537。

〔註 162〕〔明〕湯顯祖：〈答陸景鄴〉，徐朔方箋校：《湯顯祖全集》（北京：北京古籍出版社，1999 年），頁 1438。

〔註 163〕〔明〕湯顯祖：〈寄陶石簣〉，徐朔方箋校：《湯顯祖全集》（北京：北京古籍出版社，1999 年），頁 1487。

> 良知爲眞理的決斷點，向上提撕一破前人窠臼。因此，破除思想的形式束縛是王學的一大特色，在此風潮之下，種種形式的框架也隨著思潮的演進而逐漸解除，形成學説間互相融通與論辨的言説場域，三教合一的論點與陽明左派的理論發展都是破除形式的衍生結果，公安派與竟陵派的文學觀點也是此一風潮的產物，本質性的思考成爲論辨眞理的試金石，權威和既有的價值體系均重新被評估，何心隱，李卓吾輩的掘起，正足以表述此一現象。因此，佛教在此一大環境的籠罩下也產生重新整合的新現象，所謂法性與法相、禪淨的融合、與外教的對話等都是佛教思想的新脈動。明末袾宏、眞可、德清和智旭四大師就是突破宗派、法脈傳承關係，又會通諸宗的代表人物，成了門末大德的新典範。〔註164〕

「晉代風流」與「宋人道學」，原是格格不入，然而這種互相對立的兩種思想，卻在湯顯祖身上得到了奇妙的統一，這不只是湯顯祖本人的寫照，也可以視爲當時士大夫的處世原則和人生態度，以及「當時文化價值體系的總體特徵」〔註165〕。是故，湯氏所謂：「忙世人所閑，閑世人所忙」，看重別人所輕視的，看輕別人所追逐的，正是一份超凡脫俗、不隨俗浮沉的表現，所以他在忙碌中仍可以擁有悠閒的心境，在塵俗中仍可擁有清明的時刻。閑，是心無牽掛，身無束縛，悠遊自在，清淨的生活，從容的步調，平和的心境，方可之爲「閑」，心閑之人觀物，物皆著「閑」之色彩，反映了一種「歸眞返璞」的自然與自由，「宇宙便是吾心，吾心即是宇宙」，展現了生命的和諧。

據此可知，湯氏對其人生的取捨自有所定奪，從其對生命的責任與任務來看，他存在的第一項任務便是建造一個紮實的人格；第二項則是尋找這個人格注定要承載的內容。而他的一生正體現著個體化從一種萌芽狀態以弧形和螺旋形方式向前移動，而使其人格的擴充得到最爲完整的建構，，在殊象之內展現普世價值，在普世之中建立獨特的價值。縱觀湯顯祖的前半生及後半生，前半生他完成自己「雄心剛力，一誓無傾」的少年階段，後半生則經歷「從容觀世，晦以待明」的中年階段，漸進邁向深度智慧的心理歷程，步

〔註164〕孫中曾：〈明末禪宗在浙東興盛之緣由探討〉，《國際佛學研究第二期》，1992年12月，頁145。

〔註165〕彭一平：〈論張潮《幽夢影》創作的內向性視角〉，《中國古代文學研究》，2008年8月，頁39～40。

入「夢覺爲情，情覺爲智」的老年階段。在一個階段跨越一個階段的歷程中實踐他以「主人之才」爲核，一步步完成他的「大人之道」。

湯氏在政治壇上的經歷彷如一場南柯之夢，搬演一齣黃粱之夢，不過，他必須完成天命的舞台不在政治場上，而是在文藝場上。話雖如此，然而他對於國家百姓的繫念與深情，在政治抱負上實踐了他的情至理想，他以合道之情化鬱解怨，以合道之情化夢成戲，可謂是體現文藝精神中的合情之道。《牡丹亭題詞》中所謂：「情不知所起，一往而深。生者可以死，死可以生，生而不可以死，死而不可生者，皆非情之至也。」作爲湯氏一生的政治註腳亦不爲過。

若去回顧湯氏的一生，似乎所有事情都是安排好的，當下發生的偶然事件，後來再看都有意義，在這當中，是誰在導演這一切？一場夢中夢，一齣劇中劇，如何在此中夢覺？而又如何經歷僅屬於個人的夢覺之旅？或許正是湯氏以「夢了爲覺，情了爲佛」之精神意境供養後人參禪悟法的伏筆。